KB110920

눈에
갇힌
외딴
산장
에서

ARU TOZASARETA YUKI NO SANSO DE

© Keigo Higashino 1992
All rights reserved.
Original Japanese edition published by KODANSHA LTD.
Korean translation rights arranged with KODANSHA LTD.
through EntersKorea Co., Ltd., Seoul.

이 책의 한국어판 저작권은 (주)엔터스코리아를 통해 저작권자와 독점 계약한
도서출판 재인에 있습니다.
저작권법에 의해 한국 내에서 보호를 받는 저작물이므로 무단 전재와 무단 복제를 금합니다.

눈에 갇힌 외딴 산장에서

초판 1쇄 펴낸날 2023년 7월 15일 7쇄 펴낸날 2025년 1월 24일
지은이 히가시노 게이고 옮긴이 김난주 펴낸이 박설림 펴낸곳 도서출판 재인 디자인 오필민디자인
등록 2003. 7. 2. 제300-2003-119 주소 서울시 강남구 언주로 30길 13 대림아크로텔 1812호
전화 02-571-6858 팩스 02-571-6857

ISBN 979-11-92483-19-1 03830 Copyright ⓒ 재인, 2023 Printed in Korea.

책값은 뒤표지에 표시되어 있습니다. 잘못된 책은 바꿔 드립니다.

눈에 갇힌 외딴 산장에서

히가시노 게이고

김난주 옮김

재인

첫째 날

1

펜션 '사계' **라운지**.

오다 신이치는 대형 스토브의 화력을 조절한 뒤 불에 손을 쬐며 실내를 둘러봤다. 빠뜨린 게 없는지 점검하는 눈초리다. 어느덧 오후 2시. 별다른 문제가 없는 한 손님들이 도착할 시각이다.

그는 만족한 듯이 고개를 끄덕이고 나서 스토브에서 물러나 라운지 한구석에 놓인 기다란 소파에 앉았다. 담배에 불을 붙이고는, 뭔가를 기다릴 때의 버릇인지 왼쪽 다리를 달달 떨다가 이내 경박한 행동이라고 생각한 듯 허벅지를 탁, 치고 다리 떨기를 멈췄다.

현관에서 소리가 들린 것은 그가 두 개비째 담배에 불을 붙이려고 했을 때였다.

"안녕하세요."

젊은 여자 목소리다. 이어서 남녀 여럿이 동시에 인사하는 소리가 들린다. 오다 신이치는 입에 물었던 담배를 얼른 담뱃

갑에 집어넣고 라운지를 가로질러 현관으로 향했다.

"아! 어서들 오세요."

그가 손님들에게 인사했다.

"아아, 오다 씨군요? 잘 부탁드립니다."

"날이 몹시 춥죠? 어서들 안으로 들어오세요."

오다 신이치가 손님들을 라운지로 안내했다. 손님은 전부 합해 일곱. 남자 넷, 여자 셋이다. 모두 이십 대 중반쯤으로 보인다.

"와, 따뜻하다!"

"휴, 살 것 같아. 4월인데 온몸이 꽁꽁 얼다니, 이게 말이 돼?"

젊은 손님들이 우르르 스토브 주위로 모여들었다.

"저, 가사하라 아쓰코 씨가 어느 분이죠?"

오다 신이치가 메모장을 들여다보며 물었다. 손님 중 한 명이 손을 든다.

"저예요!"

"네. 그럼 모토무라 유리에 씨는요?"

네, 하고 또 한 명이 대답했다. 오다 신이치는 고개를 끄덕인 후 계속해서 이름을 불렀다. 메모에 적혀 있는 이름과 얼굴을 대조하려는 듯하다. 모두 일곱 명의 이름이 불렸고, 빠짐없이 대답이 돌아왔다.

"네, 좋습니다. 참가자는 변동이 없는 모양이군요. 그럼 이 펜션의 사용 방법을 설명해 드리겠습니다. 그래 봐야 별다른 건 없습니다. 우선 식당은 저쪽입니다."

그가 라운지 옆에 있는 한 단 높은 공간을 가리켰다.

"주방은 그 안쪽에 있어요. 식사는 누가 준비하실 건가요?"

일동이 어리둥절한 표정으로 서로를 마주 보았다.

"저……, 식사를 저희가 직접 준비해야 하나요?"

가사하라 아쓰코가 일동을 대표해서 묻자 이번에는 오다 신이치가 어리둥절한 표정을 지었다.

"그게 무슨 말씀이신지……."

"준비해 주시는 거 아니었어요?"

"아니요, 그런 얘기는 못 들었습니다만."

주인의 대답에 손님들이 의아하다는 듯이 고개를 갸웃거린다.

"저, 도고 선생님은 아직 안 오셨나요?"

이번에는 키가 큰 아마미야 교스케가 물었다. 오다 신이치는 아마미야에게 시선을 돌리며 미간을 살짝 찌푸렸다.

"도고 씨는 안 오실 겁니다."

"네? 왜요?"

"아니, 저는 일곱 분만 여기 묵는다고 들었거든요."

뭐라고? 하며 손님들이 일제히 술렁거렸다.

"선생님이 뭐라고 하셨는데요?"

가사하라 아쓰코가 살짝 신경질적인 목소리로 물었다. 그녀의 짙은 눈썹이 약간 치켜 올라갔다.

"특별한 말씀은 없었습니다. 단원들이 머무를 펜션을 나흘간 통째로 빌리고 싶다, 식사 등 모든 일은 단원들이 알아서 할 테니 주인이나 종업원이 굳이 펜션에 머무를 필요는 없다, 그 정도였죠. 그것도 도고 씨께 직접 들은 게 아니라 중개인에게 그렇게 전해 들었을 뿐입니다."

"그럼 오늘부터 나흘간 이 펜션에는 우리밖에 없다는 말씀인가요?"

다소 우락부락하게 생긴 혼다 유이치가 따지듯이 물었다.

"그렇습니다."

"어떻게 된 일이야, 선생님은 대체 무슨 생각이시지?"

아마미야 교스케가 그렇게 말하며 팔짱을 끼었다.

"아무튼 그렇게 아시면 됩니다. 그럼 주방과 욕실을 안내하고 보일러 사용법을 가르쳐 드리겠습니다."

오다가 재촉하듯이 말했지만 젊은이들은 떨떠름한 표정을 지은 채 대답하지 않았다.

"알겠어요. 안내해 주세요."

침묵을 깬 사람은 가사하라 아쓰코였다. 그녀가 동료들을 둘러보며 말했다.

"고민해 봐야 오다 씨께 폐만 될 뿐이야."

그러자 다른 단원들도 수긍한다는 듯이 고개를 끄덕였다.

"먼저 주방부터 안내해 드리죠. 보아하니 일을 어떻게 분담할지 아직 정하지 않은 듯하니까 일단 모두 저를 따라오세요."

오다가 움직이자 젊은이 일곱 명이 그 뒤를 졸졸 쫓아갔다.

약 30분 후, 일동은 다시 라운지로 돌아왔다. 스토브 사용법을 설명한 뒤 오다는 손님들을 둘러봤다.

"이상으로 설명은 끝났습니다. 혹시 질문이 있으신가요?"

"저희가 묵을 방은 어디죠?"

모토무라 유리에의 질문에 오다가 손바닥을 짝 마주쳤다.

"그걸 깜박했군요. 방은 2층에 있습니다. 싱글 룸 네 개와 트윈 룸 다섯 개가 있으니까 알아서 사용하시면 됩니다. 열쇠는 각 방에 두었어요. 그리고 레크리에이션 룸도 있으니까 필요하면 이용하시고요."

"당구대도 있나요?"

다도코로 요시오가 큐를 잡는 시늉을 하며 물었다.

"있습니다."

"안 돼, 당구는 시끄럽단 말이야."

가사하라 아쓰코가 자르듯이 말하자 다도코로 요시오는 겸연쩍었는지 고개를 옆으로 돌렸다. 그때 오다가 다도코로 요시오를 거들듯이 나섰다.

"레크리에이션 룸에 방음 장치가 되어 있어서 괜찮을 겁니다. 실은 당구 때문이 아니라 피아노 때문에 방음 장치를 했지만요."

"어머, 피아노가 있어요? 잘됐네!"

나카니시 다카코가 기쁘다는 듯이 가슴 앞에 두 손을 모았다.

"다른 질문은 없습니까?"

오다가 일동을 둘러보며 물었다. 일곱 명 모두 고개를 저었다.

"그럼 저는 이만 가 보겠습니다. 만약 무슨 일이 있으면 전화하세요. 제 집이 여기서 차로 10분 거리에 있습니다. 번호는 전화 테이블 옆에 붙어 있고요."

그리고 펜션 주인은 라운지 구석에 놓여 있던 가방을 집어 들었다.

"자, 그럼 편히 쉬세요. 모쪼록 불 단속에 신경 써 주시고요."

고맙습니다, 하고 젊은이들이 그를 배웅했다. 하지만 표정은 하나같이 떨떠름했다.

오다가 떠나고 나자 그들은 일제히 긴장을 늦추었다.

"이게 어떻게 된 일이야? 대체 선생님은 무슨 생각일까?"

아마미야 교스케가 라운지 한가운데 서서 중얼거렸다.

"설마 단체 생활을 통해서 팀워크를 다지겠다, 뭐, 그런 의도는 아니겠지?"

혼다 유이치가 기다란 소파 한쪽 끝에 몸을 던지듯이 앉으며 말한다. 그 말을 들은 다도코로 요시오가 피식 웃음을 흘렸다.

"초등학생 캠프도 아니고……."

"도고 선생님이 그런 유치한 생각을 할 리 없어. 틀림없이 무슨 뜻이 있을 거야."

가사하라 아쓰코가 허리에 양손을 얹고 실내를 둘러보며 말했다.

"있지, 나, 먼저 2층에 올라가도 될까? 옷을 갈아입었으면 좋겠어."

모두가 생각에 골몰해 있는데 나카니시 다카코가 생뚱맞게 물었다. 가사하라 아쓰코는 노골적으로 미간을 찡그렸다.

"안 될 건 없지만, 아직 방도 안 정했잖아."

"방이 아홉 개나 있다니까 각자 마음에 드는 방을 쓰면 되지 않을까? 나는 싱글 룸이라도 괜찮아."

그렇게 말한 뒤 나카니시 다카코는 커다란 루이비통 가방을 껴안고 라운지 한쪽에 있는 계단을 올라갔다. 잠시 후 맨 앞에 있는 방문을 연 그녀는 "어머나, 방이 멋진걸. 다들 올라와 봐."라고 계단 아래를 향해 외쳤다.

"그럼 나도 올라가서 좀 볼까. 유리에, 너는 안 갈래?"

다도코로 요시오의 말에 모토무라 유리에는 심드렁한 표정을 지으면서도 그를 따라나섰다. 아마미야 교스케와 혼다 유이치도 그들을 뒤따랐다.

마지막으로 계단을 오르려던 가사하라 아쓰코가 한 명이 뒤에 남아 있다는 걸 깨닫고 뒤를 돌아보며 "거기서 뭐 해요?"라고 물었다.

남은 한 명은 구가 가즈유키다. 그는 팔짱을 끼고 책장을 향해 선 채 "보다시피 책을 구경하고 있어요."라고 억양 없는 목소리로 대답했다.

"흥미로운 책이라도 있어요?"

"흥미로울지 어떨지는 모르겠지만, 책이 이상한 모양으로 꽂혀 있어서요."

"이상한 모양이라니, 어떻게요?"

가사하라 아쓰코가 그렇게 묻고는 그에게 다가갔다. 구가 가즈유키는 여전히 팔짱을 낀 채 턱으로 책장 맨 위 칸을 가리켰다.

"저기요. 다섯 종류의 책이 각각 일곱 권씩 꽂혀 있어요."

그가 가리킨 곳을 바라보며 아쓰코가 숨을 살짝 삼켰다. 그녀는 조심스럽게 손을 뻗어 그중에서 한 권을 뽑아 들었다.

"애거사 크리스티의 '그리고 아무도 없게 되었다'군요."

"밴 다인의 '그린 살인 사건'과 엘러리 퀸의 'Y의 비극'도 있어요."

"일곱 권씩 있다는 건, 우리 모두 이걸 읽으라는 뜻인가……."

"그럴지도 모르죠."

구가 가즈유키가 살짝 입가를 일그러뜨렸다.

"적어도 우연은 아닌 듯합니다. 전부 새 책인 걸 보면 일부러 일곱 권씩 사다 놓았을 거예요."

"선생님이 직접 가져다 놓으셨을까요?"

"책을 가져다 놓은 사람은 아까 그 오다라는 주인장이겠지만, 선생님이 부탁했을 거예요. 의도가 뭔지는 몰라도, 단순히 장난이라면 별로 좋은 취미라고 할 수는 없겠네요. 하나같이 등장인물이 잇달아 죽는 내용이거든요."

"이런 걸 읽혀서 어쩌겠다는 걸까……."

가사하라 아쓰코가 영문을 모르겠다는 표정을 지으며 책을 도로 꽂아 놓았다.

그러는 사이 2층에 올라갔던 사람들이 옷을 갈아입고 내려왔다. 다 모이자 아쓰코가 책에 관해 얘기했다.

"'그리고 아무도 없게 되었다'라니……, 이거 어째 으스스한걸."

다도코로 요시오가 히죽거리며 말했다.

"왜? 무슨 내용인데 그래?"

나카니시 다카코는 그 책을 읽어 보지 못한 듯했다.

"무인도의 어느 저택에 머물던 사람 열 명이 하나하나 살해당하는 얘기야."

아마미야 교스케가 설명했다.

"게다가 그 살해 방법이 '머더구스의 노래'에 나오는 '인디언의 노래' 가사 그대로라는 거야. 'Y의 비극'은 유서 깊은 가문의 일가족이 살해당하는 얘기고. 하지만 '그린 살인 사건'은 무슨 내용인지 잘 모르겠어."

"그 작품 역시 그린이라는 가문의 저택에서 가족이 차례로 살해당하는 이야기였던 것 같은데."

혼다 유이치가 책장을 바라보며 말했다.

"다른 책들도 거의 비슷한 내용이야. 추리 소설 중에서는 고전으로 불리는 작품들이지."

"흠, 네가 그런 방면에 해박한 줄은 몰랐는걸. 하드보일드 소설이 어울릴 거라는 생각은 했지만."

다도코로 요시오가 빈정거리듯이 말하자 혼다 유이치는

굵직한 집게손가락으로 다도코로 요시오를 가리키며 "그거, 칭찬으로 알겠어." 하고 받아쳤다.

"나, 한 권씩 가져다 읽어 봐야겠어."

모토무라 유리에가 책장으로 다가가 한 권을 꺼내어 훑어 봤다.

"아마 이걸 전부 읽으라는 뜻일 거야."

"내 생각도 그래."

다도코로 요시오가 동의했다.

"말도 안 되는 소리 하지 마. 이걸 어떻게 전부 읽어? 머리가 터지고 말걸."

나카니시 다카코가 비명을 지르듯이 말했다.

"싫으면 안 읽으면 그만이지. 다만, 나중에 도고 선생님이 독후감을 물으시더라도 우린 못 도와줘."

다섯 권을 골라 품에 안고 소파로 돌아오며 다도코로 요시오가 말했다. 도고 선생을 들먹이자 할 말을 잃었는지 나카니시 다카코도 떨떠름한 표정으로 자리에서 일어나 책장으로 다가가서 책을 다섯 권 뽑아 들었다.

"후, 선생님은 대체 무슨 생각인 거야."

스토브 곁에 웅크리고 앉으면서 다카코가 땅이 꺼져라 한숨을 내쉬었다.

모두가 팔락팔락 책장을 넘기고 있는데 현관문 여는 소리가 나더니 곧이어 남자 목소리가 들렸다.

"계세요? 속달 우편입니다."

가사하라 아쓰코가 벌떡 일어나 현관으로 나갔다가 잰걸음으로 돌아왔다.

"여러분! 선생님이 보낸 편지야."

아쓰코의 말에 단원들이 일제히 책을 팽개치듯이 내려놓고 그녀 주위로 몰려들었다.

"아, 다행이다. 아무 지시도 없으면 뭘 어째야 할지 막막했는데 말이야."

아마미야 교스케의 말에 옆에 있던 유리에가 고개를 끄덕였다.

"그런데 웬 편지야? 전화로 얘기하셔도 될 텐데."

다카코가 의아한 표정을 지었다.

"자, 다들 조용히 하고, 아쓰코, 어서 읽어 봐."

다도코로 요시오가 재촉할 필요도 없이 아쓰코는 이미 봉투에서 편지지를 꺼내서 읽으려고 하는 참이었다.

"그럼 읽는다. 인사말은 생략한다. 질문을 받지 않을 생각이라서 전화 대신 편지를 쓴다. 여러분은 지금 몹시 당혹스러울 것이다. 하지만 바로 그 당혹스러움이 중요하다. 왜냐하면 이건 여러분의 무대 연습이니까."

"무대 연습이라고?"

다도코로가 새된 소리를 냈다.

"여기서 무슨 무대 연습을 한다는 거야, 대체?"

"요시오 씨도 조용히 해 주세요."

구가 가즈유키가 낮은 목소리로 지적하자 다도코로 요시오는 머쓱해 하며 입을 다물었다.

가사하라 아쓰코의 낭독이 이어졌다.

"지난번 오디션이 끝난 후에도 말했지만, 이번 작품은 대본이 아직 완성되지 않았다. 추리극이라는 점과 무대 설정, 등장인물, 대강의 스토리가 결정되었을 뿐, 구체적인 내용은 지금부터 여러분이 스스로 만들어 가야 한다. 여러분 한 명 한 명이 각본가가 되고, 연출가가 되고, 당연하지만 배우가 되는 것이다. 그게 어떤 일인지는 서서히 알아 가게 될 것이다."

거기까지 읽고 나서 아쓰코는 잠시 숨을 돌렸다가 읽기를 계속했다.

"자, 그럼 상황 설정에 관해 설명하겠다. 여러분이 있는 곳은 마을에서 멀리 떨어진 외딴 산장이다. 실제로는 코앞에 버스 정류장이 있지만, 그런 것은 존재하지 않는다고 가정한다. 여러분은 그와 같은 산장에 찾아온 일곱 명의 손님이다. 관계는 현실 그대로, 한 연극에 출연하는 젊은 배우들로 한다. 산장을 찾은 이유는 무엇이든 상관없다. 기분 전환을 하러 왔다고 해도 좋고, 배역 연구를 위한 합숙이라고 해도 좋다. 각자 좋을 대로 설정할 것. 여러분은 그 산장에서 뜻밖의 상황과 맞닥뜨린다. 그것은 바로 기록적인 폭설이다. 그로 인해 외부와 완전히 단절되고 만다. 눈의 무게 때문에 선로가 끊겨 통신망조차 이용할 수 없다. 설상가상으로 마을로 장을 보러 간 펜션 주인도 돌아오지 못한다. 여러분은 어쩔 수 없이 스스로 식사를 준비하고 목욕물을 데우며 함께 밤을 보낸다. 눈은 계속해서 내리고, 구조대는 오지 않는다. 현재 여러분이 놓인 상황은 대략 이렇다고 보면 된다. 그런 가운데 앞으로 일어날 일에 잘 대처하기 바란다. 그리고 그때 자신의 심리 상태와 각자의 대응 방식 등을 최대한 극명하게 마음에 새기도록. 그 모든 것이 작품의 일부로서 대본과 연출에 반영될 것이다. 모쪼록 이번 작품의 성공을 위해 전력을 기울여 주기 바란다. 그럼 건투를 빈다. 도고 신페이가.

　추신. 실제로는 전화를 사용할 수 있다. 무슨 일이 생기면 오다 씨나 내게 연락할 것. 다만 전화를 사용하거나 외부 사람과 접촉하는 시점에 이 시도는 중단된다. 또한 그럴 경우 이번 오디션 합격은 즉시 취소된다.”

가사하라 아쓰코가 고개를 들었다.

"쓰여 있는 내용은 여기까지야."

한동안 아무도 입을 열지 않았다. 나카니시 다카코마저 침통한 표정을 지었다.

아마미야 교스케가 후, 숨을 내쉬며 침묵을 깨뜨렸다.

"선생님답군. 엉뚱하기 짝이 없어."

"실천을 통해 배역을 완성하라니⋯⋯."

편지지를 봉투에 집어넣으며 가사하라 아쓰코가 말했다. 구가 가즈유키는 그녀 손에서 편지를 건네받아 다시 한 번 훑어봤다.

"배역을 완성하는 것뿐 아니라 연극 자체를 우리 손으로 만들라는 지시예요, 이건."

"아아, 정말이지, 왜 도고 선생님은 늘 이러시는지. 평범한 방식으로 연극을 무대에 올린 적이 한 번도 없다니까."

나카니시 다카코가 머리카락을 쥐어뜯으며 말했다.

"하지만 이런 변칙적인 방법으로 유명해진 것도 사실이야."

혼다 유이치의 말에 다도코로 요시오는 "아무리 그래도 이번엔 좀 이상해."라며 고개를 갸웃했다.

"굳이 이런 펜션까지 빌리다니 말이야. 이 정도 연습은 극단 연습실에서 해도 되잖아."

"아니야, 아무래도 연습실에서는 분위기가 안 잡히지. 이번 실험, 흥미롭겠는데."

"나도 같은 생각이야. 왠지 설레기까지 하는걸."

아마미야 교스케와 가사하라 아쓰코는 이미 의욕이 충만한 듯했다.

"어머, 나도 안 하겠다는 건 아니야. 다만 좀 힘들겠다는 얘기지."

나카니시 다카코가 풍만한 가슴을 한껏 젖히며 말했다.

"생각하기에 따라서는 재미있을 수도 있겠어. 현실에서는 경험할 수 없는 일이잖아."

유리에가 중얼거리면서 창밖을 봤다.

"눈에 갇힌 외딴 산장……이란 말이지."

그녀의 말에 이끌리기라도 하듯이 다른 사람들도 창밖으로 눈길을 돌렸다. 그들에게 주어진 설정과는 대조적으로 바깥 날씨는 화창했다.

<hr />

구가 가즈유키의 독백

시작은 이틀 전에 온 도고 신페이의 편지였다. 오디션 합격자 발표가 있은 지 한 달쯤 지난 시점이었다. 오디션 후 따로 지시가 있을 거라고 들었는데 아무 연락이 없어 의아해 하던 참이라서, 우편물이 도착했을 때는 일단 안도하는 마음이 들었다. 하지만 그 내용은 새로운 불안을 안겨 주었다. 편지에 다음과 같이 적혀 있었던 것이다.

다음 작품의 출연자 여러분께.

연극을 완성하기 위해 특별한 모임을 가지려고 한다. 일정은 아래와 같다.

장소 : 노리쿠라고원 ××××번지 펜션 '사계'(전화번호 ×××—××××,

　　　오다 씨)

일시 : 4월 10일~4월 13일

집합 장소와 시간 : 현장에서 4월 10일 오후 4시

※ 외부인은 물론, 다른 단원들이나 사무원에게도 발설하지 말 것. 또한 모임의 내

　　용에 관한 질문은 일절 받지 않겠다. 이유 여하를 막론하고, 집합 시간에 늦는

　　자와 빠진 자는 참가를 인정하지 않음은 물론 오디션 합격도 취소한다. 이상.

　편지를 받은 직후 아쓰코에게서 전화가 왔다. 그녀 역시 편지를 받았다고 했다. 우리는 편지에 관해 얘기를 나누었고, 그녀는 집합 당일 일곱 명이 모여서 같이 가자고 제안했다. 렌터카를 이용하면 교통비를 절약할 수 있고, 무엇보다 한 명

이라도 지각하는 사태를 막을 수 있다는 것이었다.

유치원생 소풍처럼 다 큰 어른들이 모여서 함께 가는 것도 내키지 않았을뿐더러, 다도코로나 아마미야와 몇 시간씩 얼굴을 마주할 걸 생각하면 마음이 우울했지만, 모토무라 유리에와 긴 시간을 함께한다는 건 그런 우울함을 날려 버릴 만큼 내게는 매력적이었다.

운전은 아마미야와 혼다가 맡았다. 아마미야가 운전할 때는 유리에가 조수석에 앉아서 기분이 별로였지만, 첫 번째 휴게소에서 다도코로가 그녀에게 뒷자리로 오라고 권한 덕분에 나는 그때부터 계속 그녀와 마주 앉아서 가는 행운을 누렸다. 다도코로 녀석의 경박함도 도움이 될 때가 있구나 하는 생각이 들었다. 그래서 녀석이 유리에 옆에 앉아 나보다 더 그녀에게 말을 많이 거는 것도 오늘만큼은 너그럽게 봐주기로 했다.

차 안에서의 화제는 내내 자신들이 노리쿠라의 펜션에서 뭘 하게 될까 하는 것이었다. 밤새도록 토론을 시키지 않겠냐는 아쓰코의 의견이 있었지만, 그런 거라면 굳이 산중의 펜션으로 부를 필요가 없을 것이라는 반론도 있었다. 결국 이렇다할 결론을 내지 못한 채 우리는 그곳에 도착했다.

펜션이 소박한 산장이라서 나는 적이 안심했다. 젊은 층을 노린 유원지 같은 인테리어의 숙박 시설을 각오했기 때문이다. 주인장인 오다라는 중년 남자를 보고 그것이 괜한 걱정이었다는 걸 깨달았다. 소박하고 정직해 보이는 얼굴이, 저녁을 먹고 나면 기타를 치며 설산 찬가를 부를 것 같은 느낌이었다. 그가 함께 있지 않을 거라는 말을 듣고 조금 놀랐지만, 동시에 납득이 갔다. 도고 신페이가 여태까지 해 온 방식을 생각해 보면 연극 연습을 하는 자리에 외부인을 참여시킬 리 없었다.

문제는 도고가 내린 지시였다.

아쓰코가 그의 편지를 읽었을 때 나는 솔직히 말해서 진저리가 났다. 아마미야 교스케나 아쓰코처럼 들떠서 까불거릴 기분이 아니었다. 그의 연출가로서의 재능이 내리막에 접어들었다는 건 눈치채고 있었지만, 이제 더는 갈 데가 없다는 생각이 들었다. 독단적이면서 모든 일을 혼자 처리하는 것이 그의 특징이었는데, 이제는 배우의 발상에 기대려고 하다니 말이다. 그에게 배우란 체스의 말에 불과하지 않았던가. 방침이 조금 변경된 정도라면 몰라도, 도무지 무슨 꿍꿍이인지 모를 기이한 발상을 내놓는다는 건 말라 가는 재능의 나무가 최후의 발악을 하는 거라고 볼 수밖에 없다. 게다가 그 진부한 설정이라니. 그런 구태의연한 상황에서 우리가 뭘 얻을 수 있단 말인가.

하지만 뭐, 여기서 혼자 반론을 펼쳐 봐야 별 소용이 없을 것이다. 배우가 무능한 연출가의 지시에 따라야 하는 경우가 이 세계에서는 흔하다. 나흘간 실수 없이 지내면 그만이다. 어차피 이런 어리석은 놀음에서 뭔가를 건지기는 힘들다.

그보다 나는 이 나흘을 다른 목적을 달성하는 기회로 삼아야 할 것이다. 유리에와 한 지붕 아래서 나흘을 지낼 수 있다니, 어쩌면 그녀와의 거리가 단숨에 좁혀질지도 모른다.

그러나 방심은 금물이다. 다도코로 역시 똑같은 생각을 할 것이다. 아니, 그는 내게 상대가 되지 않는다. 역시 경계해야 할 대상은 아마미야다. 녀석은 유리에가 자신을 어린아이처럼 선망하니 그녀가 자기를 좋아한다고 착각하는 모양인데, 그 착각이 진심으로 변하지 않도록 주의를 기울여야 한다.

2

라운지.

식사 당번은 제비뽑기로 정하자는 가사하라 아쓰코의 제안을 받아들인 결과, 오늘 저녁 담당은 모토무라 유리에와 구가 가즈유키, 그리고 혼다 유이치로 정해졌다. 그들이 주방에서 식사를 준비하는 동안 다른 사람들은 스토브 주위에 모여 예의 책 다섯 권을 들여다보고 있었다.

"추리극이라는 점 외에는 아무것도 알려져 있지 않지만, 설정으로 봐서 역시 우리 중 누군가가 살해되는 내용이겠지?"

책을 덮고 나서 아마미야는 두 팔을 머리 뒤에 대고 긴 다리를 쭉 뻗었다.

"여기 있는 책들이 대체로 스토리가 그렇잖아."

가사하라 아쓰코가 대답했다.

"'그리고 아무도 없게 되었다'에서는 열 명이 모두 살해돼."

"아니, 전부 죽는단 말이야? 그럼 어딘가에 또 한 명이 숨어 있었다는 얘기네."

팔랑팔랑 책장을 넘기기만 할 뿐 전혀 읽지는 않는 나카니시 다카코가 짐짓 아는 체하며 말했다.

"그게 그렇지 않아. 그곳에는 열 명 외에 아무도 없었어."

"뭐라고? 전부 죽는다고 했잖아. 그럼 범인이 그중 한 명이란 말이야?"

"그렇지."

"어머나, 어떻게 그래? 가르쳐 줘, 응?"

나카니시 다카코가 눈을 반짝이며 아쓰코의 스웨터 소매

를 잡아당겼다.

"가르쳐 달라고 하지 말고 너도 가끔은 책을 읽으면 어떨까? 아무리 개성이 있어도 교양이 없으면 훌륭한 배우가 될 수 없지."

빈정거리는 듯한 다도코로 요시오의 말에 다카코는 입술을 꼭 다물고 그를 노려봤다. 하지만 다도코로는 시치미를 떼고 눈을 책에서 떼지 않았다.

"내가 나중에 가르쳐 줄게."

가사하라 아쓰코가 달래듯이 말했지만 다카코는 부루퉁한 표정을 지은 채 "됐어. 그냥 내가 읽을게."라고 대꾸하더니 책을 들고 한쪽 구석에 있는 소파로 가서 앉았다. 그리고 책을 눈높이로 들고 읽기 시작했다. 그러나 그녀는 그 자세를 오래 유지하지 못했다. 이내 책을 무릎에 내려놓고 "있잖아, 만일 무슨 일이 일어난다면 과연 누가 그 일을 저지를까? 지금 이 펜션에는 우리뿐이잖아."라고 물었다.

"나도 그 점을 생각하고 있었어."

아마미야 교스케가 말했다.

"아무 영문도 모르는 사람들뿐이라면 살인은커녕 사건 따위가 일어날 리 없지. 그렇다면 가능성은 한 가지뿐이야. 새로운 인물의 등장!"

"우리 말고도 출연자가 있다는 얘기야?"

다도코로가 반문했다. 가사하라 아쓰코는 눈을 동그랗게 떴다.

"오디션 때 선생님이 출연자는 우리뿐이라고 했잖아."

"그 말은 나도 기억해. 하지만 그래서는 말이 안 되잖아."

아마미야 교스케의 의견이 타당하다고 생각하는지 나머지 세 명은 입을 다물었다.

그때 혼다 유이치가 다가왔다.

"일단 저녁은 준비됐어. 다들 지금 먹을래?"

"난 먹을래. 메뉴가 뭐야?"

나카니시 다카코가 물었다.

"카레라이스."

혼다의 대답에 다도코로 요시오가 피식 웃음을 터뜨렸다.

"운동부나 보이 스카우트 훈련도 아니고……, 좀 더 먹을 만한 거 없어?"

"먹을 만한 게 어떤 건데?"

"예를 들자면……, 스테이크나 스튜 같은 거."

"그럼 네가 내일 만들어 먹어."

유이치가 얼굴을 살짝 붉히며 말했다.

"별것도 아닌 일로 그러지 좀 마."

넌더리가 난다는 표정을 지으며 가사하라 아쓰코가 자리에서 일어났다.

"요시오, 네가 잘못했어. 카레면 충분하지. 여긴 눈에 갇힌 산장이라는 설정이잖아. 그런 사치스러운 소리나 할 때가 아니라고. 정 불만스러우면, 안 막을 테니까 나가서 풀코스 프랑스 요리를 먹든 뭘 먹든 네 맘대로 해. 단, 나가는 순간 너는 실격이니까 그런 줄 알고."

기관총을 쏘듯이 내뱉는 말에 다도코로 요시오가 머쓱해서 고개를 돌렸다. 혼다 유이치는 고소하다는 듯 득의의 미소를 지었다.

그때 구가 가즈유키와 모토무라 유리에가 주방에서 서빙 카트를 밀며 나왔다.

"여러분, 저녁이 준비되었습니다. 자리에 앉아 주세요."

유리에의 부름에 사람들이 하나둘 식당으로 향했다. 그들은 4인용 테이블 두 개를 나란히 붙인 후 각기 자리에 앉았다. 모두 앉자 구가 가즈유키가 접시에 밥을 퍼서 유리에에게 넘겼다. 그녀가 밥에 카레를 얹으면 혼다 유이치가 숟가락과 함께 사람들 앞에 갖다 놓았다.

"냄새가 좋군. 식욕이 돋는데."

맨 끝자리에 앉은 아마미야 교스케가 코를 벌름거렸다.

"받은 사람부터 먼저 먹어."

아무도 숟가락을 들지 않자 모토무라 유리에가 말했다. 그러나 결국 식사 당번들이 자리에 앉는 것을 보고 나서야 다들 먹기 시작했다. 몇몇이 "잘 먹겠습니다."라고 외쳤다.

한동안 아무도 말을 하지 않아 숟가락이 접시 바닥에 닿는 소리와 유리잔에 물을 따르는 소리만 들렸다.

맨 먼저 입을 연 사람은 다도코로 요시오였다.

"식사 당번 조는 나흘 동안 그대로 가나?"

"그래야지."

가사하라 아쓰코가 대답했다.

"안 그러면 사람마다 당번 횟수가 달라지니 불공평하잖아."

"왜, 무슨 불만이라도 있어?"

나카니시 다카코가 묻는다.

"그게 아니고, 사람 수가 끝까지 변하지 않는다면 이대로도 괜찮지만, 앞으로 달라질지도 몰라서 그래."

"왜 달라지는데?"

아쓰코의 질문에 다도코로 요시오가 쓴웃음을 지었다.

"아까 했던 말, 벌써 잊었어? 앞으로 우리 중 누군가가 살해될 가능성이 크다고 했잖아. 그러면 사람 수가 달라질 거 아니야."

"누군가가 살해되다니, 그게 무슨 뜻이죠?"

구가 가즈유키가 다도코로가 아닌 가사하라 아쓰코에게 물었다. 가사하라 아쓰코는 아까 자신들이 나눴던 얘기를 식사 당번들에게 설명했다.

"그러면 앞으로 살인 사건이 일어날지도 모른단 말이야?"

혼다 유이치가 어느새 깨끗이 비워진 접시를 내려다보며 말했다.

"하지만 진짜로 죽는 게 아니잖아. 그러니까 식사 당번까지 신경 쓸 필요는 없지 않을까?"

"아니지. 도고 선생님의 지시는 이야기의 등장인물에 완전히 동화되라는 뜻일 거야. 그렇다면 살해되는 역할을 맡은 사람은 우리 앞에 모습을 드러내서도 안 되고 식사를 함께해서도 안 되지."

"그러니까 우리는 그 사람이 없어졌다고 생각해야겠네."

나카니시 다카코가 그렇게 말하고 일동을 둘러보았다.

"그 역할을 맡은 사람에게는 미안하지만 말이야."

"하지만 그런 생각을 하기에는 아직 너무 이르지 않아?"

모토무라 유리에가 말했다.

"이미 우리는 등장인물이 되어 있어. 그러니까 앞으로 어떤 일이 일어날지 전혀 알 수 없지. 지금 우리가 생각할 수 있는 건 언제 여기서 나갈 수 있을까, 과연 구조대가 올까, 그런 정도가 아닐까."

차분한 말투였지만 그래서 오히려 설득력을 발휘했는지 모두가 입을 다물었다. 그녀가 덧붙였다.

"저녁 식사도 그래. 지금은 우아하게 밥을 먹을 만한 상황이 아니잖아. 식욕조차 없을 수도 있어. 하지만 영양은 충분히 섭취해야 하니까 이런 메뉴밖에 떠오르지 않는 거야."

아까 가사하라 아쓰코가 다도코로 요시오에게 한 말과 똑같았다. 그 일을 떠올렸는지 나카니시 다카코가 다도코로를 보며 쿡쿡 웃었다. 다도코로는 떨떠름한 표정을 지었다.

"그럼 나는 카레라이스나 한 그릇 더 먹어야겠다."

혼다 유이치가 천연덕스럽게 말하고 의자에서 일어났다.

"여기에 며칠이나 갇혀 있을지 아직 모르잖아. 에너지를 비축해 둬야지."

"나도, 나도."

나카니시 다카코도 덩달아 일어섰다.

구가 가즈유키의 독백

다도코로 요시오는 멍청한 놈이다. 멍청한 인간을 관찰하는 일이 때로는 심심풀이가 되기도 하지만, 정도가 심하면 화가 난다.

식사 당번 조를 들먹인 건 속내가 빤히 들여다보였다. 유리에와 한 조가 되고 싶어서일 것이다. 그래서 누군가가 살해되느니 어쩌느니 하고 가당찮은 소리를 늘어놓았지만, 유리에가 논리의 모순을 지적하자 단박에 입을 다물었으니 개가 웃을 노릇이다.

다도코로는 내가 유리에에게 마음이 있다는 걸 아직 눈치채지 못했다. 놈이 신경 쓰는 사람은 아마미야뿐이다. 그 틈을 노려야 한다.

저녁 식사 후 우리 식사 당번들은 다시 주방으로 들어갔다. 식사를 준비할 때는 혼다 유이치가 옆에 있어서 좀처럼 유리에와 단둘이 얘기할 기회가 없었는데, 지금은 혼다가 혼자 식당을 청소하고 있다. 나로서는 바라 마지않았던 상황이다.

나는 깨끗이 닦은 접시를 식기 선반에 올려놓으면서 유리에가 이번 겨울에 공연한 연극에 관해 얘기를 꺼냈다. 그녀는 설거지하던 손을 멈추고 얼굴을 찡그렸다.

"그 배역은 별로 떠올리고 싶지 않아요."

"왜요?"

"내가 원하는 연기를 끝내 못했으니까요. 어쩐지 내가 연극을 망친 것 같은 기분이 들어요."

유리에는 한숨을 쉬며 어깨를 축 늘어뜨렸다.

"나는 그렇게 생각하지 않는데요. 유리에 씨가 오랜만에 악역을 연기해서 신선한 느낌을 받았어요."

"칭찬해 주는 분들은 다 그렇게 말씀하시더군요. 하지만 그런 건 연기력과는 아무 상관이 없잖아요. 역시 합격점을 줄 수는 없었다는 얘기예요."

"목표치가 높은가 봅니다."

"그렇지 않아요. 정말로 실력이 없는 거죠."

유리에는 고개를 살래살래 젓고 나서 다시 손길을 바쁘게 움직였다.

그런 그녀의 반응을 보며, 과연 아무것도 모르는 것은 아니구나 하고 생각했다. 그녀의 말마따나 이번 겨울 연극에서 그녀가 보여 준 연기는 신통치 않았다. 여자의 마음속 깊은 곳에서 끓어오르는 분노와 단순한 히스테리조차 구별하지 못하는 연기였던 것이다. 사랑하는 남자에 대한 감정 표현도 상투적이고 모호했다. 소름 끼칠 정도의 증오심을 관객이 느끼도록 해야 하는데, 그저 좀 세련된 악녀에 그치고 말았다. 그래서는 연극의 진정한 의미를 표현했다고 할 수 없다.

그 원인은 미스캐스팅에 있었다. 주역 다음으로 중요한 악

녀 역을 여태 얌전한 아가씨 역할만 해 왔던 유리에가 맡게
된 데는 당연히 그럴 만한 속사정이 있을 터였다. 그때 나는
아직 극단 '수호'의 단원이 아니었기에 자세한 내막은 모르
지만, 그녀의 아버지가 재계와 연줄이 있어서 극단을 전폭적
으로 지원하고 있는 것과 무관하지 않으리란 것만은 확실하
다. 연극 애호가인 아버지가 딸을 연기파 배우로 포장하려고
손을 쓴 것이다.

다만, 하면서 나는 유리에의 옆얼굴을 슬쩍 훔쳐보았다. 가
령 아버지의 힘이 없었다 해도 극단 내에서 그녀의 지위는 지
금과 별반 다르지 않았을 것이다. 연기력이 있다고는 빈말로
도 하기 어렵겠지만, 그 미모는 무대에 세울 가치가 충분하
다. 그 증거로, 지난번 오디션에서 그녀가 캐스팅되었을 때도
다른 여자들의 질시의 대상은 캐스팅 자체가 아니라 그녀의
용모였다.

나는 1년 전 처음으로 그녀의 무대를 보았을 때를 잊지 못
한다. 지루하고 시시한 연극인 데다 유리에의 연기도 칭찬할
구석이 없었지만, 그녀의 사랑스러움만은 내 마음을 온통 사
로잡았다. 그 이후 나는 그녀가 출연하는 연극을 빼놓지 않고
봤다.

'어떻게든 그녀에게 다가가고 싶다.', 나는 진심으로 그렇

게 바랐다.

그리고 기회가 찾아왔다. 극단 '수호'의 연출가 도고 신페이가 다음 작품의 출연자를 단원 비단원 가리지 않고 오디션을 통해 뽑겠다고 발표한 것이다.

그 무렵 나는 이름은 그런대로 알려져 있으나 경영 상태가 썩 좋지 않은 극단에 소속되어 있었다. 동료들은 하나둘 극단을 떠나갔다. 나 역시 연극 연습을 하는 시간보다 아르바이트하는 시간이 많은 상태였다.

오디션 응모 자격은 간단했다. 일단 도고 신페이의 연극에 출연하고 싶은 사람이면 누구든지 가능했다. 다만 어떤 작품이고 어떤 캐릭터가 요구되는지는 전혀 알려 주지 않았다. 선발 인원도 알 수 없었다.

나는 주저 없이 오디션에 응모했다. 극단의 단원인 모토무라 유리에도 이번 오디션에 참가할 것이 분명하다고 판단했기 때문이다. 게다가 그녀라면 무리 없이 선발될 터였다. 즉, 이번 오디션에 합격하기만 하면 그녀와 가까워질 기회가 생기는 것이다. 그러나 만일 떨어질 경우 다시는 그녀와 얘기를 나눌 기회조차 없을지도 몰랐다. 나는 그녀에 대한 집념 못지 않게 진지한 마음으로, 배우로서 성공할 기회도 이번이 마지막이라고 각오했다.

서류 면접을 무사히 통과한 나는 지정된 날, 정해진 오디션 장소로 갔다. 예상대로 3백 명 남짓한 참가자 중 수십 명이 '수호' 단원이었다. 그리고 나머지 참가자 중 90퍼센트는 자기 주제를 모르는 아마추어였다. 내 적은 정식 단원들뿐이라고 확신했다.

그날 2차 선발까지 계속되어 참가자는 스무 명으로 좁혀졌다. 나를 제외하면 단원이 아닌 사람은 두 명뿐이었다. 둘 다 젊은 여성으로, 생김새는 그런대로 괜찮았지만 별다른 개성이 엿보이지 않았다. 두 명 다 떨어질 게 불 보듯 뻔했다.

사흘 후 치러진 최종 심사에서는 실제로 연기를 테스트했다. 셰익스피어 작품의 명장면을 현대적으로 각색한 대본이 몇 가지 준비되어 있었고, 참가자는 그중 마음에 드는 것을 골라 연기하면 되는 것이었다. 나는 '오셀로'를 선택했다. 전에 연기해 본 적이 있는 데다, 좋아하는 캐릭터이기도 했다. 심사 위원들의 반응은 그런대로 괜찮았다. 고개를 끄덕이는 사람도 몇 명 있었다. 그 모습을 보며 나는 내심 합격을 자신했다.

다른 참가자들의 선택은 '햄릿'이나 '로미오와 줄리엣'처럼 대중에게 익숙한 작품에 집중되었다. 젊은 여성들은 십중팔구 줄리엣 역을 선택할 것이라고 예상했는데, 의외로 줄리엣 역은 다들 꺼리는 눈치였다. 모토무라 유리에가 줄리엣을 선택했다는 걸 알고서야 그 까닭을 이해했다. 그녀와 같은 역을 연기하면 그녀와 비교될 수밖에 없다. 암만해도 그녀의 미모를 당할 수는 없다고 계산했을 것이다.

그리고 그 계산은 아무래도 맞아떨어진 듯했다. 유리에 이외에 줄리엣을 연기한 사람은 한 명뿐이었는데, 그녀의 이름은 합격자 명단에 들어 있지 않았다. 내가 보기에는 그녀가 유리에보다 훨씬 나은 연기를 펼쳤으니 역시 불이익을 당했다고 해석할 수밖에 없었다. 확실히 그녀는 용모 면에서 여배우로서 축복받았다고 말하기 힘들었다. 수준 낮은 심사위원이라면 그녀보다 먼저 등장한 유리에의 미모에 현혹되어 정당한 판단을 내리지 못했을 터였다.

그런 과정을 거쳐 최종 합격자 일곱 명이 발표되었다. '수호' 단원 외에 선발된 사람은 나 하나뿐이었다. 오디션이 끝난 후 우리 일곱 명은 정식으로 인사를 나누고 각자 자기소개를 했다. 다도코로 요시오는 대놓고 내게 곱지 않은 시선을 보냈다. 그 눈빛만으로도 그의 비열한 인간성을 짐작할 수 있었다. 게다가 그가 모토무라 유리에에게 마음이 있다는 건 오디션 때부터 이미 확신할 수 있었다. 꼭 필요한 때 외에는 저 녀석과 말을 섞지 말자고 다짐했다.

아마미야 교스케나 가사하라 아쓰코는 어느 극단에나 반드시 있는 우등생 리더 타입이다. 실력은 거기서 거기지만 통솔력 비슷한 것이 있었다. 혼다 유이치는 언뜻 보기에는 거칠고 얼렁뚱땅하는 타입 같지만, 연극에 관한 한 상당한 실력파다. 그런저런 사실을 나는 오디션 때 이내 알아차렸다. 나카니시 다카코는 백치미에 가까운 매력뿐 아니라 재능도 있다.

그리고 모토무라 유리에.

그녀는 신참인 나를 다정하고 친절하게 대해 주었다. 아마도 박애주의를 지향하는 모양이다. 그런 친절의 밑바닥에 뭔가 꿍꿍이를 숨긴 사람도 있지만, 그녀는 그런 인간들과는 확연히 달랐다. 배우로서의 재능은 일곱 명 중 최하위라고 해도 과언이 아닐 정도로 아쉽지만, 그런 건 내게 별로 중요하지 않았다. 중요한 건 내 일생의 반려자로 합격인가 아닌가 하는 점이다.

뽀드득뽀드득 소리를 내며 카레 접시를 닦는 그녀의 옆얼굴을 바라보며 이 기회를 어떻게든 살려야 한다고 나는 새삼스레 다짐했다.

접시를 다 닦고 나서 우리는 잠시 연극에 관해 얘기를 나눴다. 그녀는 내가 비록 소극장 공연이기는 해도 출연 횟수가 많다는 점에 감탄하는 눈치였다. 별거 아닙니다, 하고 나는 겸손을 떨었다. 아마미야 교스케 따위는 별 볼일 없다는 걸 그녀가 깨닫기만 한다면 승리의 여신은 내 손을 들어 줄 것이다.

"구가 씨는 왜 배우가 되기로 마음먹었어요?"

유리에가 물었다. 좋았어. 내게 관심을 갖기 시작했다는 증거다.

"어쩌다 보니 그렇게 됐어요. 다양한 일을 경험해 보고 싶었고, 그래서 연극에도 발을 들였죠. 그런데 이 일이 적성에 맞았는지, 정신을 차려 보니 푹 빠져 있었다, 뭐, 그런 식입니다."

"어머나, 그렇군요. 하지만 그런 사람이야말로 진정한 재능이 있는지도 몰라요."

나를 보는 유리에의 눈빛이 조금 달라진 듯했다.

"유리에 씨는 왜 배우를 선택하셨습니까?"

은근슬쩍 그녀 이름을 입 밖에 냈다. 첫 시도인데, 그녀가 불쾌한 표정을 짓지 않는다면 실적을 하나 쌓는 셈이다.

"어렸을 적부터 배우가 꿈이었어요. 아빠가 연극이랑 뮤지컬을 좋아해서 저를 자주 데리고 다니셨거든요. 그러다 보니까 나도 저 화려한 무대에 서 보고 싶다는 생각을 하게 되었죠."

그녀가 눈을 반짝이며 대답했다. 그럴듯한 얘기지만, 부잣집 딸이 배우를 꿈꾸는 배경에 흔히 있을 법한 사연이었다.

"어릴 적 꿈을 이뤘다는 말이군요. 정말 멋진걸요."

나는 그녀를 치켜세웠다. 이런 말을 듣고서 기뻐하지 않을 여자는 없다.

"하지만 아직 멀었어요. 배워야 할 것이 한두 가지가 아니 에요. 올해는 런던이나 브로드웨이에도 가 보고 싶어요. 그 것도 단순히 연극만 보는 게 아니라 본격적으로 공부하고 싶 어요."

세게 나오는군. 과연 부잣집 딸은 다르다.

"유리에 씨라면 할 수 있을 겁니다."

아무 근거도 없이 나는 단언했다.

유리에는 나를 보며 방긋 웃었다. 그러나 다음 순간 그 눈 에 문득 그늘이 드리웠다. 꿈에서 깨어난 듯한 눈이다. 내가 말을 잘못한 걸까.

얘기를 좀 더 나누고 싶었지만 혼다 유이치가 청소를 마치 고 돌아오는 바람에 그쯤에서 끝낼 수밖에 없었다. 첫날 저녁 에 이만큼 얘기를 나눈 것은 큰 수확이지만, 유리에의 그 눈 이 아무래도 마음에 걸린다.

정리를 끝내고 주방에서 나오니 아마미야 교스케와 다도 코로 요시오, 두 사람이 라운지에서 떨어져 앉은 채 책을 읽고 있었다. 예의 추리 소설일 것이다. 열심히 읽어 두는 게 좋겠지. 나로 말할 것 같으면 고전으로 꼽히는 추리 소설은 전부 머릿속에 들어 있다.

"아쓰코랑 다카코는 어디 갔어?"

유리에가 아마미야 교스케에게 물었다. 다도코로는 자신에게 묻지 않은 것이 불만스러운 모양이었다. 책에서 고개를 든 그의 볼살이 미세하게 실룩거리는 것을 나는 놓치지 않았다.

"목욕하러 갔어."

아마미야가 대답했다.

"온천장에 온 기분을 내겠다나 뭐라나."

"그렇구나."

그녀가 뭘 할지 망설이는 표정을 지었다. 나는 만일 그녀가 목욕하러 가겠다고 하면 나도 가야지 하고 그 자리에 선 채 풍경 사진을 바라보는 척했다. 다도코로 요시오를 슬쩍 곁눈질해 보니 녀석도 유리에의 동향에 신경을 곤두세우는 눈치였다.

하지만 그녀는 목욕하러 가는 대신 하필이면 아마미야 교스케 옆에 자리를 잡고 앉았다. 그 둘은 추리 영화에 관해 별 알맹이 없는 얘기를 나누기 시작했다. 나도 혀를 차고 싶은 심정이었지만 나보다 더 애가 타는 사람은 다도코로 요시오일 것이다. 아니나 다를까 녀석은 읽던 책을 손에 쥔 채 일어서더니 뻔뻔스럽게도 두 사람 앞에 의자를 놓고 앉았다.

"추리 영화라면 나도 좀 아는데."

그가 그런 시답잖은 소리를 늘어놓으며 억지로 대화에 끼어드는데도 유리에나 아마미야는 별로 불쾌한 표정을 짓지 않았다. 하지만 아마미야는 내심 그를 훼방꾼으로 여기겠지. 어찌 됐건 두 사람 사이의 진전을 막는 효과는 있을 테니 이번만은 다도코로의 초라한 뒷모습에 응원을 보내기로 했다.

"구가 씨, 우리 한잔할까요?"

나와 마찬가지로 딱히 할 일이 없었던 혼다 유이치가 잔을 기울이는 시늉을 했다.

"위스키를 가져왔거든요, 싸구려지만."

"그거 좋죠. 같이 마셔요."

우리는 식당 테이블에 마주 앉았다. 혼다가 방에서 들고 나온 술을 잔에 따랐다. 그는 라운지에 있는 세 사람에게도 같이 마시자고 권했지만, 그들은 대답은 알겠다고 하면서도 이쪽으로 올 기색이 없었다.

"전에 '타락 천사'에 있었다면서요?"

물을 탄 위스키를 홀짝거리며 혼다가 내게 물었다.

"네, 맞아요."

"어쩐지 오디션 때부터 사뭇 다르더라고요. '타락 천사'는 엄격하기로 유명하잖아요."

"그런데 낡은 습성이 있다 보니 신인 배우들이 오래 버티지 못합니다. 보수적인 면도 있고, 관객을 끌어들이는 힘도 부족하고요."

"그래요? 저는 작년에 '백작의 만찬'을 봤는데 상당히 재미있던데요."

"그 작품은 비교적 괜찮았어요. 하지만 그 작품 때문에 내분이 일어났죠. 원래는 드라큘라 이야기를 각도만 조금 달리해서 무대에 올릴 예정이었는데, 젊은 배우들이 그래서는 재미가 없다고 하는 바람에 오락적인 요소를 대폭 가미했거든요. 온라인 상연을 의식한 거죠. 그러자 전통적인 방식의 연극을 해 온 사람들이 그동안 자신들이 쌓아 올린 것들을 부정당한 느낌이 들었는지 불만을 터뜨렸습니다."

"그때까지 '타락 천사' 하면 셰익스피어 아니었습니까."

"그랬죠. 한마디로 곤경에 처한 햄릿이 된 거죠. 하지만 요 몇 년 동안 연극계 전체에 그런 경향이 있었던 것도 사실입니다. 고전 지향이랄까요."

"창작 대본보다는 대중에게 익숙한 작품을 공연하는 편이 수월하긴 하죠. 상업주의가 그 바탕에 깔려 있는 점은 양쪽

다 마찬가지지만요."

혼다 유이치는 고개를 끄덕이며 또 음미하듯이 위스키를 마셨다. 말투는 여전히 거칠지만, 이토록 열변을 늘어놓는 그의 모습은 처음이었다. 역시 연극을 사랑하는 사람이다.

"셰익스피어 얘기가 나와서 말인데, 구가 씨가 연기한 '오셀로', 정말 좋았어요. 오디션 때 말이에요."

"아아, 그거요. 간신히 쥐어짠 연기였죠."

전혀 그렇게 생각하지 않았지만 나는 짐짓 겸손을 떨었다.

"혼다 씨는 그때 아마 '햄릿'을 연기했죠?"

"말도 마세요. 어처구니없게도 잔뜩 긴장해서는 말이죠."

혼다는 떫은 감이라도 씹은 듯한 표정을 지었다.

"아니에요, 그렇지 않았어요. 다들 틀에 박힌 연기를 했지만 혼다 씨만은 빛이 났어요."

틀에 박힌 연기의 대표 주자인 다도코로 요시오를 비꼬느라고 한 말이었지만, 정작 당사자는 누가 모토무라 유리에게 말을 더 많이 거느냐를 놓고 아마미야와 경쟁을 벌이는 데 여념이 없었다.

"그런데 말이죠, 이번 오디션에 관해서 의문이 하나 있습니다."

"그래요? 뭡니까?"

"모토무라 씨 말고 또 한 명, 줄리엣을 연기한 사람이 있었잖아요. 짧은 머리에 약간 통통한 분 말입니다."

"아아."

혼다 유이치가 천천히 고개를 끄덕였다.

"아사쿠라 마사미 씨 말이군요."

"맞아요! 그런 이름이었던 것 같아요. 그분이 왜 합격하지 못했는지, 저는 그게 의아하더군요. 연기하는 모습을 보고 틀림없이 합격할 거라고 예상했는데 말이죠."

"네, 뭐……, 연기력이야 정평이 나 있죠. 네, 맞아요."

대답하는 혼다의 말투가 어쩐지 어색하게 느껴졌다.

"하지만 심사 위원의 기준은 제각각 다르니까요. 개인의 취향 같은 것도 작용하고요. 그래서 오디션에는 운이 많이 작용한다고들 하는 거 아니겠습니까."

"그야 그렇죠. 하지만 그분의 연기를 다시 한 번 보고 싶네요. 아사쿠라 씨라고 하셨죠? '수호'의 단원이라면 또 만날 기회가 있겠군요."

그렇게 말하면서 나는 문득 시선을 느끼고 옆쪽을 돌아보았다. 라운지에 있던 세 사람이 대화를 멈추고 이쪽을 바라보고 있었다.

"아사쿠라 마사미가 어쨌다고?"

아마미야가 물었다.

"아니, 별 얘기 아니야."

혼다가 대답했다.

"구가 씨가 마사미의 연기를 보고 감동했대."

"줄리엣이었죠?"

내가 묻자 유리에가 등을 곧추세우더니 말했다.

"그래요, 멋졌어요. 나도 감동한걸요."

"그분과 꼭 한번 얘기를 나누고 싶습니다."

그 말에 아마미야와 유리에가 왠지 낭패한 기색을 보였다.

"……알았어요. 돌아가면 소개해 드릴게요."

아마미야 교스케가 잠깐 뜸을 들이다가 대답했다.

"네, 부탁드립니다."

"그렇게 쉽게 대답해도 되는 거야?"

대화를 듣고 있던 다도코로 요시오가 아마미야를 살짝 노려보며 물었다.

"문제 될 거 없잖아."

"글쎄, 과연 그럴까."

그리고 다도코로는 자리에서 일어섰다.

"목욕이나 해야겠다."

그러자 혼다 유이치도 일어서며 "오늘 밤은 이쯤 하죠. 더

마시고 싶어요?"라고 말했다.

"아니에요. 됐습니다."

나는 다도코로의 말이 무슨 뜻인지 묻고 싶었지만, 아무래도 그들에게는 거북한 화제인 듯해서 말을 삼겼다.

잔을 정리한 뒤 라운지로 돌아갔을 때는 이미 아마미야와 유리에의 모습이 보이지 않았다.

2층 끝에서 두 번째 방이 내가 쓰기로 한 1인실이다. 그 왼쪽은 나카니시 다카코, 오른쪽은 다도코로 요시오의 방이다. 문제의 유리에는 레크리에이션 룸 옆에 있는 2인실을 가사하라 아쓰코와 함께 사용하기로 한 듯했다. 밤중에 몰래 침입할 속셈은 눈곱만큼도 없지만, 그녀가 혼자 방을 쓰지 않는다고 생각하자 왠지 김이 빠졌다. 다만 다도코로의 잠입을 방지하는 효과는 기대할 수 있을 듯했다. 아마미야와 유리에의 사이가 육체관계를 통해 급속하게 발전하는 일도 없을 것이다.

욕실에 아무도 없을 만한 시간을 틈타 목욕을 한 후 잠옷 대신 운동복을 입고 라운지로 나가 봤지만 아쉽게도 아무도, 다시 말해서 모토무라 유리에는 없었다. 하는 수 없이 계단을 올라갔다가, 어쩌면 레크리에이션 룸에 여자들이 모여 있을지도 모른다는 생각에 그쪽으로 가 보기로 했다.

2층 복도는 오른쪽으로는 라운지에 이어 식당이 내려다보이고, 왼쪽으로는 방문들이 나란히 있다. 식당 위를 지날 즈음 복도가 오른쪽으로 갈라지는데, 그쪽으로 돌면 오른쪽으로 식당이 내려다보이고 쭉 가면 왼쪽 끝에 레크리에이션 룸이 있다. 오른쪽으로 돌지 않고 곧장 가면 비상구가 나온다.

레크리에이션 룸 문 앞에 다다르니 안에서 피아노를 치는 소리가 희미하게 흘러나왔다. 문을 열자 큰 소리를 낸 것 같지도 않은데 연주가 뚝 끊겼다.

피아노를 치던 사람은 나카니시 다카코였다. 가사하라 아쓰코는 그 옆에 서서 악보를 바라보는 듯했다. 두 사람이 이쪽을 돌아봤다.

"아, 미안해요."

나는 사과했다.

"방해할 생각은 아니었는데……."

"괜찮아요. 구가 씨도 치시겠어요?"

나카니시 다카코가 일어서려 해 나는 두 손을 내저었다.

"아닙니다. 피아노를 잘 못 쳐요. 신경 쓰지 말고 계속 치세요. 방금 치던 곡이 모차르트의 '레퀴엠'이죠?"

"네. 연습 중이에요."

그렇게 대답하고 다카코는 가사하라 아쓰코와 얼굴을 마주 보았다. 자세히 보니 그녀가 치던 피아노는 어쿠스틱 피아노가 아니라 전기적으로 소리를 내는, 이른바 디지털 피아노였다.

모토무라 유리에가 없으니 더는 볼일도 없었지만, 그대로 나가기도 좀 뭐해서 나는 실내를 한 바퀴 둘러봤다. 포켓볼 당구대 외에도 축구 게임판과 전원이 꺼져 있는 핀볼 게임기, 그리고 벽에는 초등학교 교실에나 있을 법한 낡은 스피커가 걸려 있었다. 스피커는 손님을 부를 때 사용하는 것 같았다. 스피커와 나란히 다트 판이 걸려 있었지만 다트는 보이지 않았다. 창고 문 같은 게 있는 것으로 보아 그 속에 있을지도 몰랐다.

"구가 씨, 나인볼 할 줄 알아요?"

다카코가 물었다. 나는 할 줄은 알지만 잘하지는 못한다고 대답했다.

"그럼 잠깐 할까요? 저도 오랜만인데."

"아닙니다. 오늘은 이만 자려고요."

"그렇군요. 그럼 내일 해요."

"그러죠. 내일 합시다. 잘 자요."

그리고 나는 문으로 향했다. 잘 자요, 하고 두 여성도 인사했다.

레크리에이션 룸 바로 옆은 유리에와 가사하라 아쓰코의

방이다. 지금은 유리에 혼자 있을 터였다. 잘 자라고 인사나 할까 싶어 문 앞에 섰다가 바로 옆 벽에 거울이 있어서 거기에 얼굴을 비춰 봤다. 흠, 꽤 괜찮은 얼굴이군.

그런데 그 거울에 다도코로 요시오가 방에서 나오는 모습이 비쳤다. 녀석이 이쪽을 힐금 보더니 허겁지겁 다가왔다.

"여기서 뭘 하는 겁니까?"

위압적으로 묻는다. '뭘 하든 내 맘이지, 네게 말해야 할 이유가 있어?'라고 말하고 싶은 걸 꿀꺽 삼켰다.

"레크리에이션 룸에 갔다 왔어요. 나카니시 씨가 있더군요."

가사하라 아쓰코 이름을 언급하지 않은 것은 유리에가 방에 혼자 있다는 사실을 알리고 싶지 않아서였다.

"다도코로 씨는 어디 가세요?"

"화장실에요."

그러고서 녀석은 화장실 쪽 복도로 걸어갔다. 방으로 돌아온 나는 옆방에서 나는 소리에 귀를 기울였다. 설마, 하면서도 혹시나 다도코로 그 멍청한 녀석이 유리에의 방에 쳐들어가는 건 아닌지 걱정스러웠던 것이다. 그러나 잠시 후 녀석이 방으로 돌아오는 소리가 들리자 나는 안심하고 침대에 누울 수 있었다.

레크리에이션 룸.

"저 사람, 꽤 괜찮지 않아?"

구가 가즈유키가 나가자 나카니시 다카코는 그렇게 말하며 당구대 한쪽 끝에 걸터앉았다.

"생김새도 서구적이고 스타일도 좋잖아. 키가 5센티미터만 더 컸으면 완벽했을 텐데."

"난 좀 별로야. 무슨 생각을 하는지 좀처럼 속을 모르겠단 말이야."

가사하라 아쓰코가 고개를 갸우뚱하며 말했다.

"우리 단원이 아니라서 그럴지도 몰라."

"그래도 난 왠지 싫어. 공손한 말씨도 좀 거북하고 말이야. 마음속으로는 우리를 바보 취급 하는 거 아닐까?"

"설마. 지나친 생각 아니야? 뭣 때문에 우리를 바보 취급 하겠어?"

"배우로서의 역량이라든가 인간성, 그 외 여러 가지 이유로. 교스케도 말했지만, 상당한 실력자인 것 같아. 오디션 때 그 사람 연기, 기억나?"

"그야 잊기 힘들지."

나카니시 다카코가 몸을 비비 꼬았다.

"특히 춤 테스트 때는 어찌나 센스 있고 섹시하던지 나도
모르게 아랫도리가 짜릿하더라니까."

"어머, 얘 말하는 것 좀 봐."

가사하라 아쓰코가 입을 비틀며 웃었다.

"하긴, 멋지더라. 춤도 춤이지만 '오셀로' 연기 말이야. 그
정도로 실력이 있는데 기회를 못 만나서 여태껏 묻혀 있었나
봐. 그런 사람은 우리처럼 순조롭게 연극을 해 온 사람들에게
증오에 가까운 감정이 있다던데."

"그럼 내가 그 증오심을 한번 녹여 볼까?"

그러면서 몸을 배배 꼬던 나카니시 다카코는 이내 정색하
더니 "에이, 허튼소리 그만하고 나도 잠이나 자야겠다."라고
말했다.

"그게 좋겠어. 너 좀 취한 것 같아."

그 둘은 방에서 들고 온 와인을 한 병 모두 비운 상태였다.

"알았어. 아쓰코 너는 피아노 더 칠 거야?"

"응. 한 시간 정도만 더 칠게."

"열심이네."

그러고서 다카코는 입을 쩍 벌리며 하품을 했다.

"그럼 잘 자."

"그래, 너도. 아 참, 미안하지만 내려가서 라운지랑 식당 불 좀 꺼 줄래?"

"그래."

나카니시 다카코는 문 쪽을 향한 채 머리 위로 손을 흔들며 대답했다.

혼자 남은 가사하라 아쓰코는 헤드폰을 끼고 그 잭을 디지털 피아노의 단자에 꽂은 후 다시 건반을 두드리기 시작했다.

약 한 시간 동안 그녀는 묵묵히 피아노를 쳤다. 때로 손을 마사지하기도 하고 어깨를 돌리거나 악보를 뒤적거리기도 했지만, 그 외의 시간에는 거의 쉬지 않고 연주했다. 피아노 위에 놓인 시계의 바늘이 어느새 12시를 넘어서고 있었다.

그녀가 새로운 곡의 악보를 펼치고 건반을 두드리기 시작했을 때였다. 천천히 출입문이 열렸다.

그러나 아쓰코는 그 기척을 알아차리지 못했다. 피아노가 입구 반대편 벽 쪽에 문을 등지고 놓여 있었기 때문이다. 게다가 그녀는 헤드폰을 끼고 있었다. 그리고 무엇보다 연주에 열중하고 있었다.

침입자는 몸을 굽히고 소리가 나지 않도록 신중히 걸음을 옮겼다. 당구대보다도 등을 낮추고 그녀 뒤로 다가갔다.

침입자가 거의 등 뒤에 다가섰을 때까지도 가사하라 아쓰코는 아무것도 눈치채지 못한 채 피아노 연주에 몰두해 있었다. 음악은 그녀에게만 들렸고, 정적 속에서 건반을 두드리는 소리만 나지막이 들렸다.

침입자가 갑자기 몸을 일으켰다. 동시에 가사하라 아쓰코도 기척을 느꼈는지 연주하던 손을 멈췄다. 어쩌면 피아노 표면에 그림자가 비쳤는지도 모른다. 그러나 돌아볼 틈은 없었다. 침입자는 한 치의 망설임도 없이 헤드폰 줄로 뒤에서 그녀의 목을 졸랐다.

가사하라 아쓰코가 잠깐 뭔가 소리를 내는 듯했다. 하지만 아마도 그녀는 무슨 일이 벌어졌는지 깨닫지 못했을 것이다. 몸이 크게 뒤로 휘는가 싶더니 다음 순간 그녀는 목을 파고드는 헤드폰 줄을 벗겨 내려고 몸부림쳤다. 의자가 넘어지고, 그녀가 바닥에 나동그라졌다.

그러나 침입자는 힘을 늦추지 않고 계속해서 그녀의 목을 옥죄었다.

마침내 가사하라 아쓰코의 손발에서 힘이 빠지고 온몸이 축 늘어졌다. 그런 후에도 침입자는 그녀의 죽음에 쐐기를 박듯이 한동안 손의 힘을 늦추지 않았다.

그녀가 완전히 죽었다고 확신했는지 마침내 침입자가 헤드폰 줄을 손에서 놓았다. 그리고 입구 쪽으로 가서 방의 불을 끈 다음 가사하라 아쓰코의 목에서 헤드폰 줄을 벗기고 사체를 질질 끌기 시작했다. 어둠 속에서 마룻바닥을 스치는 소리만 들렸다.

둘째 날

1

이른 아침의 **라운지.**

벽시계가 7시를 가리켰다. 맨 먼저 모습을 보인 사람은 아마미야 교스케였다. 그는 먼저 일어난 사람이 있는지 확인하려는 듯이 주위를 둘러본 후 스토브에 불을 붙였다. 창밖은 어제처럼 화창했다.

"야, 일찍 일어나셨군요."

방에서 나온 구가 가즈유키가 아마미야를 내려다보면서 인사를 건넸다.

"아, 잘 잤어요? 제가 오늘 아침 식사 당번이거든요."

"그런데 다른 분들은 아직 안 일어났나 봅니다."

수건과 칫솔을 손에 든 구가 가즈유키가 세면실 쪽으로 걸어가며 말했다.

잠시 후 다도코로 요시오와 모토무라 유리에도 각자의 방에서 나왔다.

"좋은 아침! 잘 잤어?"

세면실로 가던 다도코로가 유리에에게 인사했다.

"응. 왠지 평소보다 푹 잔 것 같아."

"피곤해서 그럴 거야."

그들 목소리에 잠이 깼는지 혼다 유이치도 일어나서 방을 나왔다.

세수를 마친 유리에가 얼굴에 뭐라도 발라야겠다며 방으로 들어가자 남자 넷은 라운지에서 여자들을 기다리는 모양새가 되었다. 아마미야와 혼다는 책을 읽고, 구가 가즈유키는 스트레칭을 했다. 다도코로 요시오는 딱히 할 일이 떠오르지 않는지 다시 일어서서 현관으로 향했다.

"어디 가?"

아마미야가 책에서 얼굴을 떼고 물었다.

"혹시 신문이라도 오지 않았나 싶어서."

"왔을지도 모르지만, 가지러 나가면 안 되지."

아마미야가 말했다.

"벌써 잊었어? 여기는 눈에 갇힌 산장이잖아. 그러니 신문이 올 리 없지."

그 말을 듣고서야 다도코로는 아차, 하는 표정을 지었다. 어쩌면 아마미야 말대로 정말 잊고 있었는지도 모른다. 그러나 그는 목덜미를 탁탁 치면서 "잊은 건 아니지만, 보다시피 아무 일도 일어나지 않았으니 그 설정을 엄격히 지킬 이유가 있을까 싶네."라고 말하고 원래 있던 자리로 돌아가 앉았다.

그때 모토무라 유리에가 방에서 나왔다. 계단을 내려오던 그녀가 일동을 바라보며 "어, 아쓰코는?" 하고 물었다.

"글쎄, 모르겠는데."

아마미야 교스케가 대답했다.

"오늘 아침에는 아직 아쓰코를 보지 못했어."

"그래? 이상하네……."

유리에가 고개를 갸웃거리면서 계단을 마저 내려왔다.

"일어나 보니까 침대에 없더라고. 그 후로도 못 봤고."

"밖에 나갔나……."

중얼거리는 혼다 유이치의 말을 "그건 아닐 거야."라며 아마미야가 딱 잘랐다.

"이곳이 눈에 갇힌 산장이라는 설정을 그녀가 잊었을 리 없어."

"어머나, 다들 일찍 일어났네."

그들의 머리 위에서 느닷없이 카랑카랑한 목소리가 쏟아졌다. 자다 깬 머리 모양 그대로 산발을 한 나카니시 다카코였다. 그녀는 아직 세수도 하지 않은 듯했다.

"다카코, 아쓰코 어디 있는지 알아? 하긴, 알 리가 없지."

아마미야가 묻고 나서 그 물음을 스스로 부정했다.

"아쓰코? 방에 없어?"

"응, 안 보이네."

대답하고 나서 모토무라 유리에는 고개를 갸웃했다.

"그러고 보니 아쓰코가 어젯밤에 몇 시쯤 방에 들어왔는지도 모르겠어. 먼저 잠드는 바람에 그녀가 침대에 드는 걸 못 봤거든."

"그럼 그 후로도 오랫동안 피아노를 쳤나……."

나카니시 다카코가 머리카락 속에 손을 넣어 벅벅 긁으며 말했다.

"설마 레크리에이션 룸에서 잠들어 버린 건 아니겠지."

그녀는 여전히 잠이 덜 깬 표정으로 레크리에이션 룸 앞까지 걸어가 문을 열었다. 밑에서는 전원이 그녀를 걱정스러운 듯이 올려다보았다.

"여기에도 없는데……, 아니!"

레크리에이션 룸 안을 들여다보던 다카코가 안으로 튀듯이 들어갔다. 그리고 몇 초 후, 잠이 싹 달아난 표정으로 다시 뛰쳐나왔다.

"애들아, 큰일 났어! 아쓰코가 사라졌어!"

레크리에이션 룸.

놀라서 달려온 다섯 명 앞에 다카코가 종이를 한 장 내밀었다.

"이런 게 바닥에 떨어져 있었어."

아마미야 교스케가 손을 뻗으려고 하는데 다도코로 요시오가 낚아채듯 종이를 가져갔다.

"……뭐야, 이게. 대체 무슨 말이야."

"뭐라고 쓰여 있는데?"

유리에가 물었다.

"설정 2. 가사하라 아쓰코의 사체에 관해서. 사체는 피아노 옆에 쓰러져 있다. 목에 헤드폰 줄이 감겨 있고, 목이 졸린 흔적이 있다. 옷차림은 빨간 스웨터에 청바지. 이 종이를 발견한 사람을 사체의 첫 발견자로 한다, 그렇게 쓰여 있어. 글자가 삐뚤빼뚤하네. 아마도 필적을 숨기려는 거겠지. 아무튼 아쓰코는 살해당한 걸로 설정된 모양이야."

다도코로가 종이를 유리에에게 건넸다. 다른 사람들도 그녀 옆에서 종이에 적힌 글을 다시 한 번 확인했다.

"어이없는 일이 일어났군."

아마미야 교스케가 주먹 쥔 오른손으로 왼 손바닥을 가볍게 쳤다.

"어제 얘기했던 것처럼 역시 살인 사건이 일어난다는 설정이었어. 하지만 아쓰코가 살해당하는 배역일 줄이야……."

"그녀는 대체 어디로 사라졌을까?"

나카니시 다카코가 불안한 목소리로 물었다.

"몰래 빠져나간 거 아닐까?"

혼다 유이치가 말했다.

"계속 죽은 척할 수는 없잖아. 죽었다는 사람이 산장 안을 어슬렁거리며 돌아다니는 것도 이상하고."

"그 밤중에 어딜 갔다는 거야?"

"그야 나는 모르지. 이 근처에 펜션 같은 걸 또 하나 빌려 놓은 것 아닐까?"

"아마 그랬을 거야."

아마미야 교스케가 동의했다.

"허, 아쓰코에게 아주 보기 좋게 속아 넘어갔군."

다도코로 요시오는 그렇게 말하고 나서 한숨을 쉬었다.

"아무것도 모르는 것처럼 하더니 말이야."

"아니, 가사하라 씨가 계획을 사전에 알았다는 보장은 없지 않을까요?"

의문을 제기한 사람은 구가 가즈유키다. 사람들의 눈길이 일제히 그에게 쏠렸다.

"그렇잖습니까. 살인 사건인 이상 반드시 범인이 있을 테죠. 사전에 계획을 알았던 사람은 범인뿐이고, 가사하라 씨는 어젯밤에 갑자기 범인에게 살해당하는 배역을 지시받았을지도 몰라요."

"흠, 그쪽이 좀 더 그럴듯하군요."

아마미야 교스케가 구가의 의견을 지지하고 나섰다.

"그렇다면 어제 내가 한 말을 취소해야겠어. 새로운 등장인물이 나타날 거라고 했는데, 반드시 그럴 필요는 없겠어. 아니 오히려 그럴 가능성이 적다고 해야겠지."

"그럼 우리 중에 계획을 아는 사람이 있다는 거야?"

다도코로가 일동의 얼굴을 차례차례 훑으며 말했다.

"시치미를 떼고 있지만 사실은 도고 선생님의 지시에 따라 움직이는 사람이 있다는 얘기군."

"그렇게 무서운 표정 짓고 있지만 실은 다도코로가 범인일 수도 있겠네."

다카코가 말했다.

"나는 아니야."

"좋아, 그럼 이렇게 하자."

아마미야 교스케가 짝, 손뼉을 쳤다.

"계획을 아는 사람이라고 부르지 말고 '범인'이라고 부르자고. 아쓰코를 살해한 범인이잖아. 어차피 우리는 그 범인이 누군지 추리해야 하고."

"드디어 연극이 시작된 거네."

유리에가 눈을 빛내며 말했다.

"그렇지. 다카코는 아쓰코의 시신을 발견하고 비명을 질렀어. 우리는 그 비명을 듣고 이 방으로 뛰어 들어왔고."

"나 같으면 비명을 안 지를 텐데."

"지른 걸로 하자는 뜻이야."

"그런 말이 아니라, 비명을 지를 여유조차 없을 거란 뜻이야. 기겁을 하고 네 발로 기어서 방을 나올 것 같아. 그리고 모두에게 와 보라고 손짓할 거야."

"그래, 그게 좋겠어."

혼다 유이치가 고개를 끄덕였다.

"그편이 더 실감 날 것 같아. 비명은 진부하잖아."

"그럼 그렇게 해서 모두 달려왔다고 치고, 시신을 봤어, 그 다음엔?"

아마미야가 의견을 구하듯이 일동을 둘러봤다.

"아쓰코의 이름을 부르며 달려간다?"

모토무라 유리에가 그렇게 말해 놓고서 이내 고개를 저었다.

"아니, 그건 아니야. 아마 무서워서 다가가지 못할 거야."

"일리가 있어."

다도코로 요시오가 말했다.

"그러니까 사체에는 남자들만 다가가는 걸로 하자. 자랑은 아니지만, 나는 전에 병원에서 아르바이트를 한 적이 있어서 시체를 대하는 데 거부감이 별로 없어. 아마 누구보다 먼저 아쓰코에게 다가갈 거야."

"좋아. 그럼 나는 네 뒤에서 시체를 넘겨다보는 걸로 할게."

아마미야의 말에 혼다도 "나도 그렇게. 시체라니, 너무 끔찍해."라고 말했다.

구가 가즈유키는 아무 말도 하지 않고 방 한가운데 우두커니 서 있었다.

다도코로가 피아노 옆에서 한쪽 무릎을 꿇고 가공의 사체를 들여다보는 척했다.

"우선 맥을 짚는 거야. 그리고 죽었다는 걸 확인해. 하지만 아직 살해당했다는 결론을 내리기는 이르지. 심장 발작이 일어나거나 의자에서 굴러떨어져서 머리를 부딪쳤을 수도 있으니까."

"하지만 목에 헤드폰 줄이 감겨 있는 설정이라잖아. 그러니까 살해당했다고 생각하고 기겁한 거란 말이야."

나카니시 다카코가 뾰로통하게 입술을 내밀며 항의했다.

"그래도 확인은 해야 하잖아. 네가 착각했을 수도 있고 말이야. 목에 남은 헤드폰 줄 자국을 찬찬히 살펴본 후에 결론을 내리는 거야. 역시 살해됐군, 하고."

"경찰에 알려야 해."

그러면서 혼다 유이치가 자리에서 일어서더니 그는 이내 두 손을 펼치며 "……라고 말하는 사람이 나타나겠지만, 그건 불가능해. 전화를 사용할 수 없으니까."라고 말했다.

"우리끼리 해결해야 한다는 얘기네."

유리에는 긴장한 기색이 역력했다.

"나라면 이렇게 묻겠어. 누구 짓이야? 범인은 우리 중에 있어!"

다도코로 요시오가 결연한 표정을 짓는다.

"그 질문에는 누구도 대답할 리 없지."

나카니시 다카코가 말했다.

"그럼 추리를 해야겠군. 우선 범행 시각을 추정해 보자."

"그걸 무슨 수로 알아내?"

혼다의 물음에 다도코로가 "어제 마지막으로 아쓰코를 본 사람이 누구지?"라고 물었다.

다카코가 주뼛주뼛 손을 들었다.

"아마 나일 거야. 둘이서 피아노 연습을 하다가 내가 먼저 방으로 돌아갔어. 11시쯤이었나……."

"그 후로 아쓰코를 만난 사람 있어?"

다도코로의 질문에 아무도 대답하지 않았다. 그는 고개를 끄덕이고 나서 다시 나카니시 다카코에게 시선을 돌렸다.

"아쓰코는 그 후 얼마나 더 피아노를 칠 생각이었을까?"

"음, 앞으로 한 시간쯤 더 연습하겠다고 말했어."

"한 시간? 그럼 12시경까지는 피아노를 칠 생각이었다는 얘기구나. 가령 그보다 한 시간을 더 쳤다고 해도 새벽 1시……. 범행 시각은 그즈음이겠군."

다도코로 요시오가 왼손으로 오른쪽 팔꿈치를 받치고 오른손 엄지손가락과 집게손가락으로 턱을 괴다가 뭔가 떠오른 듯 새삼스레 다카코를 바라봤다.

"이 방을 나설 때 라운지나 식당, 아니면 복도에 누군가 있었어?"

"아니, 아무도 없었어. 그래서 내가 불을 전부 끄고 방으로 들어갔어."

"그 후에는 아까 일어나서 나올 때까지 누구와도 얘기를 나누지 않았고?"

"당연하지."

"그렇다면……,"

다도코로가 팔짱을 끼었다.

"범인은 자기 방 문틈으로 레크리에이션 룸을 감시하다가 다카코가 자기 방으로 돌아가는 걸 확인한 후 범행에 들어갔다. 그렇게 생각할 수도 있겠군. 아니면 다카코가 범인이든지."

"난 아니야!"

다카코가 눈을 부라렸다. 그런 그녀를 무시한 채 다도코로는 다른 사람들에게 물었다.

"혹시 아쓰코와 다카코가 이 방에서 피아노를 쳤다는 사실을 아는 사람 있어?"

"저요."

구가 가즈유키가 대답했다.

"자기 전에 여기 들렀습니다."

"그래요? 뭐 때문에요?"

다도코로의 눈이 반짝 빛나는 것 같았다.

"딱히 용건은 없었습니다. 레크리에이션 룸이 어떤 곳인가 궁금해서 보러 왔을 뿐이에요."

"맞아, 그랬지."

다카코가 고개를 끄덕였다.

"수상하군요. 아쓰코가 있다는 걸 확인하러 온 거 아닙니까?"

"아닙니다. 하지만 안타깝게도 증명할 방법은 없네요."

구가 가즈유키가 어깨를 으쓱했다.

"그 외에 또 아는 사람?"

다도코로가 물었지만 더는 나서는 사람이 없었다. 그는 고개를 끄덕였다.

"범인이 솔직하게 밝힐 리 없지. 구가 씨처럼 누군가에게 목격되지 않고서는 말이야."

"결국 지금으로서는 범인을 특정할 방법이 없다는 얘기군."

아마미야의 말투에는 어딘가 모르게 안도하는 기색이 묻어 있었다.

"하기야 그렇게 쉽게 알아낼 수 있다면 이 게임이 무슨 의미가 있겠어. 하지만 소거법 정도는 사용해 볼 수도 있지 않을까. 알리바이가 있는 사람을 일단 제외하는 거야."

"하지만 범행은 한밤중에 일어났어. 알리바이가 있는 사람이 있을까?"

혼다가 의문을 제기하자 다른 사람들도 고개를 끄덕였다. 그때 다도코로가 빙그레 웃으며 가슴을 살짝 뒤로 젖혔다.

"나는 어젯밤에 좀처럼 잠이 오지 않아서 두 시 무렵까지 라디오를 들었어. 프로그램과 그 내용까지 정확하게 말할 수 있어."

자신에게 그런 일이 있었기에 알리바이 운운한 듯했다. 그는 프로그램 이름과 거기에 출연한 게스트 이름, 오간 대화 내용 등을 열거했다.

"자, 이걸로 내가 범인이 아니란 건 증명됐지?"

다도코로가 의기양양한 표정을 지었다. 그런데 구가 가즈유키가 그의 말에 반론을 펼쳤다.

"일반적인 살인 사건이라면 라디오를 들었다는 사실이 알리바이로서 유효하겠지요. 하지만 지금 같은 상황에서도 과연 그럴까요?"

차분하면서도 의미심장한 말투였다.

"무슨 뜻이죠?"

다도코로가 경계하는 표정으로 되물었다.

"첫째, 지금 얘기한 내용이 사실인지 아닌지 확인할 도리가 없습니다. 다른 사람은 누구도 그 프로그램을 듣지 못했으니까요."

"뭐야, 겨우 그런 이유예요? 물론 지금 여기서는 확인하기 힘들지만, 산에서 내려가게 되면 얼마든지 확인할 수 있잖아요."

"무사히 내려간다면 그렇겠죠."

"뭐라고요?"

"범인이 우리 모두를 살해할 계획일지도 모른다는 말입니다. 하지만 그 문제는 일단 미뤄 두기로 하죠. 둘째, 범행에 소요된 시간 말인데요. 몰래 방을 빠져나와서 레크리에이션 룸에 숨어 들어간 후 아쓰코 씨를 등 뒤에서 습격한다……, 제 생각에는 10분 남짓이면 가능하지 않을까 싶습니다."

다도코로 요시오를 비롯해 모두가 머릿속으로 시간을 가늠해 보려는 듯이 입을 다문 채 허공을 응시했다.

"그래."

혼다 유이치가 고개를 끄덕였다.

"10분이면 되겠어."

"그러니까 라디오 프로그램을 들었다는 사실이 알리바이로 인정받으려면 단 10분의 공백도 없이 내용을 기억해야 합니다. 그리고 그걸로도 완벽하다고 할 수는 없죠. 프로그램에서 필시 노래도 흘러나왔을 텐데, 노래 중에는 몇 분간 계속되는 것도 있잖아요. 그렇게 긴 노래가 흘러나오는 동안 범행을 저지르는 경우도 있을 수 있습니다."

"흠, 듣고 보니 그렇군. 즉, 범행에 소요되는 시간이 그렇게 짧다면 알리바이를 운운하는 것 자체가 난센스야."

난센스라는 표현이 마음에 들지 않았는지 다도코로가 혼다를 날카로운 눈초리로 바라보았다. 그러나 다음 순간 그는 그 눈길을 구가에게 돌리며 히죽 웃었다.

"그 정도 주장으로 나를 제압했다고 여깁니까?"

"아니요, 딱히 댁을 제압할 마음은 없습니다."

구가 가즈유키가 손을 내저었다.

"이걸로 다시 원점으로 돌아왔어."

나카니시 다카코가 말했다.

"우리 중에 누가 범인인지, 아직 알 수 없다는 얘기야."

"아니, 잠깐. 이게 실제 장면이라면 어떨까. 정말 우리 중에 범인이 있다고 결론지을 수 있을까? 제삼자의 존재도 생각해야 하지 않겠어?"

아마미야 교스케가 고개를 갸웃하며 의문을 제기했다.

"이봐, 교스케."

다도코로가 어이없다는 듯이 얼굴을 찡그렸다.

"네가 아까 말했잖아, 새로운 등장인물은 없을 거라고. 그런 식으로 오락가락하면 어떡해."

"그건 연극 얘기지. 방금 내가 한 말은, 현실에서 이런 장면과 맞닥뜨렸을 때 사람들이 보이는 일반적인 반응을 얘기하는 거야."

"나도 교스케와 같은 의견이야. 동료를 의심하는 일은 되도록 피하고 싶을 거야. 설사 본심은 그렇지 않더라도 말이야."

유리에가 아마미야 편을 들고 나서자 다도코로는 실망스러운 표정을 지었다.

"설사 형식적이더라도, 밖에서 누군가가 침입하지 않았겠느냐고 말하는 게 옳을지도 몰라."

혼다 유이치도 그렇게 말했다.

"아니, 다들 벌써 잊은 거야? 여기는 눈에 갇힌 산장이라고. 어디서 누가 들어온단 말이야?"

다도코로가 입술을 일그러뜨리며 말했다.

"그러니까 형식적이더라도, 라고 했잖아."

"가능성은 적어도 확인해 볼 필요는 있겠지."

아마미야가 대답했다.

"어떻게 확인한다는 거야?"

"현관이나 창문 등 출입이 가능할 만한 곳을 조사하는 거야. 네가 말한 대로 주위는 온통 눈에 덮여 있어. 침입자가 있다면 발자국 따위의 흔적이 남아 있을 거야."

"현실은 눈 같은 건 내리지도 않았어. 그런데 무슨 수로 발자국이 있는지 없는지 판단하겠어? 그걸 우리 마음대로 정해도 되는 거야? 누군가 침입했다가 도망친 흔적이 있다느니 하고 말이야."

"현실을 거론하는 일은 되도록 피하자."

유리에가 어린아이를 타이르듯이 상냥하게 말했다. 그제야 자신의 진중하지 못함을 깨달았는지 다도코로가 입을 다물었다.

"범인이 아직 어딘가에 숨어 있을 가능성도 있어. 예를 들면, 저기."

혼다 유이치가 창고 문을 가리켰다.

"저런 수납공간이 곳곳에 있더라고. 하나하나 점검해 봐야 하지 않을까?"

"그럼 각자 나누어서 한번 살펴보자. 하지만 개인행동을 하면 나중에 괜한 의심을 받을 수 있으니까 두세 명이 한 조를 이루어 움직이는 게 좋겠어."

아마미야가 마침내 결론을 내렸다.

혼다도 동의한다고 말했다. 반대하는 사람은 없었다.

조를 어떻게 나눌지 의논한 결과, 제비뽑기가 가장 공정한 수단으로 채택되었다. 당구공 열다섯 개를 테이블보로 감싼 후 각자 하나씩 꺼냈다. 번호순으로 두 명씩 짝을 이루는 것이다.

"짝이 정해지는 대로 조사에 나선다. 끝나면 라운지로 집합하고."

어느 사이엔가 아마미야 교스케가 주도권을 쥐고 있었다.

구가 가즈유키의 독백

살해당하는 배역이 실제로 나오다니 놀라웠다. 도고 신페이로부터 우편 등을 통해서 다시 뭔가 지시가 있을 것이라고 예상했기 때문이다.

여섯 명 중에, 아니 나를 제외한 다섯 명 중에 도고의 지령을 받은 범인 배역이 숨어 있다는 건 거의 틀림없는 사실이다.

일이 이렇게 된 이상 나도 대충 행동할 수는 없다. 범인 배역을 맡은 사람이 우리의 생각과 행동을 기록했다가 나중에 도고에게 보고할 것이기 때문이다. 만에 하나라도 진지함이 부족하다는 이유로 캐스팅에서 탈락하면 후회해도 소용없다. 반은 연극, 반은 게임이라는 마음으로 참가할 생각이다.

그건 그렇고, 가사하라 아쓰코가 맨 먼저 살해되는 배역을 맡은 것은 의외였다. 그런대로 연기력이 있는 그녀가 이토록 빨리 무대에서 사라지다니 아깝지 않은가. 물론 그렇다고 모토무라 유리에가 사라지면 더 곤란하겠지만.

아마미야의 제안에 따라 사람이 드나들 만한 곳을 점검하게 되었다. 나도 그 정도는 아마미야 같은 녀석이 말을 꺼내기 전에 이미 생각했지만, 일단 녀석에게 리더 자격을 주는 것도 나쁘지는 않다. 머지않아 바닥이 드러날 것이다.

조를 짜서 움직이기로 했을 때 나는 유리에와 한 조가 되기를 내심 바랐지만, 그 바람은 이루어지지 않고 나카니시 다카코와 한 조가 되었다. 유리에는 다도코로와 한 조였다. 녀석, 싱글거리는 꼴이라니.

나는 나카니시 다카코와 2층 비상구를 점검하게 되었다. 다카코는 자다 일어난 상태 그대로 세수조차 하지 않았으니 화장하지 않은 민낯인 건 물론이다. '백치미'에서 '미'가 사라지자 그저 맹한 얼굴이었다. 그런 몰골인 걸 아는지 모르는지 내 옷자락을 부여잡고 "이럴 때 여자라면 겁을 내는 게 보통이죠."라고 속삭인다.

"하지만 제게 매달리는 게 과연 옳은 일일까요? 제가 범인일지도 모르잖아요."

"구가 씨는 아닐걸요. 우리 단원도 아니잖아요."

"단원이 아니라고 범인도 아니라는 법이 있습니까?"

"범인 배역은 우리 중 유일하게 이 계획에 관해 아는 사람으로, 말하자면 도고 선생님의 스파이예요. 그렇다면 아무래도 선생님이 속속들이 아는 사람이어야 할 거예요."

"스파이라……, 그렇군요."

상당히 설득력이 있는 말이다. 이 다카코라는 여자, 둔감해

82

보이지만 의외로 본질을 꿰뚫고 있는지도 모른다.

"하지만 그건 좀 성급한 생각일 수도 있습니다."

"아니, 왜요?"

"추리극의 범인은 으레 의외의 인물이기 마련이니까요. 도고 선생님이 그 점을 노려 일부러 단원이 아닌 저를 오디션에 합격시켰을지도 모르잖습니까."

"흠, 그렇긴 하네요. 만일 그렇다면 이렇게 단둘이 있는 것도 위험하겠네."

말은 그렇게 하면서도 다카코는 내 옷자락을 놓으려 하지 않았다.

"한마디 더 하자면,"

내가 말했다.

"제가 다카코 씨를 믿을 이유도 없다고 봐야죠."

"어머, 내가 범인이라는 뜻이에요?"

"그럴지도 모른다, 그런 말입니다."

"ㅎㅎㅎ. 그렇다면······."

기분 나쁘게 웃던 나카니시 다카코가 부르르 떨듯이 고개를 내저었다.

"아니지, 아니야. 친구가 죽었는데 이런 농담이나 하고 있다니."

비상구는 안쪽에서 잠겨 있었다. 즉 외부 침입자가 있었다 해도 이 문을 통해 나가지는 않았다는 의미다. 그래도 나는 일단 문을 열어 보았다. 문 바깥에는 오른쪽으로 내려가는 계단이 있고, 그 계단으로 내려가면 산장 뒤편이 나오는 듯했다.

장화가 두 켤레 놓여 있어 우리는 그걸 신고 계단을 내려갔다.

"와, 예쁘다."

계단을 내려선 순간 다카코가 환성을 질렀다. 눈앞에 고원이 펼쳐져 있고, 저 멀리 눈 덮인 봉우리들이 한눈에 들어왔다. 우리에게 주어진 설정과는 대조적으로 사람의 발길이 닿지 않는 곳은 숨이 멎을 만큼 멋진 은세계가 보존되어 있는 것이다. 그러나 건물 주변은 눈이 쌓이기는커녕 화창한 날씨가 계속된 탓에 젖은 흔적조차 없다. 기껏해야 마른 자갈 위로 군데군데 희끗하게 잔설이 보이는 정도였다.

나는 벽을 따라 걸었다. 커다란 초록색 판자 같은 것이 세워져 있어서 뭔가 하고 봤더니 탁구대였다. 별로 낡지도 않았고 비바람에 시달린 것 같지도 않은데 왜 이런 곳에 있는지 알 수 없었다. 좀 더 걸어가서 건물 모퉁이를 돌던 나는 당황해서 뒷걸음쳐 몸을 숨겼다. 모토무라 유리에와 다도코로 요시오의 모습이 보였기 때문이다. 주방 뒷문으로 나왔나 본데, 그들이 나를 본 것 같지는 않았다. 무슨 얘기를 하는지 엿들고 싶었지만 말소리가 작아서 들리지 않았다. 다만 다도코로의 천박한 웃음소리는 간간이 들렸다.

"여기서 뭐 해요?"

어느새 다카코가 다가와 있었다.

"아, 아무것도요."

나는 서둘러 그 자리를 벗어났다.

"어머, 저거 우물이에요?"

다카코가 건물에서 조금 떨어진 지점을 가리키며 물었다. 나는 그곳으로 다가갔다.

"그런 것 같군요."

그것은 벽돌을 쌓아 올린 원통형 우물로 윗부분이 나무판자로 덮여 있었는데, 나무판자에는 빨간 페인트로 '위험! 손대지 마시오.'라고 쓰여 있었다.

"옛날에는 우물물을 사용했나 봅니다. 그 시절의 흔적이겠죠."

"메우지 않았나 보네. 깊이가 얼마나 될까요? 안을 좀 들여다볼까……."

"그러지 않는 게 좋겠습니다. 이렇게 위험하다고까지 쓰여 있는데요."

"백골 사체가 우글우글?"

나카니시 다카코가 그렇게 말하고 후후 웃었다.

"설마 떨어지지는 않겠죠?"

"그럼 한번 해 보세요. 말리지 않을 테니까요."

"어머나, 매정하시네."

다카코가 뾰로통해서 말하는데, 그런 표정이 조금 귀엽기도 했다.

"그런데 말이죠, 가사하라 씨가 맨 먼저 살해당하는 역을 맡은 거, 어떻게 생각해요?"

내가 물었다.

"안 그래도 그 점 말인데요,"

그녀가 목소리를 낮췄다.

"솔직히 말해서 좀 의외예요. 아까 하던 얘기의 연장선이지만, 도고 선생님의 스파이로서는 그녀만 한 적임자가 없거든요."

"신뢰가 두터운 모양이군요."

"그런 편이죠. 하지만 그게 전부는 아니에요."

"무슨 뜻이죠?"

"내가 얘기했다는 말은 아무한테도 하지 마세요."

다카코가 고개를 살짝 숙이며 입술에 집게손가락을 댔다.

"알았어요, 안 할게요."

"실은 말이죠, 아쓰코랑 도고 선생님이 그렇고 그런 사이라는 소문이 있었어요."

"그렇고 그런 사이라니, 남녀 관계 말입니까?"

"그렇죠. 아니면 뭐겠어요."

"아……."

너무나 진부한 얘기라서 나는 할 말을 잃었다. 이렇게 소곤거릴 필요도 없을 만치 흔해 빠진 일이다.

"어때요, 놀랐죠?"

"아, 네, 뭐."

나는 대충 얼버무리고 말았다.

"그런데 소문이 그렇다면 이번 오디션 결과에 의심의 눈초리를 보내는 사람도 있겠군요."

그러자 기다렸다는 듯이 다카코는 온몸을 떨다시피 하며 고개를 끄덕여 동의를 표시했다.

"아쓰코가 몸으로 배역을 따냈다고 노골적으로 말하는 사람까지 있어요. 그런 사람일수록 연기도 별로고 얼굴도 그저 그런 경우가 많기는 하지만요. 아쓰코는 그런 말에 별로 신경을 쓰는 것 같지 않았어요. 나도 아쓰코가 선발된 건 타당하다고 보고요."

"저도 그렇게 생각합니다. 그런데 가사하라 씨가 극단에 들어온 지는 몇 년이나 됐습니까?"

"글쎄요, 고등학교를 졸업하자마자 들어왔으니까, 한 8년 됐으려나……."

"나카니시 씨는요?"

"저는 대학교 2학년 때요. 그래서 대학 중퇴예요."

그녀가 혀를 날름 내밀었다. 가사하라 아쓰코는 고졸이고, 나카니시 다카코는 잠깐이라도 대학물을 먹었다는 말이니, 사람의 학력은 겉으로 봐서는 짐작할 수 없다.

"젊은 여배우 중에서는 가사하라 씨가 리더 격인 것 같던데요."

"그랬다고 할 수 있죠. 하지만 사실은 라이벌이 한 명 있었어요, 아사쿠라 마사미라는."

"아아, 오디션 때 줄리엣을 연기한 분요?"

"맞아요, 기억하시네요. 그녀와 아쓰코는 입단 동기예요. 그리고 소위 기대주였죠. 서로 상대방을 라이벌로 여긴 것 같은데, 어느 쪽이 앞섰는지는 잘 모르겠어요."

"그분의 연기도 무척 좋았던 것으로 기억합니다. 그런데 아까부터 과거형으로 말씀하시는군요. 한 명 있었다, 기대주였다, 그런 식으로 말이죠. 그분은 지금 극단에 없습니까?"

나는 안 그래도 궁금하던 점을 물었다. 어젯밤 혼다 유이치와 얘기를 나눌 때도 아사쿠라 마사미라는 이름이 나오자 그 녀석은 말끝을 얼버무렸다.

나카니시 다카코는 대답을 얼버무리지는 않았지만, 그 대신 어깨를 으쓱하는 등 낙담의 감정을 과장되게 표현했다.

"사고를 당해서 더는 연기를 할 수 없게 되었어요."

"사고요? 교통사고였습니까?"

나카니시 다카코가 고개를 저었다.

"스키 사고였어요. 절벽에서 추락해서 전신에 중상을 입었죠. 그 후유증으로 반신불수가 되고 말았어요."

"아아, 저런……."

나도 스키를 타지만, 그 정도로 심하게 다쳤다는 얘기는 들어 본 적이 없었다.

"그게 언제 일입니까?"

"오디션이 끝난 직후요. 오디션에서 떨어진 충격을 달래려고 고향인 히다다카야마에 내려갔다가 그런 사고를 당했다나 봐요."

"그럼 얼마 안 된 일이군요. 거참, 딱하게 됐습니다."

"그렇죠? 나도 그 소식을 듣고 엉엉 울었어요."

그랬다는 사람이 지금은 아무렇지도 않은 표정으로 말한다.

역시 그런 이유가 있었군. 그제야 나는 혼다 유이치나 아마미야 교스케의 태도를 이해할 수 있었다. 아사쿠라 마사미에 관해서 별로 떠올리고 싶지 않은 것이다.

하지만 나는 여전히 뭔가가 마음에 걸렸다. 그게 뭔지는 나 자신도 알 수 없었다.

"자, 이제 그만 돌아갈까요?"

"그래야겠네요. 괜스레 늦었다가 의심받으면 곤란하니까요. 요시오는 걸핏하면 사람을 의심하거든요. 그가 살해당하는 역을 맡았으면 좋았을 텐데."

아무래도 다도코로는 극단 내에서도 인기가 별로 없는 듯하다.

계단을 올라가다 보니 문 바깥에 쪽지 같은 것이 붙어 있었다. 아까는 보지 못했던 것이다.

"어, 저게 뭐지?"

다가가서 쪽지를 떼어 봤다. 거기에는 다음과 같은 글이 적혀 있었다.

'지면이 온통 눈에 덮여 있다. 발자국은 없다.'

"뭐지, 이거? 무슨 말일까……."

"상황을 설명하는 거겠죠. 아무래도 범인이 붙인 듯합니다."

비상구가 안쪽에서 잠겨 있어서 범인이 이곳을 통해 도주했을 가능성은 일단 배제했지만, 보조 열쇠가 있었을 가능성도 없지는 않았다. 그러나 눈 위에 발자국이 없다면 그럴 가능성마저 지워야 한다.

나는 나카니시 다카코와 펜션 안으로 들어가서 세면실과 화장실 창문을 살펴보았다. 양쪽 모두 단단히 잠겨 있는 데다, 설령 열려 있다 해도 사람이 드나들 만한 크기는 아니었다. 빈방들도 들여다봤지만 마찬가지였다.

그 정도로 확인을 마치고 우리는 라운지로 돌아갔다. 이미 아마미야 교스케와 혼다 유이치가 돌아와서 기다리고 있었다. 다도코로 요시오는 유리에와 단둘이 있을 기회를 잡았으니 일부러 느긋하게 돌아다니고 있을 것이 뻔하다.

"아쓰코가 신던 신발이 남아 있던데."

혼다 유이치가 히죽거리며 말했다.

"설마 맨발로 나갔겠어? 범인이 미리 슬리퍼 같은 걸 준비해 왔을 거야."

"용의주도하네."

나카니시 다카코가 감탄한 듯이 말했다.

"현관 옆 사무실은 창문이 전부 잠겨 있었어. 창고랑 벽장도 들여다봤지만 누가 숨어 있었던 흔적은 없었고. 그런데 현관문에 이런 게 붙어 있었어."

아마미야가 내보인 것은 우리가 비상구 문에서 발견한 것과 똑같은 쪽지였다. 거기에도 '지면이 온통 눈에 덮여 있다. 발자국은 없다.'라고 적혀 있었다.

나는 우리가 발견한 쪽지를 그들에게 보여 준 후, 우리가 조사한 곳도 모두 안에서 잠겨 있었다고 보고했다.

"이제 남은 건 유리에 조뿐인데……."

그렇게 중얼거리면서도 아마미야는 그들이 어떤 보고를 할지 이미 예상한 듯한 얼굴이었다. 범인이 여태까지 보인 행동으로 미루어 유리에 조가 '눈 위에 발자국이 점점이 이어져 있다'라느니 어쩌느니 하는 쪽지를 들고 돌아오는 일은 없을 듯했다.

이윽고 유리에 조가 돌아왔다. 왠지 모르게 다도코로 요시오의 발걸음이 가볍다. 보나 마나 잔뜩 폼을 잡고 그녀에게 일장 연설을 늘어놓으며 돌아다녔을 것이다.

"주방 뒷문에 이런 쪽지가 붙어 있었어. 그리고 식료품 창고를 들여다봤는데, 사람이 숨을 만한 공간은 없더라."

다도코로 요시오가 아마미야에게 쪽지를 건넸다. 예상했던 글귀가 적혀 있는지 아마미야는 고개만 한 번 살짝 끄덕했을 뿐 별다른 말이 없었다. 그건 그렇고, 주방과 식료품 창고만 조사했을 뿐인데 왜 그토록 시간이 오래 걸렸을까.

"자, 이걸로 확실해졌어. 지금 이 산장에는 우리뿐이고, 어젯밤에 몰래 숨어든 사람도 없었어. 그러니까 아쓰코를 죽인 범인은 우리 중에 있어."

뻔한 내용을 아마미야 교스케는 한껏 무게를 잡으며 말했다.

2

식당.

일단 뭐라도 좀 먹자는 아마미야 교스케의 제안에 따라 여섯은 늦은 아침을 먹게 되었다. 혼다 유이치와 구가 가즈유키, 모토무라 유리에는 이미 테이블에 앉아 있었다. 커피를 들고 온 다도코로 요시오는 유리에 옆에 선 채 주방으로 돌아갈 생각을 하지 않는다.

"있잖아, 자살했을 가능성은 없을까?"

모토무라 유리에가 남자들을 둘러보며 물었다.

"헤드폰 줄로 일부러 자기 목을 졸랐을 수도 있잖아."

"흠, 그건 좀……."

유리에 옆에 선 다도코로 요시오가 팔짱을 끼었다.

"그런 자살 방법도 있다고 어느 책에서 읽은 기억이 있긴 하지만……."

"그럴 가능성도 고려할 필요는 있겠지."

혼다 유이치가 말했다.

"하지만 상황으로 봐서는 일단 타살로 추정하는 게 옳을 거야."

"그렇구나······."

모토무라 유리에는 아쉽다는 표정이었다. 이것이 설사 연극일지라도 동료들 간에 살인이 발생했다는 설정에는 거부감이 드는 듯하다.

그때 주방에서 아마미야 교스케와 나카니시 다카코가 나왔다.

"동료가 죽었는데 식욕이 있을 리 없겠지. 그래서 어젯밤 식사 당번들처럼 우리도 메뉴 선정에 고심했어."

샌드위치가 수북이 담긴 커다란 접시 두 개를 내려놓으며 아마미야 교스케가 말했다.

"각자 알아서 먹을 만큼 덜도록 해."

"커피는 얼마든지 있어."

나카니시 다카코가 덧붙였다.

그러나 정작 식사가 시작되자 다들 왕성한 식욕을 드러냈다. 아마미야도 눈 깜짝할 새 한 조각을 먹어 치우고 두 번째 조각을 입에 밀어 넣었다.

조용한 식사가 한동안 이어졌다.

"자, 이제 어떻게 하면 좋지?"

일단 허기는 면했는지 혼다 유이치가 의견을 구하듯이 일동을 둘러봤다.

"만약 이게 현실이라면 어떻게 할지 생각해 보면 되지."

접시의 샌드위치를 고르며 나카니시 다카코가 말했다.

"당연히 범인을 찾아야지."

다도코로 요시오가 목소리를 높였다.

"그게 최우선이야."

"하지만 어떻게?"

혼다 유이치가 묻는다.

"우선 각자 짚이는 바가 있는지 생각해 보는 거야."

아마미야 교스케의 제안에 맨 처음 응한 사람은 모토무라 유리에다.

"미안하지만 난 전혀 없어. 아쓰코가 방으로 돌아오지 않았다는 것조차 몰랐는걸, 뭐."

"나도야."

나카니시 다카코가 맞장구쳤다.

"잠이 깊이 들었었거든."

"그래, 대개는 자고 있었겠지. 깨어 있었던 사람은 아쓰코와 범인, 그리고……,"

혼다 유이치가 다도코로 요시오를 바라봤다.

"너 정도일 거야. 너, 한밤중까지 라디오를 들었다고 했잖아. 범인의 발소리 같은 거 못 들었어?"

"다짜고짜 그렇게 물으면 곤란해. 나는 양쪽 귀에 이어폰을 끼고 있었단 말이야."

다도코로가 불만스러운 눈빛으로 혼다 유이치를 쏘아보며 대답했다.

"흠, 대체 뭘 어째야 할지 모르겠네. 만일 실제로 이런 사태에 휘말렸다면 우리는 어떻게 행동할까?"

아마미야 교스케가 그렇게 말하고 나서 양손으로 테이블을 짚고 천장을 올려다봤다.

"나라면…… 무서울 거야."

모토무라 유리에가 툭 던지듯이 대답했다. 모두의 시선이 그녀에게 집중되었다.

"우리 중에 살인을 저지를 수 있는 사람이 있다니, 상상만 해도 온몸이 덜덜 떨릴 거야. 그리고 상상은 점점 나쁜 방향으로 번지겠지. 다음 순서는 내가 아닐까 하고 말이야. 그런 식으로 생각하면 이 샌드위치도 잘 안 먹히지 않을까? 식욕이 문제가 아니라, 먹어도 괜찮을까 싶어서 말이야."

"우리가 독이라도 넣었다는 얘기야?"

나카니시 다카코가 눈초리를 치켜올렸다. 하지만 진짜로 화가 난 표정은 아니었다.

"그러지 않는다고 단언할 근거는 없지."

다도코로 요시오가 히죽거리며 말했다.

"식사 당번을 의심한다기보다, 누구도 믿지 못하게 된다는 얘기야. 그게 일반적인 반응이 아닐까?"

"듣고 보니 그러네."

아마미야도 동감한다는 투다.

"거기까지는 생각하지 못했는데, 당장 식사가 문제겠어. 아니, 식사뿐 아니라 뭘 하든 그럴 것 같아."

"범인은 계속 살인을 저지를 생각일까?"

나카니시 다카코가 우울한 듯이 눈썹을 찡그렸다.

"나도 그게 궁금해. 이봐, 범인, 뭐라고 대답 좀 해 봐."

그러면서 혼다 유이치는 사람들의 얼굴을 하나하나 둘러봤다.

"하긴, 대답을 바라는 게 무리겠지."

"그런데 말이야, 살해 방법이 과연 뭘까. 범인이 불쑥 나타나서 '넌 이제 아웃이야', 그렇게 말할까?"

뭔가 재미난 일이라도 의논하자는 것처럼 다카코가 묻는다.

"설마 그게 전부는 아니겠지. 아쓰코의 경우도 범인이 목을 조르는 시늉 정도는 하지 않았을까? 그렇지 않다면 범인의 생각대로 뭐든지 이루어진다는 얘기잖아."

"그럼 저항할 수 있으면 저항해도 되겠네."

"그렇겠지."

"나, 문득 생각난 게 있는데 말이야,"

나카니시 다카코와 혼다 유이치의 대화를 잠자코 듣고 있던 다도코로 요시오가 다소 경직된 목소리로 말을 꺼냈다.

"앞으로 살인극이 계속된다고 해도 다음 차례가 누군지는 따로 정해지지 않았을 것 같아."

"그게 무슨 뜻이지?"

아마미야가 물었다.

"범인이 그때그때 상황에 따라 대응하지 않을까 싶어. 누구든 죽일 수 있을 때 죽이는 식이지. 아쓰코가 첫 번째 피해자로 선택된 이유는 그녀가 맨 먼저 틈을 보였기 때문 아닐까? 그래서, 이 부분이 중요한데, 여기서 살해되는 순서가 이번 연극의 대본에도 그대로 반영되는 거 아닐까 하는 생각이 들어. 다시 말해서 먼저 죽은 사람이 실제 무대에서도 먼저 사라지는 거지."

"설마……"

나카니시 다카코가 가슴 앞에서 손깍지를 끼며 눈썹을 축 늘어뜨렸다.

"그럴지도 모르지. 도고 선생님이라면 능히 그럴 수 있어."

아마미야 교스케가 심각한 표정으로 중얼거렸다.

"그렇다면 더욱이 먼저 죽을 수 없겠는걸. 아니야, 어떻게 든 살해당하기 전에 범인을 밝힐 필요가 있겠어. 탐정 역을 노린다면 말이야."

다도코로 요시오의 말에 모두가 고개를 끄덕였다.

구가 가즈유키가 사체에 관해 얘기를 꺼낸 것은 아침 식사를 마치고 모두가 라운지에 모여 앉은 직후였다.

"시체를 저렇게 내버려 둬도 될까요?"

뜬금없는 그의 질문에 나머지 다섯 명이 반응하기까지는 약간의 틈이 있었다. 그 방에 사체가 있다는 설정이라는 것을 다들 잊고 있었던 듯하다.

"상관없지 않겠어요?"

잠시 후 아마미야 교스케가 입을 열었다.

"오히려 섣불리 움직여서는 안 될 것 같아요. 경찰이 와서 제대로 조사하기 전까지는 말이죠."

"그럼 앞으로 레크리에이션 룸에는 함부로 들어가지 않아야겠군요."

"그렇죠. 하지만 실제로 그 방에서 살인이 발생했다면 들어가라고 해도 아무도 들어가지 않을걸요."

"그야 그렇겠죠."

그리고 구가 가즈유키는 뭔가 생각하는 표정을 짓더니 이윽고 결심했다는 듯이 자리에서 일어섰다.

"레크리에이션 룸에 잠깐 다녀오겠습니다."

사람들이 일제히 그를 올려다봤다.

"거기 가서 뭘 하려고요?"

다도코로 요시오가 물었다.

"뭘 하려는 게 아니라 현장을 다시 한 번 보고 싶어서요. 단서가 될 만한 게 있는지 살펴보려고 합니다."

흥, 하고 다도코로가 콧방귀를 뀌었다.

"탐정 역을 노리는 겁니까?"

"괜찮으시다면 다도코로 씨도 함께 가시죠."

"좋아요, 같이 갑시다. 별다른 수확이 기대되지는 않지만 말이죠."

두 사람은 계단을 올라 레크리에이션 룸으로 향했다.

그들을 올려다보던 아마미야 교스케가 남은 세 사람에게 물었다.

"그럼 우리는 이제부터 뭘 하면 좋을까?"

"포커라도 할까?"

모토무라 유리에가 그렇게 제안하더니 벽에 붙은 조그만 선반에서 트럼프를 가져왔다.

"옛날에 '카나리아 살인 사건'이라는 책을 읽은 적이 있는데, 거기에 포커를 치는 장면이 나와."

"밴 다인의 소설이지."

혼다 유이치가 거들었다.

"나도 읽었어. 범인을 찾던 탐정이 용의자들에게 포커를 치자고 제안하잖아. 그는 범행 수단으로 미루어 볼 때 범인의 성격이 섬세하면서도 대담할 것이라고 짐작했어. 그래서 포커를 치면서 용의자들의 성격을 알아내자는 작전을 짠 거야."

"와, 재미있겠는걸. 하자, 하자."

나카니시 다카코가 반색한다.

"소설의 소재로는 흥미로울지 모르지만,"

아마미야 교스케는 썩 내키지 않는 표정이었다.

"현실적으로 생각할 때 진상을 해명할 유효한 수단이라고 보기는 힘들어. 애초에 트럼프로 개인의 성격을 판단하는 게 가능하겠어?"

"나도 거기까지 기대하지는 않아."

모토무라 유리에가 조금 토라진 듯이 말했다.

"하지만 손 놓고 있어 봐야 아무런 진전이 없잖아. 포커를 치면서 얘기를 나누다 보면 범인이 순간적으로 본색을 드러낼 수도 있지 않겠어? 뭐, 꼭 포커가 아니라도 상관없어."

"그렇게 쉽게 꼬리가 잡힐 위인이 범인 역을 맡았을 거라고 생각하지도 않고, 네가 그 목적을 입 밖에 낸 순간 이미 효과는 반감되었다고 봐야 하겠지만, 어차피 할 일도 없으니까 한판 겨뤄 보지, 뭐."

아마미야 교스케가 그렇게 말하고는 스웨터 소매를 걷어 올리며 모토무라 유리에 앞으로 자리를 옮겼다. 다른 두 사람도 그를 따라 자리를 옮겼다.

～～～～～～～～～～～～～～～～～～～～～～～～

구가 가즈유키의 독백

사체의 존재를 언급한 것은 그런 생각이 떠올라서가 아니었다. 다시 한 번 레크리에이션 룸을 살펴보고 싶었다.

아침을 먹을 때 문득 어떤 생각이 머릿속을 스쳤다. 다도코로 요시오가 이어폰 운운한 것이 그 계기였다.

가사하라 아쓰코는 헤드폰 줄로 목이 졸려 죽었다. 아니,

묵이 졸려 숨었다는 설정이다.

왜 범인은 헤드폰 줄을 흉기로 선택했을까.

물론 설명이 안 되는 것은 아니다.

범인은 애초에 손으로 목을 졸라 죽인다고 설정했다. 그런데 현장에 가 보니 마침 헤드폰 줄이라는 적절한 흉기가 있기에 그걸 사용하기로 계획을 바꿨다고 생각할 수 있다.

문제는 헤드폰 줄의 상태다.

내 기억에 따르면 사체가 발견되었을 때 헤드폰 줄의 잭은 디지털 피아노 단자에 꽂혀 있었다. 이것은 무엇을 의미하는가.

범인이 일부러 잭을 단자에 꽂았을 리는 없다.

그렇다면 가사하라 아쓰코가 헤드폰을 사용했다는 뜻이다.

그건 좀 이상하다. 레크리에이션 룸은 방음 장치가 되어 있지 않은가.

나카니시 다카코는 피아노를 칠 때 헤드폰을 사용하지 않았다. 그런데 왜 가사하라 아쓰코는 헤드폰을 썼을까.

물론 거기에는 별다른 의미가 없을지도 모른다. 그러나 그냥 지나칠 수만도 없다. 만일 그것이 중요한 단서라면 그걸 실마리 삼아 범인을 지목하고 이번 연극의 주역을 따내는 일도 꿈꿔 볼 수 있다.

나는 적당히 구실을 둘러대고 헤드폰 줄의 상태를 확인하기로 했다. 어쩌다 보니 다도코로 요시오가 따라붙게 되었지만, 그런 녀석 따위가 내 속셈을 간파하지는 못할 것이다.

레크리에이션 룸에는 다도코로가 먼저 들어갔다. 녀석은 이런 순간에도 선배입네 하고 싶은 모양이다. 나는 그를 뒤따라 들어가자마자 눈길을 곧장 피아노로 향했다. 그리고 나도 모르게 숨을 삼켰다.

헤드폰 잭이 뽑혀 있었던 것이다.

나는 재빨리 다가가 바닥에서 헤드폰 줄을 주웠다. 이럴 리가 없다. 아까는 분명히 피아노와 연결되어 있었다.

"왜 그래요?"

창고를 들여다보던 다도코로 요시오가 물었다. 넓이가 한 평 정도인 창고에는 아무것도 들어 있지 않았다.

아까 헤드폰 줄이 어떤 상태로 놓여 있었는지 묻고 싶었지만, 그렇게 함으로써 녀석에게 단서를 제공하자니 분한 생각이 들었다.

"아니요."

나는 허리를 펴며 대답했다.

"아무것도 아닙니다."

"단서가 될 만한 물건은 안 보이는데요."

다도코로는 쓱 훑어보기만 하고 이내 포기해 버렸다.

"하기야 뭐, 실제로 사건이 일어난 것도 아니니 흔적 따위가 남아 있을 리도 없지만."

나는 흔적이 남아 있더라도 그걸 찾아낼 안목이 없으면 아무 소용 없다고 말하고 싶은 욕구를 애써 누르며 "다도코로 씨는 범인이 누구인지 짐작이 갑니까?"라고 넌지시 물어봤다.

그는 폼을 잡으려는 것인지 당구대를 한 손으로 짚고 한숨을 폭 내쉬었다.

"뭐, 대충은요."

"누군데요?"

"일단,"

녀석이 나를 바라봤다.

"구가 씨는 아니죠. 도고 선생님이 극단에 들어온 지 얼마 안 된 사람에게 그렇게 중요한 배역을 맡길 리 없으니까요."

"그렇겠군요!"

그의 견해에 감탄한 척했지만, 이미 나카니시 다카코가 내놓은 의견이었다.

"또, 다카코는 범인 배역을 소화하기 힘들어요. 무슨 배우가 그렇게 속마음이 금세 얼굴에 드러나는지."

그건 사실이다.

"유이치도 아니에요. 그는 너무 매력이 없어요. 모름지기 추리극의 범인 역이라면 사람을 끌어들이는 뭔가가 있어야 하는데 말이죠."

그런 점에서는 너도 마찬가지야, 하는 말을 나는 또 애써 삼켰다.

"그렇다면 남은 사람은 모토무라 씨와 아마미야 씨, 둘뿐이군요."

"네, 둘 중 하나겠죠. 그건 분명해요."

다도코로 요시오가 자기 말에 고개를 끄덕였다.

"그런데 그 두 사람, 무척 가까워 보이던데, 사귀는 사이입니까?"

다도코로를 골리려는 목적 반, 정보를 수집하려는 목적 반으로 물어보았다. 순간 다도코로의 낯빛이 확 변했다.

"사귄다는 얘기는 못 들었는데요. 아마 교스케 혼자 열을 올리는 모양입니다. 어떻게든 그녀와 결혼해서 그 미모와 재산을 한 손에 거머쥐겠다는 환상을 품었을 테죠. 유리에가 누구에게나 친절하니까 오해하는 남자가 많아서 이만저만 곤란하지 않다니까요."

네놈이 왜 곤란한데.

"아마미야 씨는 이 극단에 들어온 지 꽤 오래되었죠?"

"오래된 거 하나밖에 내세울 게 없는 녀석이죠."

엉 빕살스럽다는 듯이 다도코로가 대답했다.

"그런 데다가 무슨 수를 썼는지 도고 선생님이 녀석을 잘 봤어요. 들었어요, 런던 유학 얘기?"

"유학이요? 아니요."

"극단에서 한 명을 선정해서 그쪽 연극 학교에 유학을 보낸다는 얘기가 있어요. 기간은 1년. 거기에 녀석이 뽑힌 모양이더라고요. 정신 나간 짓이죠."

"저는 처음 듣는 얘기인걸요. 흠, 그런 일이 있었군요."

"보나 마나 뒤에서 손을 썼을 테죠. 어이쿠, 이 얘기는 우리끼리만 압시다."

다도코로가 집게손가락으로 나를 가리키며 말했다.

"알겠습니다. 그런데 아마미야 씨가 선발된 게 타당하지 않다는 말씀입니까?"

"그걸 말이라고 해요? 그 정도 연기는 나도 얼마든지 할 수 있다고요."

그리고 그는 당구대의 커버를 벗기더니 공을 놓고 큐로 치기 시작했다. 폼은 그럴싸했지만 실력은 별로였다.

"어제 아사쿠라 마사미에 관해서 물으셨죠?"

큐를 잡은 채 다도코로가 물었다.

"네, 그랬죠."

"사실 유학은 그녀가 가기로 되어 있었어요."

"그래요?"

"그런데 최근에 일이 좀 생겨서 그녀가 연극을 할 수 없게 되었죠. 그래서 녀석에게 기회가 돌아간 겁니다."

그가 탁, 하고 친 흰 공이 2번 공을 보기 좋게 포켓으로 떨어뜨렸다.

"그 일이라는 게 스키 사고를 말하는 거죠?"

내 말에 다도코로는 움직이려던 손을 멈추고 놀란 듯한 표정으로 고개를 들었다.

"누구한테 들었어요?"

"나카니시 씨에게요. 그래서 반신불수가 되었다면서요?"

"흠."

다도코로가 큐를 내던지고 당구대 가장자리에 걸터앉았다.

"스키를 타다가 그런 건 맞지만 사고는 아닙니다. 그건 자살이에요. 다카코랑 몇몇 사람만 모르지 다들 아는 사실입니다."

"자살……, 본인이 그렇게 말했습니까?"

"아니요. 하지만 알 수 있어요. 활강이 금지된 곳에서 직활강을 하는 사람이 세상에 어디 있답니까."

"동기는요?"

"그거야 뭐, 오디션이겠죠."

뻔한 거 아니냐는 듯한 말투였다.

"오디션에 탈락한 충격이 상당히 컸던 것 같습니다. 하지만 말이죠, 저는 그 오디션 결과가 타당하다고 봅니다. 구가 씨는 그녀의 연기를 대단히 높이 평가하는 모양이지만요."

"연기는 좋았던 것 같은데, 뭐가 문제였을까요?"

"그야 물론,"

다도코로 요시오가 자기 뺨을 손가락 끝으로 톡톡 두드렸다.

"용모죠. 어지간히 별난 심사 위원이 아니고서는 생김새가 그런 여배우를 합격시키지 않아요. 게다가 줄리엣이잖습니까. 차라리 맥베스 부인이었다면 평가가 달라졌을지도 모르지만, 시각적으로 불쾌감을 주는 여배우란 들어 본 적조차 없어요."

말이 너무 심하다. 이런 말은 듣는 쪽이 더 불쾌하다.

"그래도 연기력은 모두가 인정하잖아요. 그래서 유학 얘기도 있었던 거 아닌가요?'

"뭐, 그렇기야 하지만, 무대에 오른다는 건 그것만으로는 안 되는 일이죠."

다도코로 요시오가 당구대에서 내려왔다.

"자, 이쯤 하고 돌아갈까요?"

"유학 가는 곳이 런던이라고 했죠?"

"네, 맞아요."

"그렇다면······."

나는 어젯밤에 모토무라 유리에가 했던 말을 떠올렸다. 런던이나 브로드웨이에 공부하러 가고 싶다고 했다. 그건 아마 미야 교스케를 따라가겠다는 뜻일까.

"그건 왜요?"

다도코로가 나를 돌아보며 물었다. 이 녀석을 이용하자는 아이디어가 떠올랐다. 이 녀석이라면 유리에의 진의를 확인해 줄 것이다.

나는 그녀가 했던 말을 그대로 다도코로에게 들려주었다. 예상대로 그는 얼굴이 벌겋게 상기되더니 거칠게 문을 열고는 레크리에이션 룸을 나갔다.

라운지에서는 네 사람이 포커를 치고 있었다.

3

라운지.

구가 가즈유키와 다도코로 요시오까지 합세해 한동안 카

드 게임이 계속되었다. 그러다가 그것마저 시들해졌는지 누가 먼저랄 것도 없이 게임을 접고 각자 책을 읽거나 음악을 듣는 등 보통의 펜션 손님들처럼 시간을 보냈다. 다른 점이 있다면 바깥으로는 한 발짝도 나갈 수 없다는 것과 자기 방에 틀어박혀 있는 사람이 아무도 없다는 것이다. 하나같이 혼자 있으려고 하지 않았다. 범인이 불쑥 찾아와 이 무대에서 퇴장당하는 처지가 될까 봐 두려워하는 것이다.

그렇게 무의미한 시간이 흐르고, 어느덧 해가 기울어 식사 당번이 저녁을 준비해야 할 시간이 되었다. 아침을 늦게 먹은데다 샌드위치가 많이 남아 점심은 따로 준비하지 않은 채 지나갔다.

식사 당번이 주방으로 들어가고 나머지는 잡담을 나누는 지금까지의 패턴이 반복되었다. 그러나 살인극에 관해서는 이야깃거리가 다한 탓인지 더는 대화가 이어지지 않았다.

"아아, 모처럼 여기까지 왔는데."

나카니시 다카코가 창밖의 석양을 바라보면서 한숨지었다.

"오늘 하루도 날씨가 참 좋았어. 이런 때면 꼭 날씨가 좋더라. 내일도 그렇겠지. 산 위쪽은 봄 스키 타기에 안성맞춤일텐데 우리는 문밖으로 나갈 수조차 없다니. 지금 눈앞에 펼쳐진 풍경은 모두 환영이야. 현실은 주위에 온통 눈, 눈, 눈. 전부 새하얀 색이야. 우리는 하얀 세계에 갇혀 있는 거야."

후반부는 마치 무대에서 대사를 읊듯이 목소리에 억양을 싣고 손을 휘휘 저었다. 남자들이 그 모습을 보고 웃었다.

저녁이 준비되어 다시 모두가 테이블에 둘러앉았다.

"어째 먹기만 하는 것 같아."

아마미야 교스케의 말에 몇몇이 고개를 끄덕였다.

"하는 수 없지, 뭐. 할 일이 없잖아."

나카니시 다카코가 말했다.

메뉴는 미트 스파게티였다. 테이블에 놓인 접시 여섯 개 중 무작위로 세 개를 골라 식사 당번 세 명이 먼저 먹어 보기로 약속이 되어 있다. 그 방법을 제안한 사람은 다도코로 요시오였다. 아침 식사 때 유리에가 음식에 독이 들어 있을 가능성이 있다고 말한 데 따른 조치였다. 물론 형식에 지나지 않고, 먼저 먹는 쪽도 반쯤은 장난이다.

"대체 언제까지 이래야 하지."

혼다 유이치가 지겹다는 듯이 중얼거렸다.

"그야 내일모레까지겠지. 기간이 그렇게 설정되어 있잖아."

다도코로의 말에 아직도 펜션에 이틀이나 더 머물러야 한다는 사실이 새삼 일깨워졌는지 다른 사람들도 씁쓸하게 웃었다.

"아까 문득 떠올랐는데, 이번 살인 사건은 동기가 뭐라고 되어 있을까?"

혼다의 말에 다들 음식을 먹다 말고 그를 주목했다.

"동기라……, 거기까지는 미처 생각해 보지 못했는데."

테이블을 응시하며 아마미야 교스케가 대답했다.

"그런 게 있겠어?"

다도코로 요시오가 반문했다.

"알다시피 이 게임의 목적은 눈에 갇힌 산장에서 살인 사건이 일어났을 때 각각의 등장인물이 어떤 식으로 행동할지 명확히 파악하는 거야. 아침에도 말했지만, 범인 역할을 맡은 사람은 누구든 죽일 수 있을 때 죽였을 뿐이라고 생각해. 그러니 동기를 따져 봐야 무의미할 것 같아."

"하지만 동기를 전혀 의식하지 않는 것도 부자연스러워요."

구가 가즈유키가 말했다.

"오히려 최우선적으로 화제에 오를 만한 일이죠. 가령 가사하라 아쓰코 씨가 죽어서 득을 보는 사람이 누구일까, 라든가 말입니다."

"무슨 말인지는 알겠어요. 하지만,"

아마미야 교스케가 나섰다.

"우리가 이 연극 속의 인간관계를 모르는데 무슨 수로 살해 동기를 따지겠어요. 가사하라 아쓰코라는 배우가 살해된 것이 아니라 그녀가 연기하는 인물이 살해당한 건데 말이죠."

"도고 선생님의 지시 중에 '관계는 현실 그대로, 한 연극에 출연하는 젊은 배우들로 한다.'라는 대목이 있었던 것 같은데요."

"맞아, 나도 기억해."

나카니시 다카코가 구가 가즈유키의 말에 맞장구를 쳤다.

"내 생각에도 현실에 준해서 동기를 논의하면 될 것 같아. 그편이 생생하고 긴박감이 있지 않을까."

혼다 유이치도 동조했다.

"너희들 말뜻은 이해하겠지만, 실제로는 동기를 따지기 어려울 것 같아. 아쓰코가 살해당했다는 건 어디까지나 가공의 사실인데 동기 따위가 있겠어?"

아마미야의 이 말을 혼다가 반박했다.

"현실에 동기가 존재하는지 여부는 중요하지 않다고 생각해. 중요한 건 그걸 테마로 얘기를 나누는 거야. 반드시 해답을 찾을 필요는 없어."

"흠, 하긴 그러네."

아마미야가 풀 죽은 표정을 지으며 모토무라 유리에를 바라보았다.

"너는 어떻게 생각해?"

모토무라 유리에는 포크와 스푼을 내려놓고 잠시 고개를 숙였다가 들더니 "동기를 논의할 필요가 있다는 건 알겠어. 하지만 솔직히, 별로 그러고 싶지 않아."라고 가는 목소리로 대답했다.

"아쓰코가 죽어서 이득을 보는 사람이 누구냐니, 그런 건 생각하고 싶지도 않다고. 게다가 그녀는 현실에서는 여전히 살아 있잖아."

"지금 그렇게 말하면 안 되지."

나카니시 다카코가 입을 뾰족 내민다.

"그래, 그건 나도 알아."

유리에가 어깨를 으쓱했다.

"유리에가 꺼림칙해 하는 것도 무리는 아니야. 살인의 동기를 따지자면 개인의 프라이버시를 침해할 수밖에 없잖아."

다도코로 요시오가 유리에 쪽을 힐끔힐끔 보면서 그녀를 옹호했다.

"다들 그래도 괜찮겠어? 괜찮다면 나도 기꺼이 응할게."

"얼마간 프라이버시를 침해하는 건 어쩔 수 없어. 생각해 봐, 실제로 살인 사건에 휘말렸대도 프라이버시 운운할 수 있겠어?"

나카니시 다카코의 말에 옆 자리에 앉아 있던 혼다 유이치도 몇 번이나 고개를 끄덕거렸다.

"좋아, 알았어."

아마미야가 체념한 듯 양손을 펼쳐 보였다.

"다들 살해 동기에 관해 논의할 필요성을 인정하는 분위기니까 한번 해 보도록 하지. 그런데 어디서부터 시작해야 할까?"

각자 생각에 잠겼는지 잠시 침묵이 흘렀다. 누구도 더는 스파게티에 손을 대지 않아 저녁 식사는 흐지부지되고 말았다.

"동기의 종류로는,"

혼다가 말문을 열었다.

"이해관계나 원한, 또는 애증을 들 수 있겠지."

"그럼 일단 이해관계부터. 아쓰코가 죽어서 이득을 보는 사람이 있을까?"

빈 접시를 밀어내고 양 팔꿈치를 테이블에 얹으며 아마미야가 물었다.

"금전적인 이해관계는 없을 거야."

다도코로 요시오가 대답했다.

"그녀가 막대한 유산을 받을 거라는 얘기를 들은 적이 없고, 생명 보험에 가입한 것 같지도 않으니까 말이야."

"살해당한 사람이 유리에라면 얘기가 다르겠지."

나카니시 다카코가 비꼬듯이 말하자 유리에는 자못 불쾌한 표정을 지었다.

"유리에가 죽었다 해도 우리 중에는 이득 볼 사람이 없어."

혼다의 말에 아마미야가 "자, 자, 아쓰코 얘기로 돌아가자."라고 타이르듯이 말했다.

"금전적인 것 외에 다른 이해관계는?"

"단순하게 생각하면, 오디션에 떨어진 사람 중에서 추가 합격자가 나오겠지. 하지만 그걸 살해 동기로 보기는 힘들어. 망상에 가까운 바람일 뿐이지."

다도코로가 말했다.

"게다가 여기 있는 사람은 모두 합격했으니 그럴 일도 없고."

다카코가 다도코로의 말을 거들었다.

"그렇다면 원한이나 애증 문제일 가능성이 큰데……."

아마미야가 말끝을 흐린 것은 역시 별로 화제 삼고 싶지 않은 얘기여서 그럴 것이다.

"아쓰코가 남에게 원한을 사다니, 그런 일은 절대 없을 거야."

모토무라 유리에가 단호히 말하고 아랫입술을 깨물었다. 그런 그녀의 모습에 일순 모두가 압도된 듯했다.

"원한이라는 게 꼭 그런 것만은 아니라고 생각해."

나카니시 다카코가 유리에와는 대조적으로 심드렁하게 내

뱉었다.

"원한을 품어야 할 사람이 되레 원한을 사거나 오해 때문에 원한을 사는 등 여러 경우가 있잖아."

"원한을 품어야 할 사람이 되레 원한을 산다……."

다도코로 요시오가 턱을 손으로 문지르며 고개를 주억거렸다.

"그런 경우가 없다고 단정하기는 힘들겠지. 가령 그녀에게 주역 자리를 빼앗겼다거나……."

"아니, 그럼 나랑 유리에를 의심한다는 거야?"

"가령이라고 말했잖아. 무엇보다, 그런 일이 실제로 일어나기나 했나."

"그건 아니지만……."

"설사 그런 일이 일어났다고 해도 그게 살인의 동기가 될 수 있을까?"

아마미야가 고개를 갸웃했다.

"역시 동기로는 약하겠지. 성격 이상자의 범죄라면 몰라도 말이야."

"그럼 남은 건 애증 관계인데……."

나카니시 다카코가 뭔가 살피는 듯한 눈초리로 일동을 둘러봤다. 떠오르는 바가 있기는 하지만 선뜻 입 밖에 내고 싶지는 않은 눈치였다.

"도고 선생님과의 루머를 여기서 발설해도 되는 거야? 구가 씨도 있는데."

다도코로 요시오가 혼잣말처럼 중얼거리자 아마미야와 유리에가 놀라 입을 쩍 벌렸다.

"그 일이라면 내가 이미 얘기했어."

다카코가 아무렇지 않다는 듯이 말했다. 그런 그녀의 모습을 보며 다도코로가 혀를 찼다.

"하여튼 너, 입이 가벼운 건 알아줘야 해."

"어차피 알게 될 일이잖아."

"그렇다고 굳이 미리 얘기할 필요도 없지."

다도코로는 자신이 구가에게 쏙닥거린 사실은 잊었는지, 드러나게 못마땅한 표정을 지었다.

"어쨌든 더는 숨길 필요가 없겠군. 아쓰코가 도고 선생님과 연인 관계라는 루머가 있어. 아니, 루머가 아니라 사실일 거야. 하지만 그 일이 살인 사건과 관련이 있을까?"

"두 사람 다 독신이니 연애해서 안 될 이유는 없어."

모토무라 유리에가 아까처럼 단호한 어조로 말했다.

"두 사람이 실제로 연애를 했든 안 했든······."

혼다 유이치가 거기까지 말하고 잠시 주저하다가 입을 열었다.

"만일 그녀 외에도 선생님을 사랑하는 사람이 있다면 그 사람은 아쓰코를 미워했을 거야."

"그 말은 그러니까, 나를 의심한다는 뜻이네."

나카니시 다카코는 눈으로는 혼다를 노려보면서도 입가에는 미소를 머금었다. 대화가 이런 식으로 전개되는 것을 재미있어하는 눈치다.

"나도 선생님을 존경하긴 하는데, 그게 만일 사랑으로 번지거나 했다면 아쓰코를 질투했을 거라는 말이잖아."

"거기까지는 생각하지 않았지만, 얘기가 그렇게 되나? 하지만 여자가 다카코뿐만은 아니잖아."

"그렇다고 유리에는 아니잖아. 유리에에게는 교스케가 있으니까."

나카니시 다카코가 거침없이 내뱉은 말에 한순간 실내 분위기가 얼어붙었다. 모토무라 유리에와 아마미야 교스케가 당혹스러운 듯이 그녀를 바라본 것은 물론이지만, 그들보다 더 감정을 노골적으로 드러낸 사람은 다도코로 요시오였다.

"그게 무슨 뚱딴지같은 소리야, 쓸데없이!"

그가 표정을 굳히며 발끈하자 다카코는 어안이 벙벙한 듯 "뚱딴지같은 소리라니, 그렇지 않지?" 하며 유리에를 바라보았다. 하지만 유리에는 고개를 숙인 채 대답하지 않았다.

그 모습을 바라보던 다도코로의 얼굴이 한층 벌게졌다.

"초등학생도 아니고, 남녀를 제멋대로 엮는 짓 좀 하지 마. 유리에에게도 실례잖아."

"난 사실을 말했을 뿐이야. 실례한 적 없다고!"

"자, 자, 그렇게까지 감정적으로들 반응할 거 없잖아. 요시오 너도 그만하고."

혼다가 분위기를 수습하려고 애를 쓰자 다카코는 하는 수 없다는 듯이 입을 다물었다. 아마미야와 유리에도 여전히 침묵하고 있어 어색한 공기가 테이블을 감쌌다.

그런 상태가 계속되자 아마미야 교스케가 구가 가즈유키 쪽을 바라보며 "구가 씨는 아무 말씀도 안 하시는군요."라고 말했다.

"오디션 때 처음 만났으니 할 얘기가 거의 없겠지만, 의견이 있으면 말씀해 주세요."

일동의 시선이 그에게 집중되었지만 외부인이라고 할 수 있는 그에게 딱히 뭔가를 기대하는 눈빛은 아니었다.

"그게……, 직접적인 동기를 찾으려고 하면 토론이 제대로 이어지기 힘들겁니다."

구가가 말을 신중하게 골라 가며 대답했다.

"직접적인 동기라니, 그게 무슨 뜻이죠?"

아마미야가 물었다.

"여기 있는 사람들만으로 스토리를 만들기에는 한계가 있는 것 같아요. 다른 사람을 연관시키면 범위가 넓어지니 동기를 추리하기도 수월하지 않을까요? 가령 도고 선생님이라든가, 아니면 여기 없는 단원의 이름을 활용한다든가 말이죠."

"다른 단원이라면 누구를……?"

"자세한 내용은 잘 모르지만, 아사쿠라 마사미라는 분이 최근에 불행한 일을 당했다고 들었습니다. 그 사람을 화제로 삼는 건 어떨까요?"

구가가 아사쿠라 마사미라는 이름을 꺼낸 순간 단원들의 얼굴에 긴장의 빛이 떠올랐다. 특히 아마미야 교스케는 누가 구가에게 그런 소리를 했느냐고 책망하는 듯이 일동을 둘러봤다.

"아, 그것도 한 가지 방법일 수 있겠군요."

한참이나 지나서 어색한 말투로 대답한 사람은 혼다 유이치였다.

"하지만 어떻게 연결을 지어야 할지……. 단순한 사고였는데 말이죠."

"그러게 말이야. 좀 어렵지 않을까? 사고에 수상한 점이라도 있다면 전개가 빠르겠지만……."

아마미야 교스케의 말투 역시 어색하기는 마찬가지였다.

그 이후로는 모두가 입을 다물었고 분위기는 조금 전보다 한층 무거워졌다.

"있잖아, 오늘 밤은 이쯤에서 끝내는 게 어떨까?"

모토무라 유리에가 조심스럽게 제안했다.

"토론이 더 이어질 것 같지도 않고 말이야."

"그래, 그러는 게 좋겠다. 다른 의견이 있는 사람?"

아무도 대답이 없자 분위기는 해산하는 쪽으로 기울었고, 저녁 식사 당번은 설거지를 시작했다. 나머지 멤버는 목욕하러 가거나 라운지에서 책을 읽었다.

식사 당번인 구가 가즈유키와 혼다 유이치, 모토무라 유리에가 뒷정리를 마치고 주방에서 나왔을 때는 라운지에 아무도 없었다. 셋은 식당에서 잠시 대화를 나누다가, 유리에가 피곤하다면서 방으로 돌아가자 구가와 혼다도 자리에서 일어났다.

4

유리에의 방. 밤 11시가 갓 지났을 무렵.

욕실에서 돌아온 유리에는 트레이너를 입은 채로 침대에 들었다. 다른 침대 하나는 가사하라 아쓰코가 사용하기로 되어 있었는데, 결국 그녀는 한 번도 그 침대에 들지 못한 채 세상에서 사라졌다. 그것이 실제 일어난 일이었다면 유리에는 이 방에서 지내기 힘들었을지 모르지만, 아쓰코의 죽음을 가공의 사실로 인식한 유리에는 침대는 물론이고 아쓰코의 짐이 그대로 남아 있는 것을 보면서도 아무 느낌이 없었다.

유리에가 머리맡에 있는 스탠드를 끈 지 몇 분이 지났을 때 문을 노크하는 소리가 들렸다. 주위에 들리는 것을 꺼리는 듯 조심스럽게 두드리는 소리였다. 그녀는 다시 스탠드를 켠 뒤 귀찮다는 듯이 뭉그적거리며 침대를 빠져나와 문 앞으로 가서 도어락을 열었다.

"어?"

그녀가 몹시 의외라는 듯한 반응을 보였다. 다도코로 요시오가 서 있었던 것이다.

"잠깐 들어가도 될까?"

그의 얼굴은 이상하리만치 굳어 있고 창백하다고 할 정도로 핏기가 없었다. 유리에는 숨을 들이쉬며 방에 있는 시계를 힐끔 보고 나서 고개를 저었다.

"할 얘기가 있으면 밖에서……."

"단둘이 얘기하고 싶어. 다른 사람은 듣지 않았으면 해. 믿어 줘, 절대 아무 짓도 안 할 테니까."

"그러면,"

그녀는 잠시 말을 끊었다가 "내일 얘기하자. 오늘은 너무 피곤해."라고 말했다.

"마음이 급해서 그래. 네 생각을 알고 싶어. 부탁이야."

유리에가 문을 닫으려는데 문틈으로 팔을 밀어 넣으며 다도코로가 애원했다. 평소의 자신만만한 표정이 아니라 매달리는 듯한 눈빛으로 바라보는 그를 더는 거부할 수 없었는지 유리에는 문을 닫으려던 손에서 힘을 뺐다.

"그럼 잠깐만이야."

"고마워."

환한 표정을 지으며 다도코로 요시오가 방으로 들어섰다. 유리에는 그에게 아쓰코의 침대에 앉으라고 권한 뒤 자신은 문을 등지고 섰다. 문은 살짝 열린 상태 그대로 두었다. 그가 갑자기 덮쳐 올 경우를 고려한 것이 분명했다.

"그래, 하고 싶은 얘기가 뭐야?"

그러자 다도코로는 고개를 한 번 숙였다가 다시 들며 그녀의 얼굴을 바라보았다.

"아까 다카코가 한 말을 확인하고 싶어."

"다카코가 한 말?"

"너와 교스케의 관계에 관한 말 말이야. 단원들 사이에 떠도는 소문을 나도 듣지 않은 건 아니지만, 그저 재미 삼아 떠드는 헛소문이라고 생각했어. 사실대로 말해 줘. 너와 교스케가……."

"잠깐만."

유리에가 그의 말을 제지하려는 듯 양손을 앞으로 내밀었다.

"느닷없이 그런 말을 꺼내면 곤란하지. 대체 왜 그러는 거야?"

"유리에."

다도코로 요시오가 침대에서 일어나 천천히 그녀에게 다가왔다.

"너도 눈치챘을 거야. 내가 오래전부터 너를……."

"앉아 있어, 제발. 안 그러면 내가 나갈 거야."

문손잡이를 쥐는 그녀를 보며 다도코로가 움직임을 멈췄다. 그는 고통스럽다는 듯이 얼굴을 일그러뜨리며 침대에 도로 앉았다.

"사실을 말해 줘."

그가 말했다.

"구가 씨 말로는 네가 런던이나 브로드웨이에 가고 싶어 한다던데, 순수하게 연극을 공부하고 싶어서야, 아니면 교스케를 따라가고 싶어서야? 대답해 봐, 유리에. 그 소문이 사실이야? 너와 교스케가 결혼을 약속한 사이라는 소문 말이야."

유리에는 문에 몸을 기대고서 미간을 찡그리며 눈을 내리떴다. 그리고 숨을 크게 들이쉬었다.

"사실이야?"

그가 재차 물었다.

"……아니야."

유리에가 툭, 내뱉듯이 대답했다.

"나, 교스케를 존경해. 동경하기도 하고. 하지만 그건 배우로서 그렇다는 말이야. 교스케가 내게 친절한 것도 마찬가지 이유일 거야. 그런 좋은 관계를 앞으로도 계속 이어 가고 싶다는 게 내 생각이야."

그녀의 태도는 누가 봐도 어색했지만, 그런 사실을 알아차리지 못했는지 다도코로 요시오의 표정이 확 밝아졌다. 유리에가 말을 마치자 그가 벌떡 일어섰다.

"역시 그랬구나. 그럼 현재 딱히 정해진 사람은 없다는 거지?"

"……응."

"그렇다면,"

다도코로가 다시 그녀에게 다가갔다.

"내가 후보로 나서도 되겠지? 농담이 아니야. 진심으로 프러포즈하는 거야."

유리에는 굳어진 표정으로 다도코로의 눈길을 외면했지만, 이내 다시 그를 바라보며 방긋 웃더니 방문을 열었다.

"자, 오늘은 여기까지야."

다도코로의 어깨가 축 늘어졌다. 하지만 그녀의 미소 지은 얼굴에서 희망을 느꼈는지 "그럼 내일 봐." 하고는 가벼운 발걸음으로 방을 나섰다.

"잘 자."

"그래, 잘 자."

문을 닫은 후 유리에는 후, 숨을 내쉬었다. 그대로 잠시 서 있던 그녀는 기분 전환이라도 하려는 생각인지 문을 열고 방을 나갔다.

구가 가즈유키의 독백

도무지 뜻대로 되지 않는다. 식사 당번을 함께한다는 특권을 이용해 모토무라 유리에에게 공세를 가했지만 죄다 헛수고로 끝나고 말았다. 뮤지컬을 보러 가자고 제안했으나 '언젠가'라는 대답이 돌아왔다. 구체적인 날짜를 정하려 했지만 요리조리 빠져나갈 뿐이었다. 게다가 좋은 기회가 왔다 싶으면 어김없이 혼다 유이치가 나타나 방해했다. 물론 본인에게는 그럴 의도가 없었을 테지만.

이렇게 되면 장기전으로 가는 수밖에 없다. 도쿄로 돌아가서 본격적으로 연습에 돌입하면 그녀도 내 재능의 포로가 될 것이다.

저녁 식사 후 살해 동기에 관해 토론했을 때는 꽤 재미있었다. 모토무라 유리에와 아마미야 교스케, 두 사람의 관계에 대해 다도코로 요시오는 꼴사납게도 질투심을 드러냈지만, 아직 두 사람이 결혼한 것은 아니니 그다지 초조해 할 일은 아니다. 여자의 마음이 바람에 흔들리는 갈대라는 걸 나는 지금까지의 경험으로 익히 안다.

그보다, 내가 아사쿠라 마사미라는 이름을 언급했을 때 사람들이 보인 반응은 흥미로웠다. 마치 갑자기 뒤통수라도 맞은 것처럼 화들짝 놀라는 꼴이라니. 이렇다 할 반응을 보이지 않은 사람은 나카니시 다카코뿐이었다. 그녀는 아마도 아사쿠라 마사미의 일을 사고라고 믿고 있을 것이다. 그와는 대조적으로 혼다나 아마미야는 부자연스러울 만큼 사고라는 걸 강조했다. 아무래도 다도코로가 말했던 자살설이 신빙성이 있는 듯하다.

내가 아사쿠라 마사미 이름을 꺼낸 것은 순간적으로 생각이 떠올라서였지만, 그게 전부는 아니다. 아사쿠라 마사미의 고향이 히다다카야마이고, 거기서 스키를 타다가 자살을 시도했거나 사고를 당했던 듯한데, 이곳 노리쿠라고원에서 히다다카야마까지는 상당히 가깝다. 국도로 이어져 있는 데다 거리도 기껏해야 몇 킬로미터 정도다. 이게 단순한 우연일까. 나는 그렇게 생각하지 않는다. 도고 신페이가 설계한 이 게임과 모종의 관계가 있을 것이다.

그렇다고 섣불리 나설 일은 아니다. 차근차근 정보를 수집해 갈 예정이다.

방에서 잡지도 읽고 여기 온 이후의 일도 메모하다가 욕실로 가 보니 혼다 유이치가 먼저 와 있었다. 희뿌연 물이 넘실대는 탕 밖으로 실팍한 가슴이 절반쯤 드러나 있다.

"아사쿠라 마사미가 크게 부상을 입었다는 얘기를 누구한테 들었습니까?"

내가 탕에 몸을 담그자 혼다가 말을 걸어왔다.

"아, 그거요, 나카니시 씨에게 얼핏 들었습니다."

"또 다카코예요? 입이 어찌나 가벼운지. 아쓰코와 선생님의 관계도 까발렸다면서요."

혼다가 뜨거운 물로 어푸어푸 얼굴을 씻었다. 나는 다도코로한테도 그런 얘기를 들었다는 말은 하지 않기로 했다.

"비밀을 숨기지 못하는 성격인가 보군요."

"그러게 말입니다. 완전 방송국이라니까요."

"모토무라 씨와 아마미야 씨에 관해서도 얘기했어요. 두 사람이 연인 사이라던데, 그게 정말입니까?"

"뭐, 그건 사실이에요."

나의 기대를 저버린 채 혼다는 그렇게 단언했다.

"하지만 그 두 사람에 관해서는 너무 이러쿵저러쿵하지 않는 게 좋을 듯합니다. 신경을 많이 쓰고들 있어서요."

"당연하죠. 떠벌리지는 않겠습니다."

"부탁드립니다."

혼다가 얼굴 앞에서 손날을 세웠다.

"그런데,"

내가 다시 말을 꺼냈다.

"혼다 씨 방은 트윈 룸이죠?"

"그런데요."

"그럼 오늘 밤 저를 좀 재워 줄 수 있습니까?"

내 부탁에 그가 의아한 표정을 지었다.

"그거야 상관없지만…… 왜 그러시죠?"

"이건 제 생각입니다만, 오늘 밤 두 번째 살인극이 벌어질 것 같아서요. 둘이 같이 있으면 범인이 찾아오더라도 안심이 잖아요."

저녁때부터 해 온 생각이었다.

"둘을 한꺼번에 해치우라는 지시를 받았을 수도 있지 않을까요?"

"범인이 권총을 가졌다는 설정이라면 그렇죠. 하지만 가사하라 씨 경우를 봐도, 그럴 것 같지는 않습니다. 범인이 두 명을 동시에 죽이려면 그럴 만한 범행 수단을 제시해야 납득할 수 있겠죠."

"범인이 우리 둘을 단번에 목을 졸라 죽인 걸로 해 달라고 부탁해도 들어줄 수 없다는 얘기군요. 하지만 구가 씨는 중요한 사실을 잊고 있습니다. 내가 바로 그 범인 역할이라면요? 구가 씨를 죽일 절호의 기회잖아요. 뿐만 아니라 구가 씨가 범인이 아니라고 내게 증명할 수 있습니까?"

"우리가 함께 있다는 사실을 제삼자에게 알리는 겁니다. 그러면 만일 둘 중 하나가 죽었을 때 살아남은 사람이 범인이라는 게 들통나겠죠."

"그걸 아는 이상 범인이라도 함부로 일을 저지를 수는 없다는 말인가요?"

"그렇죠. 아무튼 둘이 같이 있으면 이로운 점이 많을 겁니다. 가령 다른 방에서 살인극이 벌어졌을 때도 서로 알리바이를 증명할 수 있고요."

"그런데 제삼자 증인을 누구로 하죠?"

"그건 각자 알아서 정하죠."

"흠……."

혼다가 입 언저리까지 몸을 탕에 담그고 수영하는 것처럼 물을 휘젓다가 다시 고개를 들었다.

"좀 번거롭기는 하지만……, 그럼 그렇게 할까요."

"네, 좋습니다."

"알았어요. 방에서 기다리겠습니다."

"증인도 정해 두시고요."

"그렇게 하겠습니다."

그러고서 혼다는 욕조를 나갔다. 밑에서 올려다보니 그의 널따란 등이 마치 벽처럼 보였다.

그가 나가는 것과 거의 동시에 아마미야 교스케가 욕실로 들어왔다. 마른 체격인 줄 알았는데 옷을 벗으니 혼다 못지않게 건장했다.

아마미야는 연극에 관해 이런저런 얘기를 늘어놓았다. 하나같이 해도 그만 안 해도 그만인 내용이었는데, 아마 일부러 그런 무난한 화제를 꺼냈을 것이다. 그렇게 따분한 대화나 주고받을 요량이면 입을 다물고 있는 편이 낫겠다 싶었지만, 그 나름으로는 신입인 나를 배려하느라고 그랬을 터였다. 전형적인 리더 타입이지만 대성할 재목인지는 의문이다.

나는 그에게 런던 유학에 관해 물어봤다. 그는 일순 놀라는 표정을 지었지만, 누구에게 들었는지는 묻지 않았다. 대신 "내가 가게 될지 어떨지 아직 확실치 않아요."라고 시큰둥하게 대답했다. 나는 그런 그의 표정을 보며 어라, 하고 생각했다. 그러는 척하는 게 아니라 정말 유학에 관심이 없어 보였기 때문이다.

아마미야와 함께 욕실을 나오면서 시계를 보니 11시 15분이 되어 가고 있었다. 나로서는 꽤 오래 있었던 셈이다. 아마미야의 얘기를 들어 주다 보니 그렇게 되었다.

목욕을 너무 오래 해서인지 목이 말랐다. 냉장고에 아직 캔 맥주가 많이 남아 있을 거라는 생각이 들었다. 아마미야에게 같이 마시자고 권했지만 그는 "아니요, 오늘 밤은 사양하겠습니다."라고 거절하고는 계단을 올라갔다. 그런데 도중에 걸음을 멈추더니, 방에 들어가기 전에 라운지와 복도의 불을 꺼 달라고 집요할 정도로 여러 번 말했다.

주방에 들어가는데 머리 위에서 문이 열렸다가 닫히는 소리가 들렸다. 유리에 방이다, 하고 직감했다. 나는 주방 문 뒤에 몸을 숨기고 몰래 2층 복도를 올려다보았다. 그런데 이게 무슨 일인가. 다도코로 요시오가 걸어가고 있지 않은가. 왠지 모르게 들떠 보이는 건 내 기분 탓일까. 이윽고 녀석은 자기 방으로 사라졌다.

맥주나 마시고 있을 때가 아니다.

다도코로 이 자식, 발칙하게 유리에 방에 숨어든 것인가. 설마 하면서도 나는 계단을 뛰어 올라갔다. 그러나 도중에 급히 걸음을 멈추지 않을 수 없었다. 유리에가 방에서 나왔기 때문이다. 그녀는 나를 보자 싱긋 웃고는 세면실로 향했다.

나는 빠른 걸음으로 그녀를 뒤쫓았다. 그리고 세면실 앞에서 그녀를 따라잡았다.

"저기······."

"네?"

유리에가 상큼하게 미소를 지었다. 아름다운 여자는 화장을 하지 않아도 나름의 빛을 발하는군, 새삼 그런 생각을 했다.

일단 다도코로 요시오가 그녀를 덮쳤을 가능성은 없어 보였다.

"부탁할 일이 있는데요."

"뭔데요?"

"증인이 되어 주셨으면 합니다."

"증인이라니요?"

입가에는 여전히 미소를 머금었지만 그녀의 눈빛에는 당황한 기색이 어렸다.

나는 조금 전에 혼다 유이치와 나눈 대화 내용을 유리에에게 들려주었다.

"그러니까 만약 내일 아침에 제 모습이 보이지 않으면 혼다 씨가 범인이라고 생각하시면 됩니다."

"알겠어요. 그런데……, 유이치도 이 일을 알고 있죠?"

"네, 동의했습니다."

"그렇군요."

유리에는 잠시 무슨 생각을 하는 듯하더니 "좋은 생각이네요. 저도 다카코를 제 방으로 부를까 봐요."라고 말했다.

"마음을 정하시면 말씀해 주세요. 증인이 되어 드리겠습니다."

"네, 감사합니다."

유리에는 과장스럽다고 할 만큼 공손하게 고개를 숙였다. 그러나 정말 나카니시 다카코를 방으로 부를 생각은 없어 보였다.

잘 자라는 인사를 나눈 뒤 나는 아마미야의 부탁대로 라운지와 복도의 불을 전부 껐다. 이렇게 어두우면 유리에가 세면실을 나왔을 때 곤란하지 않을까 싶기도 했지만, 쓸데없는 걱정인지도 몰랐다.

거의 손으로 더듬다시피 해 가며 혼다 유이치의 방문 앞에 다다랐다. 노크를 하자마자 문이 열렸다. 혼다는 위아래로 트레이너 차림이었다.

"늦었네요."

"증인을 찾는 데 시간이 걸렸어요."

"그래서, 누구로 했어요?"

"유리에 씨요."

"네?"

혼다가 숨을 삼키는 것이 느껴졌다.

"방으로 찾아갔습니까, 이런 시간에?"

"세면실 앞에서 마주쳤어요. 그래서 부탁했습니다."

"아, 난 또……."

혼다는 안도의 한숨을 내쉬었다.

쓴웃음이 나왔다. 이 남자, 보기와 달리 여자에게 보수적인지도 모르겠다. 다도코로가 유리에 방에서 나왔다는 얘기를 해 줄까 하다가 말았다.

"혼다 씨는 증인으로 누구를……?"

"저요? 저는 아무에게도 부탁하지 않았습니다. 구가 씨가 유리에에게 말했다면 그걸로 충분할 테죠."

"제 말이 거짓이면 어쩌시려고요?"

"그렇게까지 의심할 생각은 없어요. 구가 씨가 범인이라면 그건 그때 일이고요."

"시원시원하군요. 그런데……."

말하면서 나는 실내를 관찰했다. 생각했던 것보다 방이 좁았다. 창문 쪽 벽에 조그만 테이블이 붙어 있고 그 양쪽으로 침대가 두 개 놓여 있다. 오른쪽을 혼다가 사용하는 듯했다.

"침대를 움직여서 둘 다 문에 딱 붙이죠."

내 제안에 혼다가 눈을 동그랗게 떴다.

"그건 왜요?"

"밤중에 마음대로 나가지 못하게요. 그래야 알리바이가 성립하죠."

"흠, 그럼 그렇게 하죠, 뭐."

나와 혼다는 침대 두 개가 각각 문을 반씩 막도록 옮겨 놓았다. 그러면 둘 중 누군가가 밖으로 나가려고 할 때 나머지 한 사람을 깨울 수밖에 없다. 침대와 멀어진 테이블도 옮겨다 놓았다.

"코를 골지 모르는데, 참아 주세요."

"피차 마찬가지입니다."

자기 전에 위스키라도 한잔하자고 할 줄 알았는데 혼다는 곧장 침대에 들었다. 보채기도 뭐해서 나도 포기하고 자기로 했다. 스탠드를 끄기 전에 시계를 보니 11시 40분이 되기 직전이었다.

잠시 선잠이 들었나 보다. 짧은 꿈을 몇 개 꾼 것 같다. 나는 어둠 속에서 눈을 떴다. 무슨 소리를 들은 듯도 하다. 옆 침대에 누운 혼다 유이치의 모습이 어렴풋이 보였다.

몇 시나 되었는지 궁금해서 시계를 보려고 했지만 너무 어두워서 보이지 않았다. 잠깐은 불을 켜도 괜찮겠지 싶어 스탠드 끈을 잡아당겼다.

그런데 불이 들어오지 않았다. 다시 한 번 끈을 당겨 보았지만 마찬가지였다.

"왜 그래요?"

혼다가 물었다. 잠에 취하지 않은 목소리였다.

"아, 시끄럽게 해서 미안합니다. 시계를 보려고 스탠드를 켜는데 불이 들어오지 않아서요."

"아아."

혼다가 굵은 팔을 이불 밖으로 내밀어 테이블 위에 놓아둔 자신의 손목시계를 집어 들었다. 버튼을 누르자 액정 화면을 비추는 조그만 등이 켜졌다.

"11시 55분이네요."

아직 그것밖에 안 되었다는 말투로 말하고 나서 혼다는 시계를 원래 있던 곳에 돌려놓으며 슬며시 웃었다.

"역시 편히 잠들지 못하는군요. 바로 옆에 범인이 있을지도 모른다고 생각하니 말입니다."

"그런 거 아닙니다. 그런데 이 스탠드, 어떻게 된 거죠?"

"고장 났나 봐요. 새것 같지는 않으니까요."

"그런가요."

줄을 몇 번이나 잡아당겨 봤지만 요지부동이었다.

다시 이불을 덮고 눈을 감았다. 그러나 아무래도 잠이 달아나 버린 듯, 눈이 말똥말똥했다. 혼다 쪽에서도 잠든 듯한 숨소리는 들리지 않았다.

몸을 뒤척거리며 또 몇 분이 지났을 무렵이다. 갑자기 주위가 환해졌다. 눈을 떠 보니 스탠드에 불이 들어와 있었다.

"아니, 뭐야, 이거."

혼다가 베개에 얼굴을 묻었다. 나는 눈이 부셔 얼굴을 찡그리며 스위치를 껐다.

"이상하네, 어떻게 된 일이지."

"고장이라니까요. 이제 정말 잡시다."

귀찮다는 듯이 말하고 혼다는 돌아누웠다. 나는 석연치 않은 기분으로 눈을 감았다.

5

모토무라 유리에의 방.

다도코로가 왔다 간 후 일단 방을 나왔던 유리에는 다시 방으로 들어가자마자 불을 끄고 침대에 누웠다.

어둠 속에서 몇 분이 지났다. 잠이 오지 않았다. 몸을 뒤척일 때마다 침대 다리가 삐걱거렸다.

잠시 후 또 노크 소리가 들렸다. 다도코로 요시오 때보다 한결 신중한 소리였다.

유리에는 스탠드 스위치를 켰다. 그러나 불이 들어오지 않았다. 왜 이러지. 그녀가 어둠 속에서 중얼거렸다.

빛이 없는 상태에서 그녀는 문 앞까지 갔다.

"누구세요?"

대답이 없다. 대신 똑, 똑, 문을 두드리는 소리가 두 번 들렸다.

다시 "누구세요?" 하며 유리에는 도어락을 풀고 문을 빼꼼 열었다.

그 순간 둔탁한 소리가 났고, 그와 동시에 유리에가 신음 소리를 내며 그 자리에 쓰러졌다. 문틈으로 검은 그림자가 미끄러지듯이 들어와서 그녀를 덮쳤다. 그녀는 팔다리를 버둥거렸지만 별 소용이 없었다. 어둠 속에서 두 그림자가 겹쳤다.

잠시 후 유리에는 완전히 움직임을 멈췄다. 침입자는 아쓰코 때와 마찬가지로 그녀의 몸을 질질 끌고 방을 나갔다.

셋째 날

구가 가즈유키의 독백

어젯밤 늦게 잠들었던 나는 아침 6시에 일어났다. 자연스럽게 눈이 뜨인 건 아니고 혼다 유이치가 흔들어 깨웠다. 화장실에 가고 싶다는 것이었다. 하는 수 없이 일어나서 침대를 원래의 위치로 돌려놓았다. 더는 문을 막을 필요가 없다고 판단했다.

혼다가 나간 후 나는 침대에서 다시 잠이 들었다. 하지만 그가 이내 돌아와서 나를 또 깨웠다. 왜요, 하고 나는 눈을 반쯤 뜨고 물었다.

"지금 당장 구가 씨 방으로 돌아가요. 아무에게도 들키지 말고요."

"왜 그러는데요?"

"화장실에서 생각해 봤는데, 아무래도 다음 살인이 발생할 때가 된 것 같아요."

"그래서요?"

"만일 밤사이에 무슨 일이 일어났다 해도 우리에게는 알리바이가 있어요. 하지만 지금 그걸 공표하는 건 좋은 생각이 아닙니다. 이 좋은 비밀 정보를 다른 사람에게까지 가르쳐 줄 필요는 없잖아요."

"그야 그렇죠."

"그러니까,"

그가 소곤거렸다.

"사람들이 일어나기 전에 빨리 방으로 돌아가요. 그리고 좀 이따가 시치미를 뚝 떼고 방에서 나오는 겁니다."

나쁘지 않은 아이디어였다. 그러나 문제가 있었다. 모토무라 유리에다. 그 말을 하자 혼다는 이미 생각해 두었다는 듯이 고개를 크게 끄덕거렸다.

"그녀에게 비밀로 해 달라고 부탁할 겁니다. 물론 그녀가 범인이라면 무의미한 일이지만요."

"그건 아닐 거예요."

그렇게 말하고 나는 살그머니 내 방으로 돌아가 한 시간쯤 더 잤다.

1

라운지.

8시가 좀 지나자 단원들이 하나둘 일어나서 나왔다. 어제보다 약간 늦은 시간이다. 구가 가즈유키가 맨 먼저, 그다음은 혼다 유이치가 각각 자신의 방에서 나왔다.

잠시 후 아마미야 교스케와 다도코로 요시오도 라운지에 모습을 드러냈다. 그런데 그 무렵부터 남자들의 얼굴에 뭐라 설명하기 힘든 복잡한 표정이 어리기 시작했다. 어제 일의 재현인 것처럼, 아직 방에서 나오지 않은 여성 둘 중 한 명이 이 게임의 희생양이 된 게 아닐까 싶어 걱정스러웠던 것이다. 특히 다도코로 요시오는 힐끔힐끔 2층을 올려다보며 곰마냥 라운지를 서성거렸다. 온 신경이 모토무라 유리에에게 가 있을 터였다.

그들의 우려가 한계에 다다른 것은 나카니시 다카코가 일어나서 나왔을 때였다. 누가 먼저랄 것도 없이 남자들이 일제히 계단으로 향했다. 그러나 이번에도 다도코로가 한발 앞서 2층으로 뛰어 올라갔다.

"아니, 다들 왜 그래?"

사태를 미처 파악하지 못한 다카코는 자기 옆을 지나쳐 유리에의 방으로 향하는 남자들을 어리둥절한 표정으로 바라보았다.

마침내 다도코로 요시오가 문을 두드렸다.

"유리에! 유리에!"

그러나 반응이 없었다. 그는 자기 뒤에 둘러선 남자들을 돌아보았다.

"열어도 되겠지?"

모두가 재빨리 고개를 끄덕였다. 그 모습을 확인한 다도코로가 문손잡이를 잡아당겼다. 잠겨 있지 않았던 문은 저항 없이 열렸다.

앞장서서 방으로 들어간 다도코로는 일단 실내를 둘러보고 모토무라 유리에가 없다는 사실을 확인한 후 시선을 자신의 발치로 향했다. 바닥에 종이 한 장이 떨어져 있었다. 종이를 주워 든 그는 거기에 적힌 내용을 확인하고는 분하다는 듯이 입술을 깨물었다.

"또 그 종이야?"

등 뒤에서 아마미야 교스케가 물었다. 다도코로는 허탈한 표정으로 종이를 그에게 건넸다.

"설정 3이라……. 역시 그거였군."

아마미야는 종이에 적힌 내용을 소리 내어 읽었다.

"모토무라 유리에의 사체에 관해서. 사체는 이 종이가 놓여 있는 장소에 쓰러져 있었다. 지난번과 마찬가지로, 종이를 발견한 사람을 사체의 첫 발견자로 한다. 사체의 전두부에는 둔기로 얻어맞은 흔적이 있고, 목에는 손으로 졸린 흔적이 남아 있다. 옷차림은 상하 모두 트레이너. 그리고 제군은 여전히 눈 속에 갇혀 있으며 전화 등 외부와의 연락은 일절 불가능하다. 이상."

혼다 유이치가 한숨을 깊이 쉬었다.

"결국 두 번째 살인이 벌어졌어."

"그런데 왜 하필 유리에야!"

다도코로 요시오가 신경질적으로 생긴 눈을 더 가늘게 뜨며 화가 나서 참기 힘들다는 듯이 주먹 쥔 손을 부르르 떨었다.

"꼭 그녀가 아니어도 되잖아. 그토록 아름다운 사람을 서둘러 없애 버리다니, 범인은 대체 무슨 생각이지?"

"몹시 안타까운 모양이군."

"그야 당연하지."

다도코로가 혼다를 향해 돌아섰다.

"이 중에 연극이 뭔지도 모르는 자가 있고, 그자가 우리를 멋대로 가지고 논다고 생각하면 참을 수가 없어."

"말은 그렇게 하지만, 실은 네가 범인인지도 모르지."

혼다가 턱을 긁적거리며 말했다.

"지금 농담해? 나라면 유리에를 마지막까지 무대에 남겨 둘 거야."

그리고 다도코로는 아마미야에게 다가섰다.

"솔직히 말해 봐. 네가 범인이지? 왜 유리에를 이렇게 빨리 무대에서 끌어내린 거야?"

"무슨 소리야?"

"숨겨도 소용없어. 도고 선생님이 범인 배역을 맡길 만한 사람이 우리 중에 너 말고 또 누가 있다고 그래?"

"이봐, 진정해."

혼다가 두 사람 사이에 끼어들었다.

"이건 추리극이야. 그러니까 범인을 지목하고 싶으면 추리를 해야지, 그렇게 근거도 없이 아무한테나 덤벼들면 안 되지."

그러나 다도코로는 유리에가 사라진 것이 어지간히 못마땅한지, 혼다의 만류에도 아랑곳하지 않고 그의 어깨 너머로 아마미야를 노려보았다. 그리고 잠시 후, 그런 자신의 모습이 부끄러워졌는지 눈을 껌벅거리다가 "미안해. 내가 너무 흥분했나 봐."라고 사과했다.

혼다가 그런 그의 어깨를 툭툭 두드렸다.

"자, 그럼 여기는 이대로 두고 일단 라운지로 돌아가자."

분위기를 전환하려는 듯, 아마미야가 그렇게 말하며 사람들을 방에서 내보내려고 했다. 그때였다.

"아니, 잠깐만요."

구가 가즈유키가 나섰다. 그는 침대 옆까지 걸어가서 머리맡에 놓여 있는 스탠드를 가리키면서 문 쪽을 돌아봤다.

"스탠드 불이 켜져 있군요. 왜일까요?"

"범인이 찾아왔을 때 켰겠죠."

아마미야가 대답했다.

"그리고 방을 나갈 때 깜빡 잊고 안 껐을 거예요."

"흐음……, 그럴까요?"

구가 가즈유키가 석연치 않은 듯한 표정으로 전기스탠드를 바라보다가 다들 나가 버리자 하는 수 없다는 듯이 자신도 방을 나섰다.

"이쯤에서 마무리하지. 누가 범인인지 이 자리에서 결정합시다."

다도코로 요시오가 라운지 한가운데 서서 마치 지휘자처럼 양손을 휘저었다.

"이 네 사람 중에 있을 거야."

남자들을 둘러보며 나카니시 다카코가 한숨을 내쉬었다.

"배우는 배우네. 하나같이 어떻게 보면 범인인 것 같고, 또 어떻게 보면 아닌 것 같으니 말이야."

"왜 네 사람이야? 너도 넣어야지."

혼다 유이치가 말했다.

"내가 범인이 아니란 건 내가 제일 잘 아니까 그렇지."

"우리 중 누구한테 물어도 똑같이 대답할 거야."

"뭐 좀 짚이는 사람 없어?"

혼다와 다카코의 무의미한 대화에 애가 탔는지 다도코로 요시오가 꽥, 고함을 질렀다.

아무도 의견을 내지 않으니 우뚝 서 있는 요시오의 모습만 묘하게 도드라져 보였다.

"살해당한 시각이 몇 시쯤으로 설정되어 있을까?"

마침내 아마미야 교스케가 입을 열었다.

"그야 밤중이겠지."

혼다 유이치가 대답했다.

"이른 아침일 수도 있어."

"아니요, 그건 아닐 겁니다."

구가 가즈유키가 나카니시 다카코를 바라보며 말했다.

"스탠드가 켜져 있었잖아요. 날이 밝은 후라면 스탠드를 켤 필요가 없었을 겁니다. 또한 한밤중일 가능성도 낮다고 봅니다. 범인은 방문을 노크해서 유리에 씨가 문을 열도록 유도

한 후 습격했을 가능성이 큽니다. 그렇다면……."

"한밤중이었다면 유리에가 수상하게 여겼겠죠. 잠들었으니 노크 정도로는 깨어나지 않았을 수도 있고요."

혼다 유이치가 구가의 말을 받았다.

"맞습니다."

"그럼 우리가 모두 방에 들어가고 나서 얼마 안 있다가 그랬다는 얘긴데……."

아마미야 교스케가 침착한 목소리로 말했다.

"11시에서 12시 전후겠군."

"난 11시에는 이미 침대에 들었어."

다카코가 자신의 결백을 주장하려 했지만 남자들은 묵살했다.

"마지막으로 유리에를 본 사람이 누구지?"

아마미야가 물었다.

"내가 아닐까? 목욕하러 갔다가 탈의실에서 마주쳤거든. 10시쯤이었을 거야."

"그 후에 그녀를 만난 사람 있어?"

아마미야의 물음에 아무도 대답하지 않았다.

"그럼 그 후에 만난 사람이 범인이군."

혼다 유이치가 말했다.

"아아, 뭔가 좋은 수가 없을까? 우리 중에 범인이 있는 게 확실한데, 아무것도 밝히지 못한 채 이 게임이 끝나 버리면 도고 선생님이 뭐라고 하겠어."

다도코로가 7 대 3으로 단정하게 가르마를 탄 머리를 긁적거리며 말했다. 연출가의 평가도 신경이 쓰이는 모양이었다.

"요시오도 말했지만, 하필이면 왜 유리에일까?"

나카니시 다카코가 턱을 괸 채 중얼거렸다.

"아쓰코 때와는 달리 어젯밤에는 누구를 노리든 같은 조건이었잖아."

"우연일 거야. 남자보다 여자가 노리기 쉽다는 단순한 이유일지도 모르고. 그러니까 다카코였어도 이상할 건 없지. 물론 다카코가 범인이 아니라면 그렇다는 말이지만."

"내가 범인이었다면 여성만 연속으로 살해하지는 않았을 거야. 아……, 그래, 혼다 같은 사람을 노리지 않았을까. 건장한 남성이 살해되는 편이 연극으로서는 더 흥미진진하잖아."

"그러니까 범인은 그런 효과를 고려할 만큼 센스 있는 사람이 아니라는 거지."

다도코로가 범인에 대한 불평을 집요하게 반복했다.

"아무튼 단서가 좀 더 있어야 할 것 같아."

그러자 혼다 유이치가 양팔을 높이 쳐들고 온몸으로 기지개를 켜며 말했다.

"부탁한다, 범인. 힌트를 조금 더 줘."

"네가 아까 이건 추리극이라고 말했잖아. 그래 놓고 범인에게 매달리는 건 이상하지."

다도코로가 기다렸다는 듯이 말꼬리를 잡자 혼다는 "하하, 그랬나." 하고 자신의 머리를 톡톡 쳤다.

"거짓말 탐지기라도 있으면 좋으련만, 없는 걸 아쉬워해 봐야 소용없겠지?"

다카코가 혀를 쏙 내밀고 남자들의 표정을 살폈다. 그녀 스스로 범인을 추리할 생각은 없어 보였다.

남자들은 약속이나 한 듯이 팔짱을 낀 채 반응이 없었다. 각자 생각에 빠져 있겠지만, 그 어느 얼굴에도 묘안이 떠오르는 기색은 없었다.

"이 와중에 배가 고프네요."

구가 가즈유키 말에 혼다 유이치가 후후 웃고는 "아, 다행이다. 누가 그 말 좀 안 해 주나 했는데."라고 반색했다.

모두가 같은 생각이었는지 다들 표정이 누그러졌고, 그 덕분에 긴장감이 감돌던 방 안 공기도 얼마간 풀렸다.

구가 가즈유키의 독백

대체 이게 어떻게 된 일인가. 유리에가 살해되다니. 다도코로 요시오가 길길이 날뛸 만도 하다. 그녀가 사라지면 여기까지 온 의미가 반감된다.

이왕 이렇게 되었으니 한시 빨리 범인을 찾아내서 이런 쓸데없는 수작을 일찌감치 끝내는 게 상책이다.

혼다 유이치와 함께 알리바이를 만든 덕분에 범인은 세 명으로 좁혀졌다. 아마미야 교스케, 다도코로 요시오, 나카니시 다카코다. 상식적으로 생각하면 아마미야지만, 엉뚱하게 다도코로라는 반전이 있을지도 모른다. 다카코일 가능성은 없다고 본다. 범인에게는 지성도 필요하다.

그런데 마음에 걸리는 점이 하나 있다. 어젯밤, 내 침대 머리맡 스탠드에 한때 불이 켜지지 않았다는 것이다. 대체 왜 그랬을까. 사건과 관계가 있을까.

오늘 아침은 여기 온 후로 가장 조용한 식사 자리였다. 각자 머릿속으로 나름의 추리를 하고 있었을 것이다. 모두들 묵묵히 입만 움직였다. 다른 사람들은 자신을 제외한 네 명 중에서 범인을 찾아내야 하지만 나와 혼다는 한 명을 생략할 수 있다. 혼다와 눈이 마주치자 녀석은 내게 씩 웃어 보였다. 어때, 내 말대로 하길 잘했지, 하는 표정이었다. 다른 사람들보다 한 걸음 앞서가고 있는 건 사실이다. 하지만 혼다에게 선수를 빼앗기면 모두 헛일이다. 녀석에게 져서는 안 된다.

아침을 먹은 후에도 전처럼 다들 모여서 얘기를 나누거나 하지는 않았다. 생각해 보니 지금까지는 유리에라는 존재가 중요한 역할을 했던 것 같다. 그녀가 있었기에 다도코로와 아마미야가 자리를 함께하는 일도 많았던 것이다.

다도코로는 자신의 방으로 올라간 모양이다. 그에게는 사건과는 별개로 묻고 싶은 게 있다. 나는 그의 방으로 찾아가기로 했다.

문을 연 녀석은 내 얼굴을 보더니 사뭇 의외라는 듯한 반응을 보였으나 물어볼 일이 있어서 왔다고 하자 선뜻 방으로 들여보내 주었다.

"뭐죠, 물어볼 일이라는 게?"

녀석이 창문 옆에 선 채 어딘가 모르게 방어적인 자세를 취하며 물었다.

"어젯밤에 모토무라 씨 방에 갔었죠?"

단도직입적으로 물었다. 다도코로의 얼굴에 낭패한 기색이 드러났다.

"뭐……라고요? 무슨 말이죠, 그게?"

"시치미를 떼도 소용없습니다. 다도코로 씨가 11시 넘어서 모토무라 씨 방에서 나오는 걸 목격했으니까요. 그런데 다도코로 씨는 아까 사람들 앞에서 그 얘기를 하지 않더군요. 당신이 범인입니까? 그녀를 살해하는 연기를 하고 나오는 길이었나요?"

이렇게 다도코로에게 추궁하려고 나는 어젯밤 세면실 앞에서 유리에와 대화를 나눴다는 얘기를 사람들에게 하지 않았다.

다도코로는 아차, 하는 표정을 지었다.

"아니, 그렇지 않아요."

"그럼 왜 그녀 방에 갔습니까?"

나는 그를 다그쳤다.

다도코로 요시오는 처음에는 당혹스러워하더니, 내가 봤다고 하자 더는 속일 생각이 없어진 듯했다. 대신 뻔뻔스러운 미소를 지었다.

"볼일이 좀 있었어요."

"무슨 볼일이었습니까?"

"개인적인 일입니다."

"그렇겠죠. 그래도 내게만은 그 내용을 말해야 하지 않겠습니까? 다도코로 씨가 모토무라 씨 방에서 나왔다는 사실을 나는 사람들에게 얘기하지 않았습니다. 일단 사정을 알아본 후에 말하려고요."

"그 점은 감사……하다고 해야겠지요."

다도코로가 옆에 있는 침대에 앉았다.

"만약 다도코로 씨가 얘기해 주지 않는다면 저는 지금 라운지로 돌아가서 모두에게 그 사실을 공표해야 합니다. 그렇게 되면 결국 다도코로 씨는 진실을 밝힐 수밖에 없을 테고요."

그러나 다도코로는 신음 소리를 내며 "개인적인 일입니다."라고 같은 말을 되풀이했다.

"그걸 증명할 수 있습니까?"

"증명할 수는 없지만, 맹세코 사실입니다."

"맹세 따위는 소용없어요."

나는 앞머리를 쓸어 올린 후 허리에 손을 얹고 휙 돌아섰다.

"어쩔 수 없군요. 모두에게 알리겠습니다. 아무 근거도 없이 이렇게 중요한 단서를 비밀에 부칠 도리가 없으니까요."

내가 입구까지 걸어가서 문손잡이를 잡으려는 순간, 녀석이 나를 불러 세웠다.

"알았어요. 얘기하겠습니다."

내가 뒤를 돌아보자 다도코로는 간살맞은 눈빛으로 나를

바라보았다.

녀석이 한 말의 요지는 모토무라 유리에의 마음을 확인하러 갔다는 것이었다. 다도코로가 상황을 너무 자신에게 유리하게 확대 해석 한 경향도 없잖아 있어 보이지만, 유리에가 아마미야를 남자로서 사랑하는 게 아니라고 대답했다는 건 내게도 낭보라고 할 수 있었다. 그러나 아무래도 그의 말을 곧이곧대로 받아들일 수는 없을 것 같다. 혼다 유이치는 두 사람 사이가 사실이라고 단언하지 않았던가. 물론 본인이 한 말이 가장 정확하긴 하겠지만.

"잘 알겠습니다. 꼬치꼬치 물어서 죄송합니다."

"아니에요, 뭐, 그럴 수밖에 없었을 겁니다."

말하기를 주저하던 사람답지 않게 다도코로는 어딘가 모르게 들뜬 기색이었다. 어쩌면 누구에겐가 얘기하고 싶어서 입이 근질거렸는지도 모른다.

다도코로의 방을 나온 나는 복도에서 라운지를 내려다보았다. 나카니시 다카코가 혼자 앉아 있었다. 그녀는 귀에 이어폰을 꽂고 있었는데, 빠른 템포의 곡을 듣는지 몸을 전후좌우로 흔들었고, 그럴 때마다 풍만한 가슴이 위아래로 출렁거렸다.

아마미야 교스케와 혼다 유이치의 모습은 보이지 않았다.

나는 다시 한 번 모토무라 유리에의 방에 가 보기로 했다.

뭔가 실마리가 남아 있을지도 모른다는 생각에서였다.

노크 없이 유리에의 방문을 열었다. 그런데 먼저 온 사람이 있었다. 아마미야 교스케였다. 그는 바닥에 쭈그리고 앉아 있었다.

"아아, 구가 씨도 조사하러 온 겁니까?"

내가 우뚝 서 있자 그가 머쓱하게 웃으면서 나를 올려다보았다.

"그렇긴 한데……, 여기서 뭐 하는 겁니까?"

"탐정 흉내요. 범인이 혹시 뭔가 흘리고 가지 않았나 싶어서 말이죠."

아마미야가 일어서며 탁탁, 무릎을 털었다.

"아쉽게도 수확은 없군요."

"혼다 씨도 말했지만, 힌트가 너무 부족해요."

"네. 어쩌면,"

거기까지 말하고서 그가 고개를 갸웃했다.

"대본상으로는 아직 사람이 더 죽어야 할 수도 있습니다. 그러니까 그때까지는 절대 범인을 알 수 없게 되어 있는지도 모르죠."

"그렇겠군요."

동의하고 나서, 저렇게 말하는 아마미야가 정작 범인일지도 모른다는 생각에 나는 조금 긴장했다. 설령 놀이일지라도 부지불식간에 살해당하는 배역을 떠안는 사태는 면하고 싶었다.

나는 실내를 관찰했다. 조금 전까지 모토무라 유리에가 있던 방이라고 생각하니 그것만으로도 가슴이 설렜다. 침대가 두 개 있지만 한쪽은 사용한 흔적이 전혀 없었다. 필시 가사하라 아쓰코가 사용하기로 되어 있었을 것이다. 다른 한쪽 침대는 이불이 젖혀진 상태였다. 시트의 주름진 모양이 내게는 무척 관능적으로 느껴졌다.

같은 트윈 룸이지만 그 방은 혼다의 방보다 약간 넓었다. 책상이 벽에 붙어 있고, 그 책상을 화장대로 사용할 수 있도록 벽에 둥그런 거울이 걸려 있다. 이런 이점 때문에 그들이 이 방을 선택했는지도 모른다. 선반 위에는 여성용 화장품이 즐비하게 놓여 있다. 나는 유리에의 립스틱을 찾아보았다. 그걸 찾는다고 해서 별 뾰족한 수가 있는 것도 아니지만.

"많기도 하군."

아마미야도 옆에 와서 나와 비슷한 느낌을 말했다.

"어, 이건 뭐지?"

끄트머리에 놓여 있는 조그만 주머니 같은 것으로 손을 뻗던 그는 얼른 그 손을 도로 거두어들였다. 그게 뭔지 깨달았던 것이다. 그와 동시에 나도 알아챘다.

열려 있는 주머니 입구로 생리대가 보였다. 가사하라 아쓰코나 모토무라 유리에, 둘 중 누군가가 생리 중이었던 모양이다. 나카니시 다카코가 욕실에서 유리에를 만났다고 하니 아쓰코일까. 아니, 아쓰코도 목욕을 했을 것이다. 탐폰을 사용하면 입욕도 가능하다고 들은 적이 있다.

"치우는 걸 깜빡했나……."

아마미야가 중얼거렸다.

"하지만 아무리 리얼리티를 살리려고 그랬다 해도 이런 물건을 우리 남자들에게 보이고 싶지는 않았을 텐데. 정리하고 방을 나가는 게 상식적이지 않나요?"

"보통은 그렇죠. 깜빡했다고 볼 수밖에 없겠어요."

고등학생 때, 앞에 앉은 여학생의 서랍에 조그만 주머니가 보여서 뭐냐고 물었던 적이 있다. 여학생은 얼른 그걸 감추더니 매서운 눈초리로 나를 노려보았다. 그리고 단지 그 일 하나로 족히 일주일은 말 상대를 해 주지 않았다. 나중에 다른 여학생한테 그게 생리대 주머니라는 얘기를 들었다. 그럴 만큼 남자에게는 보이고 싶지 않은 물건인 것이다. 그런 것을 저렇게 내버려 두었다는 것은 이해가 가지 않는다.

나는 책상에서 물러나 괜히 문 쪽을 바라보았다. 아마미야는 침대 주위를 조사하기 시작했다. 우리의 움직임이 왠지 어색했다.

그러고서 몇 분쯤 지났을 때 타박타박 복도를 걷는 발소리가 들렸다. 문을 열어 보니 혼다 유이치가 복도에서 라운지를 내려다보며 두리번거리고 있었다.

"무슨 일 있습니까?"

내가 말을 건네자 그는 지금까지 보인 적 없는 굳은 표정을 지으며 내 쪽으로 다가왔다. 손에 검은 막대기 같은 것이 들려 있었다.

"교스케도 있어요? 마침 잘됐네요."

"뭔가 발견했어?"

아마미야가 다가오며 물었다.

"둔기야. 뒷마당에 떨어져 있었어."

혼다가 대답했다.

그가 내민 물체는 검은색의 가느다란 금속 꽃병으로 어디선가 본 듯한 기억이 있었다.

"뭐, 흉기를 찾았어? 유리에가 둔기로 얻어맞은 후 목이 졸려 죽는 설정이긴 하지만, 정말로 흉기가 존재할 줄은 몰랐어. 그런데 이게 흉기라는 증거가 있어?"

"이거, 본 적 없어?"

혼다가 물었다.

"세면실 창가에 놓여 있던 거잖아."

나와 아마미야는 동시에 "아아!" 하고 소리를 질렀다.

"그랬군. 범인이 그걸로 유리에를 가격했단 말이지. 전혀 눈치채지 못했어. 허점이 있었군."

아마미야가 감탄스럽다는 듯이 말했지만 혼다 유이치의 굳은 표정은 여전했다.

"자세히 봐. 뭐가 묻어 있어."

그러면서 혼다는 꽃병을 내밀었다. 나와 아마미야는 얼굴을 나란히 하고 꽃병을 들여다봤다. 혼다가 무슨 말을 하는지 알 것 같았다.

"그러게요. 뭔가…… 묻어 있군요."

"그렇죠?"

그는 꽃병을 눈높이까지 들어 올렸다. 그리고 암담한 목소리로 말했다.

"이거, 아무리 봐도 진짜 피예요."

할 말이 떠오르지 않았던 나는 아마미야와 함께 망연히 꽃병만 바라보았다.

2

라운지. 오전 11시.

"그래서, 뭐가 어떻게 됐다는 건데?"

나카니시 다카코가 성난 목소리로 물었다. 그녀는 숨소리마저 거칠었다.

"어떻게 된 건지는 나도 모르지."

책상다리를 하고 앉은 혼다 유이치가 부루퉁하게 대답했다. 그의 앞에 피 묻은 금속 꽃병이 놓여 있고, 모두가 그걸 둘러싸듯 앉아 있었다.

"어쨌든 좀 이상하지 않아? 왜 여기에 피가 묻어 있냔 말이야!"

"진짜 피가 확실해?"

다도코로 요시오가 뭔가 끔찍한 것이라도 보는 듯한 눈초리로 꽃병을 흘겨봤다.

"그런 것 같아. 의심스러우면 네 눈으로 똑똑히 확인해 봐. 너, 병원에서 아르바이트한 적도 있다면서."

혼다의 말에 다도코로 요시오는 멈칫멈칫 손을 뻗어 꽃병을 집어 들고 잠시 들여다보다가 금방 제자리에 돌려놓았다.

"지, 진짜 피가 맞는 것 같아."

그가 말을 살짝 더듬었다. 얼굴이 창백했다.

"어떻게 된 일이지. 왜 이런 게 묻어 있을까?"

"그러니까 이상하단 말이지."

"아니야, 도고 선생님이라면 이 정도는 능히 하고도 남을 거야."

사람들을 흥분시키지 않으려는 건지 아마미야 교스케가 평소보다 느릿느릿 말했다.

"소도구에 진짜 피를 묻혀 놓았다는 거야? 무엇 때문에?"

아마미야와는 반대로 혼다가 다급한 말투로 물었다.

"그야 물론 현장감을 살리기 위해서지."

아마미야의 대답에 혼다가 흥, 콧방귀를 뀌었다.

"다른 부분은 전부 우리 상상력에 맡겼어. 눈에 갇혔다고 가정해라, 외부와 연락도 할 수 없는 상황이다, 심지어 여기 시신이 있다고 상상해라, 라는 식으로 말이야. 그런데 뜬금없이 흉기에 리얼리티를 부여했다고?"

"흉기만이라도 진짜처럼, 그런 의도였을 거야. 그렇게 생각할 수밖에 없잖아. 달리 무슨 이유가 있다는 거야?"

아마미야가 되물었지만 혼다는 대답하지 못했다. 그는 꽃병을 새삼 노려보다가 뒤통수를 긁적거렸다.

"뭐, 여러분이 딱히 꺼림칙하지 않다면 나도 상관없어. 단지 기분이 좀 안 좋았을 뿐이지. 선생님이 우리를 살짝 놀래려는 의도였다면 아아, 그랬구나, 하는 정도로 납득할 수 있어."

"선생님이 의외로 어린애 같은 구석이 있잖아. 분명 우리를 제대로 겁주려고 그랬을 거야."

나카니시 다카코가 밝은 목소리로 말했다.

"그랬을지도 모르지."

"자, 그럼 이 얘기는 이쯤 하고,"

아마미야 교스케가 화제를 마무리 지으려는 듯이 손뼉을 치고 나서 양손을 마주 비볐다.

"모처럼 중요한 단서를 발견한 셈이니 이걸 힌트로 뭔가 추리할 수 있지 않을까?"

"이 꽃병이 원래는 세면실 창가에 놓여 있었다고 했죠?"

구가 가즈유키가 차분한 목소리로 물었다.

"모토무라 씨가 살해당한 걸 알기 전에 이 꽃병이 없어졌다는 걸 눈치챈 사람이 있나요?"

아무도 대답하지 않았다.

"그럼 최소한 언제까지 세면실에 있었을까요?"

"어젯밤 내가 잠자리에 들기 전까지는 있었던 것 같은데……."

아마미야가 대답했다.

"그럼 범인이 모토무라 씨의 방으로 가기 직전에 세면실에 꽃병을 가지러 갔을지도 모르겠네요. 그리고 범행을 마친 후 산장 뒷마당에 버린 거죠."

"진짜 피를 묻혀서요."

혼다 유이치가 덧붙였다.

"그렇습니다. 피를 어떤 식으로 보관하고 있었는지는 알 수 없지만 말이죠."

구가 가즈유키가 무심코 던진 말이 모두를 다시 생각에 잠기게 했다.

"왜 이번에는 먼저 둔기로 가격한 후 목을 조른 것으로 했을까? 아쓰코 때는 헤드폰 줄로 목을 조른 게 전부잖아."

나카니시 다카코가 의문을 제기했다.

"그건 범행 상황을 고려했기 때문이 아닐까?"

아마미야가 대답했다.

"아쓰코는 피아노를 연주하고 있을 때 뒤에서 갑자기 습격한다는 설정이었잖아. 하지만 유리에의 경우 범인과 정면으로 맞닥뜨렸으니까 그런 식으로 목을 졸라 죽이는 건 부자연스러워. 현실적으로 생각하면 뜻밖의 저항에 부딪혔을 수도 있으니까 말이야. 그래서 그녀가 방문을 여는 순간 먼저 둔기로 가격해서 기절시킨 후 손으로 목을 졸랐을 거야."

"마치 현장에서 본 사람처럼 말하는군."

혼다 유이치가 아마미야를 흘기듯이 바라보며 빈정거렸다.

"자, 이렇게 되면 역시 범인은……."

그때 아마미야가 혼다 유이치의 말을 가로막듯이 손을 내밀었다.

"머리가 좀 돌아간다고 해서 범인 취급을 받는다면 무슨 말을 할 수 있겠어. 범인이라면 이런 추리를 발설하지도 않아."

"연막작전일지도 모르지."

"내 참, 나는 명탐정 역을 연기하고 있다고 생각하는데, 그걸 여러분에게 증명할 방법이 없네."

아마미야는 떨떠름한 표정을 지었지만, 그렇다고 낙담한 것이 아니라 이런 대화를 즐기는 듯한 모습이었다.

"설사 네가 탐정 역이라고 해도 너를 믿을 수 있다는 근거는 없어. 탐정이 알고 보니 범인이라는 설정은 요즘 세상에서는 케케묵은 트릭이라고."

"그렇긴 하지. 그렇지만 원칙적으로는 불공정한 일이야. 녹스의 십계명 정도는 알고 있겠지?"

"탐정이나 주인공 자신이 범인이어서는 안 된다? 그건 과거의 유물이야."

"뭔데, 녹스라는 게?"

아마미야와 혼다 사이에서 나카니시 다카코가 고개를 갸웃거렸다.

"중국인은 기분 나쁘니까 추리 소설에 등장시키면 안 된다고 했던 아저씨야."

"무슨 그런 이상한 말이 다 있어. 인종 차별적인 편견이네."

다카코의 말에 두 남자가 웃음을 터뜨렸다.

"인종 차별이라……, 그러네. 나라면 좀 더 그럴듯한 십계명을 만들었을 텐데."

혼다 유이치가 오른손을 펼치고 엄지손가락을 접었다.

"첫째, 인간 하나 제대로 묘사하지 못하는 작가는 명탐정 따위를 만들어 내지 마라."

아하하, 하고 구가 가즈유키가 웃음을 터뜨렸다.

"흔한 경우죠, 아무 개성도 매력도 없는데 명탐정이라는 타이틀만 붙은 인물이요. 묘사력이 없으니까 '이 남자는 두뇌가 명석하고 박학다식하며 행동력도 발군이다'라는 식의 지문이나 늘어놓는 거죠. 하지만 작가의 애정이 남달라서 이름만은 제법 그럴듯하게 붙여요."

"둘째, 경찰의 수사력을 폄하하지 마라."

"그것도 맞는 말이야."

아마미야가 고개를 끄덕였다.

"하지만 경찰의 수사력을 제대로 그리다 보면 본격 추리물이 성립하기 힘들지."

"그러니까 우리에게 주어진 것처럼 '눈에 갇힌 외딴 산장' 같은 설정이 필요한 거죠."

"셋째, 공정하다느니 불공정하다느니 하고 투덜거리지 마라."

"그건 누구에게 하는 말이야? 작가? 아니면 독자?"

"둘 다야."

그러고 나서 혼다는 약지를 접었다.

"넷째!"

"됐어, 됐어."

아마미야가 넌덜머리 난다는 표정을 지으며 손을 내저었다.

"그 얘기는 다음에 천천히 듣자고. 그보다 지금은 우리 일이 급하잖아. 음, 무슨 얘기를 하고 있었더라."

"모토무라 씨가 꽃병으로 얻어맞았다는 설정에 관해서였어요."

구가 가즈유키가 냉정함을 발휘했다.

"아, 맞아요. 혼다가 괜한 소리를 해서 옆길로 샜네."

"그러니까 둔기는 기절시키려고 사용한 거네?"

나카니시 다카코가 확인하듯이 물었다.

"그 과정에서 이마 같은 데가 찢겨서 피가 났다, 그런 설정이

구나."

"그렇지."

아마미야가 대답했다.

"얘기를 되돌리는 것 같아서 미안한데, 그런 설정이 왜 필요하지?"

혼다 유이치가 꽃병을 집어 들며 물었다.

"둔기를 사용했다는 건 애초에 피를 보지 않겠다는 뜻이잖아. 그런데 왜 굳이 피가 난 걸로 설정했을까?"

"그건……, 긴박감을 고조하려는 것 아닐까?"

이번에도 아마미야가 대답했다.

"인간은 피를 보면 흥분하잖아. 그런 습성을 이용해서 우리의 긴장감을 높이겠다는 의도 같아."

"흠, 습성이라……. 이봐, 요시오, 어디 가?"

대화에 끼지 않고 벌떡 일어나서 계단을 올라가려는 다도코로 요시오를 혼다가 불러 세웠다. 하지만 다도코로는 계단을 다 올라가고 나서야 네 명을 내려다보았다.

"유리에 방에 가 보려고."

"왜?"

다도코로 요시오는 일단 혼다의 말을 무시하고 복도를 걸어 유리에의 방 앞에 다다른 후에야 다시 일동을 내려다보았다.

"나는 아직 피가 묻어 있는 이유가 납득이 안 가. 유리에의 방을 조사해 봐야겠어. 뭔가 단서가 있을지도 모르니까."

"나도 아까 구가 씨와 함께 조사해 봤는데 아무것도 발견하지 못했어."

아마미야의 말에도 다도코로는 대꾸하지 않은 채 유리에의 방으로 들어가 버렸다.

혼다 유이치가 후, 한숨을 쉬었다.

"녀석의 기분도 이해가 안 가는 건 아니야. 사랑하는 유리에가 살해당하는 역이었는데, 그 흉기에 진짜 피까지 묻어 있으니 마음이 편치 않겠지. 나 역시 이렇게 마음에 걸리는데 말이야. 이럴 게 아니라 나도 한번 가 볼까."

혼다가 무릎을 탁 치며 일어서더니 경쾌한 걸음걸이로 2층으로 향했다.

"요시오는 아직도 유리에에게 미련이 있나 봐."

나카니시 다카코가 의미심장한 표정으로 아마미야를 바라봤다.

"너희들이 태도를 분명히 밝히지 않으니까 그렇지. 그러니까 전혀 가능성이 없다는 것도 모르고 실낱같은 희망을 가지는 거잖아."

"나랑 유리에는 그런 사이가 아니야."

"어머, 이제 와서 그렇게 말하다니, 다투기라도 한 거야?"

다카코가 눈을 동그랗게 떴다.

"너희들이 멋대로 이러쿵저러쿵한 것뿐이야. 그보다, 조금 더 진지하게 추리를 해 보자."

"아마미야 씨의 추리를 좀 더 발전시켜 보죠."

구가 가즈유키가 말했다.

"범인이 꽃병으로 유리에 씨를 기절시키고 손으로 목을 졸라 죽였다, 거기까지 얘기했어요. 그 후 범인은 뭘 어떻게 했을까요?"

"당연히 자기 방으로 돌아갔겠죠."

"아니에요. 그러기 전에 꽃병을 산장 뒷마당에 버리러 갔을 겁니다. 아! 그렇다면……."

뭔가 떠오른 듯이 구가가 허공을 노려봤다.

"산장 뒷마당에 발자국이 남아 있어야 하지 않을까요? 아아, 아니지. 뒤쪽 출입구에 장화가 놓여 있었으니 범인은 그걸 신었겠군요. 발자국으로 범인을 추정하기는 힘들겠습니다."

"그래도 일단 가 보죠. 거기에도 상황을 설명하는 종이가 붙어 있을지 모르잖아요. '장화 발자국이 점점이 남아 있다' 라고 쓰여 있을지도요. 오히려 설명이 없는 편이 이상해요. 아쓰코가 살해당하고 나서 우리가 다 같이 출입구를 조사하러 갔을 때도 '발자국은 없다'라고 적힌 종이가 붙어 있었으니까요. 발자국이 없을 때만 상황을 설명해 주고 범인이 발자국을 남겼을 때는 설명해 주지 않는다면 그거야말로 불공정하잖아요."

"하지만 종이가 붙어 있었다면 아까 유이치가 발견하지 않았을까?"

나카니시 다카코가 반문했다.

"못 봤을 수도 있지. 추워서 내키지 않으면 너는 여기 그냥 있어."

"아니야, 갈 거야. 가면 되잖아."

나카니시 다카코도 마지못한 듯이 일어나서 따라왔다.

그런데 그들이 복도 중간쯤 왔을 때 다도코로와 혼다가 유리에의 방에서 나왔다. 그들은 아무 말 없이 세 사람 앞까지 걸어왔다.

"둘 다 왜 그래? 표정이 너무 무시무시하잖아."

"이것 좀 봐."

다도코로가 내민 것은 조그만 종이쪽지였다.

그걸 읽던 아마미야의 눈초리가 순식간에 험상궂게 변했다.

"이거, 어디서 났어?"

"유리에의 방 안 쓰레기통."

혼다가 대답했다.

"너, 아까 못 봤어?"

"쓰레기통? ……아니, 얼핏 들여다보기는 했는데, 쓰레기를 일일이 확인하지는 못했어. 프라이버시를 침해하는 일이기도 해서……."

마치 큰 실수라도 저지른 사람처럼 말하고 나서 아마미야는 분하다는 듯이 쪽지를 노려보았다.

"뭐라고 쓰여 있는데 그래?"

옆에서 종이를 들여다보던 나카니시 다카코가 눈썹을 찌푸렸다.

"뭐야, 이게? 뭐라는 거야? 이 쪽지를 둔기로 삼으라니, 그게 무슨 뜻이야?"

"뜻을 따지고 자시고 할 게 뭐가 있어, 쓰여 있는 내용 그대로지."

기분 탓인지 다도코로 요시오의 목소리가 떨리는 것처럼 들렸다.

"추리극의 설정상 흉기가 유리에 방의 쓰레기통에 버려진 걸로 되어 있는 거야. 그러면 그 피 묻은 꽃병은 대체 뭐지?"

구가 가즈유키의 독백

우리는 다시 라운지에 둥그렇게 둘러앉았다. 그러나 각자의 표정은 조금 전까지와는 비교도 안 될 만큼 심각했다.

종이에 적혀 있던 글귀는 다음과 같았다.

'이 종이를 둔기(세면실의 꽃병)로 한다.'

다도코로가 히스테리를 부린 것도 무리는 아니다. 이 쪽지를 흉기로 설정한다면 혼다가 발견한 진짜 꽃병은 뭐란 말인가. 그리고 피가 묻어 있는 것은 어떻게 설명한단 말인가.

"좀 불공정할 수도 있겠지만,"

흥분을 억누르려고 애쓰는 탓인지 다도코로가 목이 멘 것 같은 소리를 냈다.

"이 흉기 건에 관해서만은 범인의 설명을 들었으면 좋겠어. 솔직히 말해서, 이 상태로는 기분이 찜찜해서 연극이고 뭐고 ……."

"지금 범인더러 직접 나서라는 거야? 그럴 수 없다는 거 알잖아."

혼다 유이치가 어이없다는 표정을 지었다.

"범인이 직접 나서라는 건 아니야. 내게 생각이 있어."

그렇게 말하고 다도코로는 전화 테이블에서 메모지를 몇 장 집어 왔다.

"이걸 모두에게 한 장씩 나눠 주는 거야. 그러면 범인은 여기에 흉기에 관한 설명을 적어서 사람들 눈에 뜨일 만한 곳에 놓아두는 거지."

"쳇, 무슨 소리인가 했더니······."

혼다가 다도코로의 말을 무시하는 듯이 고개를 옆으로 휙 돌렸다.

"생각해 봐, 범인에게 물어보는 게 제일 확실하잖아. 우리는 사정을 알게 돼서 안심하고, 범인은 자신을 드러낼 염려가 없고 말이야."

"그건 너무 치졸해."

아마미야 교스케가 말했다.

"그런 수를 쓰면 우리가 정식으로 수수께끼를 풀었다고 할 수 없으니 도고 선생님이 굳이 이런 실험을 하는 의미도 사라지고 만다고."

"그럼 어쩌자는 거야? 이대로 가만히 있자는 말이야?"

다도코로 요시오가 불만 가득한 표정을 지었다.

"너희들, 지금 제정신이야?"

혼다가 더는 못 참겠다는 듯이 입을 열었다.

"상황이 이 지경인데 그런 말이 나와?"

"무슨 뜻이야?"

나카니시 다카코가 물었다.

"나는 처음부터 이 수상한 게임이 왠지 석연치 않다고 생각했어. 이게 정말 연극 연습인지, 혹시 다른 뭔가가 있는 건 아닌지 의심스러웠다고."

"연극 연습이 아니면 뭐란 말이야? 도고 선생님이 굳이 우리를 모아 놓고 뭘 한다는 건데?"

아마미야까지 날 선 목소리를 냈다.

"단지 연극 연습일 뿐이라면 꽃병에 관해서 설명해 봐. 교스케 너, 설명할 수 있어?"

혼다가 마치 싸울 것처럼 덤벼들었다. 이 영문 모를 사태에 누군가에게 한바탕 퍼붓고 싶은 심정은 나도 마찬가지였다.

"설명할 수 없으니까 이렇게 골머리를 앓는 거잖아."

그러고서 아마미야는 혼다를 노려보았다.

"아니면 뭔데? 연극 연습이 아니면 뭐란 말이야?"

그러자 혼다가 사람들을 한 번 둘러본 후 벌떡 일어섰다. 그는 한동안 제자리를 서성거리다가 우리를 내려다보았다.

"설명할 수 있어. 암, 그렇고말고. 논리가 성립하니까. 너희들도 이미 눈치챘잖아. 그런데 입 밖에 내기가 두려운 거 아니야? 구가 씨, 당신은 어떤가요, 정말 아무것도 몰라요?"

갑작스럽게 지명된 나는 너무 당황해서 입을 닫은 채 혼다를 외면했다. 물론 그가 무슨 말을 하는지 알고 있었다.

"이왕 이렇게 되었으니 내가 말하지."

혼다가 꿀꺽 침을 삼켰다.

"이 살인극은 연극이 아니야. 우리가 연극이라고 생각할 뿐, 죄다 실제로 일어나는 일이라고. 그렇게 생각해야 앞뒤가 맞아. 범인은 원래 꽃병을 쓰레기통에 버릴 생각이었어. 그런데 예상치 않게 피가 묻자 뒷마당에 버리고 대신 이 쪽지를 써서 쓰레기통에 넣은 거야. 요컨대 아쓰코도 유리에도 진짜로 살해당했다는 얘기야."

"말도 안 돼!"

다도코로 요시오가 버럭 소리를 질렀다. 나는 놀라서 녀석의 얼굴을 봤다. 핏기가 가신 얼굴에 입술까지 하얬다. 그 입술을 파르르 떨며 그가 말했다.

"그 입 다물어. 멋대로 지껄이지 말라고!"

"응, 그러지. 하고 싶은 말은 다 했으니까."

혼다 유이치가 그 자리에 책상다리를 하고 앉았다.

"달리 설명할 방법이 있으면 해 보든지."

"그만들 해! 소리만 꽥꽥 지르면 다야?"

주먹 쥔 두 손을 가슴 앞에 모으고 다카코가 새된 소리로
외쳤다.

"뭔가 착각한 거야. 그렇게 끔찍한 일이 일어날 리 없어."

"내 생각도 마찬가지야."

아마미야가 말했다.

"뭔가 착오가 생겨서 흉기가 이중으로 사용된 것뿐이야. 신
경 쓸 일이 아니라고."

"침착하시기도 하지."

고개를 숙이고 있던 다도코로 요시오가 아마미야 쪽으로
천천히 얼굴을 돌렸다.

"진상을 아는 자의 여유인가?"

"아니야, 그런 거."

"거짓말. 너는 알 텐데."

다도코로가 쓰러지듯이 팔을 뻗어 아마미야의 무릎을 잡
았다.

"말해 봐. 유리에는 무사한 거지? 진짜 죽은 건 아니지?"

그는 혼란스러운 나머지 자신이 무슨 말을 하는지도 모르
는 듯했다. 아마도 아마미야가 범인이라고 확신한 듯한데, 그
렇다면 '죽은 건'이 아니라 '죽인 건'이라고 물어야 옳을 것
이다.

"왜 이래? 나는 범인이 아니야."

아마미야 교스케가 다도코로의 손을 뿌리쳤다. 버팀목을 놓친 꼴이 되어 바닥에 엎어진 다도코로는 분노를 주체하지 못하겠다는 듯이 주먹으로 바닥을 쾅쾅 두드렸다. 그 모습을 보면서 나는 '썩 훌륭한 연기는 아니군.' 하고 생각했다. 나라면 주먹을 쳐드는 데서 동작을 멈춘 후 어금니를 악무는 정도로 마무리할 것이다. 그편이 분노가 더 잘 표현된다.

이런, 대체 무슨 생각을 하는 거야.

아까부터 줄곧 쓸데없는 궁리만 하는군. 이건 연극이 아니라 현실이란 말이야. 유리에는 정말로 죽었을지도 모른다. 끔찍한 일이다.

그러나 실감이 나지 않는다. 상황은 이해가 가는데, 머릿속 톱니바퀴가 제대로 맞물리지 않고 헛도는 느낌이다.

"일단 냉정을 되찾고 나서 생각해 보자."

그렇게 말한 후 아마미야는 자신도 동요를 가라앉히려는 듯 심호흡을 했다.

"지금으로서는 소도구인 흉기에서 모순이 드러난 데 지나지 않아. 혼다는 살인이 실제 상황이라고 말하지만, 사체가 발견된 것도 아닌데 그런 식으로 결론을 내리는 건 너무 성급하다고 봐."

"하지만 달리 무슨 가능성이 있다는 거야?"

흥분한 탓인지 혼다가 산장 전체가 울릴 만큼 큰 소리로 물었다.

"그래도 실제로 사람을 죽인다는 건 쉬운 일이 아니야. 그럼 사체를 어떻게 처리했다는 거야?"

"몰래 어딘가로 빼돌렸겠지."

"그런 식으로 모호하게 대답하면 안 돼. 사체를 처리할 만한 장소가 있을까?"

아마미야의 물음에 대답할 말이 떠오르지 않는지 혼다는 꾹 다문 입술을 오른손으로 문질렀다.

그때였다. 나카니시 다카코가 "맞아!" 하고 느닷없이 소리를 질렀다. 나는 움찔 놀라 그녀를 봤다.

"뭐가?"

아마미야가 물었다.

"그 우물!"

"우물? 우물이 어쨌다는 거야?"

다카코가 손으로 바닥을 짚으며 내 쪽으로 다가왔다.

"그 오래된 우물 있잖아요, 거기다 버렸을 수도 있지 않을까요?"

"네?"

내가 큰 소리로 되물었다. 그와 동시에 혼다 유이치가 주방을 향해 뛰었다. 뒷문을 통해 뒷마당으로 나가려는 듯했다. 나는 그를 뒤쫓았다. 당연히 나머지 세 명도 우리를 따라왔다.

잠시 후 우리는 벽돌로 둘러싸인 낡은 우물을 에워쌌다.

"구가 씨, 이 우물 덮개가 어제와 조금 달라진 것 같지 않아요?"

우물을 덮은 나무판자를 가리키며 다카코가 울먹이는 소리로 물었다. 나는 마지못해 우물 덮개를 들여다봤다. 어제도 주의 깊게 본 것은 아니라서 덮개가 어떤 식으로 덮여 있었는지 기억할 리 없었다.

"글쎄요, 뭐라고 해야 할지……."

나는 대충 얼버무리고 말았다.

"그러지 말고 어서 열어 봐. 그래야 확실한 걸 알 수 있지."

혼다 유이치가 앞으로 나서더니 나무판자 한 장을 들어냈다. 내가 그를 거들자 아마미야도 손을 내밀었다. 다카코가 겁이 나서 물러서 있는 건 이해하지만, 다도코로가 멀뚱히 서 있는 데는 어이가 없었다.

나무판자는 전부 합해 여섯 장이었다. 그걸 모두 들어낸 후에도 우물은 바닥이 보이지 않았다. 깊이를 알 길 없는 불길한 어둠이 그 안을 가득 메우고 있었다.

"다카코, 손전등 좀."

혼다가 말했다.

"어디 있는데?"

"어딘가 있을 거야, 비상용이."

"그런 게 있었나?"

나카니시 다카코는 고개를 갸웃거리면서 산장으로 향했다.

"나도 가 볼게."

아마미야가 그녀를 뒤따랐다.

그들의 뒷모습을 눈으로 좇던 내 눈에 벽에 기대어 세워져 있는 탁구대가 또 눈에 들어왔다. 나는 다시금 생각했다. 저런 게 왜 저곳에 세워져 있을까.

다카코가 손전등을 찾아서 가져오기를 기다리며 우리는 돌멩이를 주워 우물 안에 던져 보았다. 작은 돌은 떨어지는 소리조차 들리지 않았고, 조금 큰 돌이라도 흐리터분한 소리가 희미하게 들릴 뿐이었다.

"흙바닥인 것 같은데요."

"그렇다면 다행이죠, 흙만 있다면. 그건 그런데……,"

다도코로 요시오가 상반신을 기울여 우물 안을 들여다보고 있는 틈을 타서 혼다가 내 귀에 입을 대고 소곤거렸다.

"앞으로 어떻게 될지는 모르겠지만, 우리 알리바이는 당분간 비밀입니다. 아시죠?"

나는 묵묵히 고개를 끄덕였다. 내 생각도 혼다와 같았다. 우리에게 알리바이가 있다는 사실이 알려지면 혼란에 빠질 게 분명했다.

혼다가 내게서 물러났을 때 아마미야 교스케와 나카니시 다카코가 돌아왔다. 나카니시 다카코는 손에 길쭉한 원통형 손전등을 들고 있었다. 혼다가 그걸 받아 들고 우물 속을 비춰 보았다. 우리도 함께 들여다봤다.

"이걸로는 어렵겠어. 잘 안 보여."

혼다가 혀를 찼다. 중간에 좁아지는 곳이 있어서 빛이 막히고 마는 것이다.

"각도를 조금 바꿔 보면 어떨까요."

내 제안에 따라 혼다가 손전등을 이리저리 비춰 보았지만 역시 빛은 바닥까지 닿지 않았다.

"제기랄, 안 보여."

혼다가 손전등 스위치를 끄더니 "한번 해 볼래요?" 하고 내게 불쑥 내밀었다.

장신에 팔도 긴 혼다가 못하는데 나라고 할 수 있겠는가. 나는 잠자코 고개를 저었다.

"그럼 어떻게 하지?"

한 손으로 손전등을 빙빙 돌리던 혼다가 아마미야 교스케에게 눈길을 돌렸다. 아마미야도 어깨를 으쓱할 뿐이었다.

"어떻게 하고 자시고 할 게 뭐가 있어. 나는 애당초 이런 곳에 사체가 있을 거라는 생각은 하지도 않았어."

"맞아, 그랬지. 대장, 어떻게 하지?"

혼다가 다도코로 요시오의 의견을 물었지만, 다도코로는 사고가 정지된 사람처럼 멀뚱히 서 있을 뿐이었다.

"일단 우물 뚜껑을 원래대로 덮어 두죠."

내 말에 혼다가 "그게 좋겠어요."라며 턱을 쑥 내밀고 고개를 끄덕였다.

여섯 장의 나무판자를 원래대로 얹어 놓기 시작했다. 그런데 세 번째 나무판자를 얹었을 때 나는 이상한 점을 발견했다. 빨간 실 같은 것이 판자 끝에 걸려 있었다.

"어, 이게 뭐지?"

혼다도 그걸 본 듯했다. 나는 판자에서 그것을 떼어 냈다. 빨간 털실이었다. 어디선가 본 적이 있다는 생각이 들었다.

"아니! 그건……."

나카니시 다카코가 비명 같은 소리를 질렀다.

"왜 그래?"

혼다가 물었다. 금방이라도 울음을 터뜨릴 듯한 얼굴이 된

다카코는 마치 어린아이가 칭얼거리는 듯한 소리로 대답했다.

"그건…… 아쓰코의 스웨터 실이야."

3

라운지. 오후 1시 반.

무거운 공기가 일동을 짓눌렀다. 나카니시 다카코는 연신 훌쩍거리고, 다도코로 요시오는 얼굴을 손으로 가린 채 소파에 누워 있었다. 나머지 남자 셋은 책상다리를 하거나 무릎을 껴안은 채 서로 떨어져 앉아 있었다.

"그만 좀 울어! 아직 사체가 우물에 버려졌다고 확인된 것도 아니잖아. 아니, 아쓰코랑 유리에가 살해되었는지 어떤지도 확실치 않다고."

아마미야 교스케가 버럭 소리를 질렀다. 다카코에게 한 말이겠지만, 자기 자신을 진정시키려는 의도도 있는 듯했다.

"그럼 그건 뭔데? 아쓰코의 스웨터 실이 왜 우물 뚜껑에 걸려 있냔 말이야!"

눈물범벅이 된 얼굴을 가리려고도 하지 않고 나카니시 다카코는 아마미야를 노려보았다. 설득력 있는 이유가 떠오르지 않는지 아마미야는 얼굴을 찡그린 채 고개를 숙였다.

"어쨌든,"

구가 가즈유키가 입을 열었다.

"범인은 우리 중에 있습니다. 눈 위에 발자국이 없다느니 하는 건 범인이 종이에 남긴 말에 지나지 않아요. 그러니까 만약 실제로 사건이 벌어지고 있다면 외부에서 침입한 자의 소행일 가능성도 없지는 않지만, 출입구가 전부 안쪽에서 잠겨 있었잖습니까."

"게다가 외부인이라면 아쓰코가 혼자서 피아노를 치는지 마는지, 어느 방에서 누가 자는지 어떻게 알았겠어? 그리고 범행 타이밍도 가늠하기 힘들었을 거야. 틀림없이 내부인의 범행이야."

혼다 유이치가 딱 잘라 말했다.

"범인은, 히, 힘이 셀 거야."

다카코가 딸꾹질을 했다.

"그, 그렇잖아. 사체를 거기까지 옮겼으니 말이야. 나는 그럴 수 없다는 거, 다들 알지?"

"아니야, 그렇게만 생각할 일도 아니지."

혼다 유이치가 차가운 목소리로 반박했다.

"어, 어째서?"

"두 사람이 살해된 장소가 레크리에이션 룸이나 침실 안이라는 보장이 없으니까. 산장 뒤로 꾀어내서 거기서 죽였을 수도 있잖아. 우물 속으로 밀어 넣는 일 정도는 힘없는 여자라도 할 수 있다고. 더구나 다카코는 여자치고 체격이 좋은 편이고. 만에 하나 그게 사실이라면 상황이 적혀 있는 그 종이는 정말 그럴싸한 트릭이라고 해야겠지. 현장이 레크리에이션 룸과 침실이라고 믿도록 하는 효과를 발휘했으니까."

혼다가 거침없이 말을 쏟아 냈다. 아쓰코나 유리에가 살해당한 현장을 보지 못한 사람이라면 당연히 생각할 수 있는 추론이었다.

"난 범인이 아니야!"

손수건을 움켜쥐며 다카코가 소리쳤다.

"왜 내가 그 둘을 죽이겠어? 우리가 얼마나 사이좋게 지냈는데."

"그럼 여기 있는 다른 사람들은 아쓰코나 유리에를 죽일 만한 동기가 있다는 거야?"

"내가 그걸 어떻게 알아!"

다카코가 고함을 지르는 것과 동시에, 지금까지 꼼짝하지 않던 다도코로 요시오가 벌떡 일어섰다. 그리고 성큼성큼 걸음을 옮겼다.

"어디 가?"

아마미야 교스케가 물었다.

"전화하러."

"무슨 전화?"

"도고 선생님에게 전화해서 물어볼 거야."

그가 전화기 앞에 서서 수화기를 들었다.

"안 돼!"

혼다 유이치가 엉덩이를 들었지만, 그러기 전에 구가 가즈유키가 날쌔게 전화기 앞으로 몸을 날려 통화를 저지했다.

"왜 이래요?"

다도코로가 눈을 치켜떴다.

"잠깐만요. 전화를 걸려면 우리 모두의 동의를 얻어야 해요."

"왜 그래야 하죠? 살인 사건이 일어났어요."

"그건 아직 확실치 않아요."

"뭐가 확실치 않아요, 증거가 있는데?"

"대장, 진정해."

혼다가 다도코로의 팔을 잡고 억지로 손에서 수화기를 빼앗았다.

"이리 내!"

혼다와 구가는 양쪽에서 다도코로의 팔을 잡고 마치 연행

하듯이 그를 제자리로 데려다 놓았다.

"왜 안 된다는 거야? 왜 전화를 못 하게 막냐고!"

두 사람의 손에서 풀려난 다도코로가 씩씩거리면서 소리쳤다.

"아직 희망이 있으니까."

아무도 대답하지 않자 하는 수 없다는 듯이 아마미야 교스케가 입을 열었다.

"희망? 무슨 희망?"

"어쩌면 이것도 대본일지 모른다는 희망. 혼다도 입으로는 실제로 살인 사건이 일어났다고 확신하는 것처럼 말했지만 사실 머리 한구석으로는 이렇게 생각할지 몰라. 이것 역시 도고 선생님이 짜 놓은 대본이 아닐까 하고."

그렇게 말하고 나서 아마미야는 서 있는 혼다를 올려다보았다.

"그렇지? 아니야?"

혼다가 피식 웃으면서 눈썹 옆을 긁적거렸다.

"그런 생각이 전혀 없다고는 말 못 하겠지. 도고 선생님이잖아. 무슨 짓을 할지 알 수 없어."

"맞아. 피 묻은 흉기도 빨간 털실도 우리한테 발견될 것을 전제로 가져다 놓은 소도구인지도 몰라."

"난 그런 생각은 꿈에도 못 했는데."

나카니시 다카코가 넋 놓은 표정으로 중얼거렸다. 어느새 눈물은 마른 듯했다.

"만약 도고 선생님이 계획한 일이라면, 도대체 왜 그런 일을 벌이는 거지?"

"그야 물론 우리를 혼란에 빠트리기 위해서지."

아마미야가 대뜸 그렇게 대답했다.

"아쓰코가 죽었을 때, 종이에 뭐라고 적혀 있든 결국 우리는 전혀 긴장하지 않았고 진지하게 임하지도 않았잖아. 선생님은 그럴 걸 미리 알고 우리를 본격적으로 추리극의 세계로 이끌려고 이런 장치를 해 놓았을지도 몰라."

그러나 아마미야의 얘기가 미처 끝나기도 전에 다도코로 요시오가 격렬하게 고개를 가로저었다.

"만약 그게 아니라면 어쩔 건데? 앞으로도 살인범과 몇 시간이나 같이 있어야 한단 말이야."

"내일이면 끝나. 어떻게든 내일까지만 버티면 된다고."

"난 싫어. 전화할 거야."

다도코로가 다시 일어서려고 하자 혼다가 그의 어깨를 위에서 꾹 눌렀다.

"오디션이 물거품이 되고 말텐데."

그 한마디는 효과가 있었다. 다도코로의 몸이 마치 스위치를 끄기라도 한 것처럼 움직임을 멈췄다. 그리고 다음 순간 그는 힘없이 무너져 내렸다.

"오디션……, 그렇구나."

"그래, 바로 그거야."

아마미야가 나직이 말했다.

"난들 왜 전화하고 싶지 않겠어, 이렇게 불안하고 힘든데 말이야. 하지만 만약 이게 모두 선생님의 계획이라면 전화하는 순간 우리는 실격이야."

"실격당하고 싶지는 않아."

나카니시 다카코가 울먹이며 말했다.

"어떻게 잡은 기회인데……. 놓치고 싶지 않아."

"우리 모두 마찬가지예요."

구가 가즈유키가 말했다.

"그렇군……."

다도코로의 거친 숨소리가 조금씩 잦아들었다.

"하지만 그걸 어떻게 확인하지? 이게 미리 계획된 각본인지 그렇지 않은지 말이야."

그 물음에는 아마미야도 즉시 대답하지 못했다.

"말해 봐, 그걸 어떻게 확인할지."

다도코로가 대답을 재촉했다.

"안타깝지만,"

혼다가 나섰다.

"지금으로서는 딱히 방법이 없어. 굳이 말하라면 시체를 확인하는 것 정도겠지. 만일 시체가 발견된다면 연극 연습이 문제가 아니야. 그때는 주저 없이 전화해야 해. 선생님한테가 아니라 경찰에 말이야."

"하지만 우물 속이 안 보이니……."

"그러니까,"

혼다가 다도코로의 어깨에 손을 얹은 채 말했다.

"아까 교스케도 말했다시피 일단 내일까지 버텨 보자는 거야. 내일까지 참고 기다리는 것밖에 방법이 없어."

다도코로 요시오가 답답해서 못 참겠다는 듯이 자신의 머리를 감싸 쥐고 신음했다. 그런 그를 시무룩하게 내려다보던 혼다가 갑자기 고개를 갸웃하며 실쭉 웃었다.

"이렇게 위로하고 있는데 실은 이 녀석이 범인이라면? 그렇지 않으리란 보장이 없잖아."

"난 범인이 아니야."

"그래그래, 알았어. 이제 이렇게 쓸데없이 옥신각신하는 일은 그만두자."

"……그런데,"

구가 가즈유키가 천천히 입을 열었다.

"이 모든 것이 도고 선생님의 계획이든 아니든, 우리로서는 추리로 범인을 밝혀내는 것밖에 다른 도리가 없지 않을까요?"

"그렇겠지요."

혼다도 동의했다.

"그럼 대체 어떤 상황을 근거로 추리해야 할까요? 여전히 가사하라 씨의 사체는 레크리에이션 룸에서, 모토무라 씨의 사체는 침실에서 발견되었다고 전제해야 할까요?"

"아니, 그건……."

혼다가 말을 멈추고 의견을 구하듯이 아마미야를 바라봤다.

"이렇게 된 이상 그건 어렵지."

아마미야가 미간을 찡그리며 혀로 여러 번 입술을 축인 뒤 대답했다.

"현실을 있는 그대로 반영해서 추리의 재료로 사용해야 해. 피 묻은 꽃병이 발견되었고, 아쓰코의 빨간 스웨터 털실이 우물 덮개에 걸려 있었어. 그리고……."

"두 사람이 사라졌다는 말이지?"

혼다의 말에 아마미야가 암울한 표정으로 고개를 끄덕였다.

구가 가즈유키의 독백

모토무라 유리에가 실제로 죽었을 확률을 80퍼센트 정도로 생각하기로 했다.

딱히 근거가 있는 숫자는 아니다. 사실 현재 상황만 놓고 보면 살해되었을 가능성이 매우 크다. 여자라면 절대 남에게 보이고 싶지 않을 생리대가 떡하니 나와 있는 것만 봐도 그렇다.

그러나 아마미야가 말했듯이 도고 신페이의 계략일 가능성이 없는 것도 아니다. 그렇다고 가능성이 반반이라고 낙관적으로 예측할 만큼 경솔하지도 않다. 그러니 각오를 포함하여 80퍼센트라고 하는 것이다.

모토무라 유리에의 해맑은 눈동자, 고운 입술, 하얀 피부, 그런 것들이 뇌리에 끊임없이 떠오른다. 목소리도 선명하게 기억난다. 이제 다시는 그런 것들을 마주할 수 없을지도 모른다고 생각하니 가슴이 콕콕 쑤시는 것처럼 아프다. 이럴 줄 알았다면 어젯밤에 용기를 내어 그녀의 방에 찾아가는 건데 그랬다고, 실은 그럴 생각도 배짱도 없었다는 건 까맣게 잊고 구성맞게 후회하기도 했다.

만약 이 모든 일이 도고 신페이의 각본에 따른 것이고, 모토무라 유리에가 그 아름다운 얼굴에 미소를 머금고 내 앞에 다시 나타난다면 그때는 망설이지 않고 고백하리라. 주저하거나 머리를 굴리는 일이 얼마나 어리석은지 나는 이번 일로 비로소 깨달았다.

하지만 반대로 그녀가 살아서 돌아오지 못한다면……

그때는 복수할 것이다. 범인이 경찰에 체포되는 것만으로는 결코 이 분노가 풀리지 않을 것이다. 그렇다면 범인을 죽일 것인가. 아니다. 모토무라 유리에를 내게서 빼앗은 죄가 그 정도로는 갚아지지 않는다. 죽음 이상의 보복을 생각해 둘 것이다.

일동의 흥분 상태가 다소 가라앉았을 무렵, 늦은 점심을 먹게 되었다. 당번은 나와 혼다였다. 모토무라 유리에가 없으니 그럴듯한 음식을 만들어 낼 방법도 없지만 그럴 의욕 또한 없었다. 나는 혼다와 의논해서 식료품 창고에서 컵라면을 다섯 개 꺼내 왔다. 우리가 할 일은 주전자 가득 뜨거운 물을 준비하는 것뿐이었다.

"어느 쪽일 것 같아요?"

가스레인지 위에 올려놓은 주전자 두 개를 내려다보며 혼다 유이치가 물었다.

"뭐가 말입니까?"

"현실, 또는 연극, 어느 쪽이라고 생각하시냐고요."

"아직 모르겠습니다. 추리할 재료가 많지 않아서요."

"하긴."

"하지만 이 모든 일이 연극이라면 상당히 공을 들인 것만은 분명해요."

"맞습니다."

그리고 혼다 유이치는 주방에 들어온 후 처음으로 미소를 지었다.

"하기야 그 선생님이라면 이 정도 시도는 하고도 남지요."

"혼다 씨도 도고 선생님을 안 지 오래되었습니까?"

"연극을 처음 시작했을 때부터 그 선생님에게 혼나는 일은 제가 담당이었어요."

한쪽 주전자에서 물이 끓었다. 끓는 물을 포트에 따르며 그가 또 물었다.

"누구일 거 같아요?"

물론 범인 얘기일 것이다. 나는 말없이 고개를 저었다. 혼다도 잠자코 고개를 끄덕였다.

사실 내가 범인으로 점찍은 사람은 아마미야 교스케다. 딱히 무슨 근거가 있는 것은 아니지만 느낌상 그가 제일 수상했다. 그의 침울한 얼굴을 보고 있자면 범인의 면모라고는 전혀 느껴지지 않지만, 프로페셔널 연극인인 이들을 외관으로 판단하는 건 무의미하다. 다만 나는 이런 상황에서도 한편으로는 연극의 관점에서 사태를 바라보게 된다. 여기서 만약 아마미야가 범인이라면 관객이 달가워하지 않겠지, 하고.

아마미야가 아니라면 다도코로 요시오인가, 아니면 나카니시 다카코인가.

모토무라 유리에를 사랑하는 다도코로 요시오는 충동적으로 전화하려고 했던 일만 봐도 제외해도 좋을 듯하다. 혼다와 내가 말렸으니 망정이지, 그대로 내버려 두었더라면 정말로 전화를 했을 것이다. 범인이 스스로 이 상황이 연극이 아니라는 사실을 폭로할 리 없다. 또한 만약 이 모든 일이 도고 신페이의 각본일 경우에도 전화를 한다는 것은 범인 역할을 맡은 사람이 도고의 지시를 어기는 셈이 된다. 어느 쪽이든 있을 수 없는 일 아닌가.

아니지, 아니다. 반드시 그렇다고 할 수는 없다.

당장이라도 전화를 걸 기세였지만, 어차피 누가 말릴 거라고 예상했다면? 그 정도 연기는 다도코로 요시오라도 가능할 것이다. 유리에를 사랑한다고 한 것도 눈속임을 위한 장치였을지 모른다.

나는 가벼운 두통을 느꼈다. 머리가 너무 복잡하다.

"알리바이 말인데요,"

혼다 유이치가 그렇게 말하고 나서 집게손가락을 입술에
댔다.

"당분간은 이겁니다. 밝히는 타이밍은 내게 맡기세요."

"좋습니다."

대답하면서도 참으로 집요하다고 생각했다. 한 번 말했으
면 될 일이지.

다른 주전자에서도 삐삐, 소리가 울렸다. 나는 가스레인지
스위치를 껐다.

변변찮은 메뉴지만 누구 하나 불만을 제기하지 않았다. 첫
날 저녁에 스테이크를 요구했던 다도코로 요시오도 지금은
묵묵히 3분을 기다리고 있을 뿐이다. 컵라면을 메뉴로 고르
기를 잘했다 싶은 이유가 또 하나 있었다. 각자 포장을 뜯게
되어 있으므로 일단 독이 들었을까 봐 걱정할 필요가 없다는
점이다.

우리는 입을 꾹 다문 채 각기 자기 앞에 놓인 컵라면 뚜껑
을 바라보았다. 다섯 명이 이러고 있는 모습을 누가 본다면
우습기도 하고 섬뜩하기도 할 것이다.

이윽고 3분이 지나자 각자 정해진 일을 시작하듯이 라면을
후루룩거리며 먹기 시작했다. 다들 식욕은 없어 보였지만, 일

단 먹기 시작하자 기계적으로 손과 입을 움직였다. 식사는 10분도 안 되어 끝났다. 맛이 있네 없네 하는 말은 아무도 하지 않았다. 그런 모습을 바라보던 나는 만약 이 모든 일이 도고 신페이의 책략이라면 그 연출가를 다시 봐야겠다고 생각했다. 처음에는 누구 하나 추리극의 등장인물에 몰입하지 않았는데 어느새 다들 그 분위기에 빠져들었다.

나도 마찬가지다.

4

식당.

"자, 차라도 끓일까."

혼다 유이치가 찻잔 다섯 개를 늘어놓은 후 찻주전자에 뜨거운 물을 부었다.

"나는 됐어. 왠지 피곤해서 차를 마시기도 귀찮아."

컵라면을 절반 이상 남긴 다도코로 요시오는 그렇게 말하고 자리에서 일어나 이제는 그의 지정석이 된 라운지의 긴 소파에 가서 누웠다. 그 무거운 동작이 그의 정신적 피로를 말해 주는 듯했다.

나머지 셋은 혼다가 따라 준 차를 말없이 마셨다. 마치 서로 경쟁이나 하듯이 후루룩거리는 소리만 연달아 들렸다.

"있지, 좀 물어봐도 될까?"

더는 침묵을 견디기 어려웠는지 나카니시 다카코가 눈을 살짝 치켜뜨고 남자들을 봤다.

"만약 진짜로 살인이 벌어지고 있다면, 이 모든 게 다 거짓일까? 도고 선생님이 우리를 여기로 불러 모았다는 사실까지 말이야."

"그렇게 생각할 수밖에 없겠지. 범인으로서는 어떻게든 우리를 한데 모을 필요가 있었을 거야. 그래서 선생님을 사칭한 편지를 써서 우리를 이 산장에 불러들인 거지."

혼다가 대답했다.

"그게 사실이라면 범인은 도고 선생님의 편지를 갖고 있지 않겠네?"

나카니시 다카코가 눈을 번쩍 떴다.

"여러분! 다들 그 편지 가지고 왔지? 그럼 어디 내봐 봐. 안 가진 사람이 범인이야."

그녀가 기세등등하게 말했지만 남자 셋은 반응이 시큰둥했다. 그들은 왠지 모르게 거북한 표정을 지으며 묵묵히 차만 마셨다.

"아니, 왜 반응들이 없어?"

묘안을 떠올렸다고 생각했던 나카니시 다카코는 불만스러운 표정을 지었다.

"가져오는 건 어렵지 않은데, 아마 별 의미 없을 거야."

남자들을 대표해서 혼다가 대답했다.

"왜?"

"생각해 봐. 범인이 그 정도 준비도 안 했을 것 같아? 그 편지, 워드 프로세서로 작성한 거잖아. 자기 몫으로 한 장 더 프린트하면 그만이라고."

나머지 둘도 같은 생각이라는 듯이 고개를 끄덕였다. 다카코는 반격할 말이 떠오르지 않는지, 잠시 입을 우물거리다가 조개껍데기마냥 꾹 다물었다.

"뭐, 하지만 확인해 보는 것도 나쁘지는 않겠지. 나중에 각자 가져오는 걸로 하자."

아마미야가 그렇게 말했지만 그 역시 그럴 필요성을 느껴서가 아니라 다카코를 배려하느라고 한 말일 것이다.

잠시 또 침묵이 흘렀다. 혼다 유이치가 다시 찻주전자에 뜨거운 물을 채우자 나카니시 다카코가 일어서서 일동의 찻잔을 그 앞으로 밀어 놓았다.

"생각을 좀 해 봤는데요,"

구가 가즈유키가 입을 열었다. 나머지 세 사람이 거의 동시에 그를 향해 고개를 돌렸다.

"이 사태가 도고 선생님이 짠 각본이 아니라 실제 살인범이 계획한 일이라는 가정하에 그 계획을 처음부터 분석해 봤습니다. 도고 선생님의 각본이라면 어딘가 부자연스러운 점이 있을 거라는 생각이 들어서요."

"분석이라니, 거창하게 나오시네."

혼다가 빈정거리듯이 툭 내뱉었다.

"그래서, 알아낸 거라도 있어요?"

"네. 만약 이 일이 실제 살인범의 소행이라면 놀랄 만큼 교묘하게 계산되었다는 생각이 들더군요. 훌륭하다고 말하고 싶을 정도로 말이죠."

구가 가즈유키가 한숨 섞인 소리로 말하며 천천히 고개를 내저었다.

"그렇게 혼자 결론을 내려 버리면 곤란하죠. 이유를 설명해 보세요."

아마미야 교스케가 눈살을 찌푸리며 말했다.

"설명하자면 이렇습니다. 우선 범인은 이런 생각을 했을 겁니다. 오디션에 합격한 사람을 모두 이 산장에 불러들인 다음 목표한 인물을 죽여야겠다고요. 그렇다면 범인이 맨 먼저

한 일은 무엇이었을까요?"

"그야 우리에게 초대장을 보내는 일이었겠죠."

다카코가 말했다.

"맞습니다. 그런데 지금 생각해 보면 그 편지에는 이런 단서가 있었어요. 이 일을 발설해서는 안 된다, 질문은 받지 않는다, 늦거나 빠진 자는 실격이다. 이 세 가지 단서 조항은 생각하기에 따라서는 우리가 여기 와 있다는 사실을 아는 사람이 우리 외에는 아무도 없다는 것을 의미합니다. 즉 범인이 누구의 방해도 받지 않고 목적 달성에 집중할 수 있다는 얘기죠."

"도고 선생님이 워낙 비밀주의자니까 그 정도 단서는 딱히 이상하다는 생각을 못 했어요. 선생님 취향이 꼭 이렇거든요."

'취향'이라는 말을 아마미야 교스케는 강조했다.

"그렇군요. 하지만 제 가설을 조금 더 들어 보세요."

목이 마른지 구가는 차를 한 모금 마셨다.

"범인은 도고 선생님의 이름으로 편지를 보냄으로써 우리를 이 산장으로 불러 모았습니다. 그런데 범인에게는 해결해야 할 문제가 몇 가지 있었어요. 첫째, 여기에 도착한 우리가 도고 선생님이나 외부 사람들과 연락하지 않도록 하는 것. 둘째, 도고 선생님이 오지 않더라도 우리가 동요하지 않고 이 산장에 머물도록 하는 것. 셋째, 누군가 살해당하더라도 나머지 사람들이 소란을 피우지 않도록 하는 것."

"그러고 보니 문제가 많네."

혼다 유이치가 중얼거렸다.

"그렇습니다. 그런데 범인은 이 문제점들을 단번에 해결하는 묘안을 마련했어요. 그건 바로 우편으로 배달된 지시서입니다. 지금부터 이곳에서 연극이 시작된다, 너희들은 등장인물이다, 외부와의 연락이 불가능한 상황에서 배역을 소화한다……. 그야말로 도고 선생님다운 이 지시는 범인이 치밀하게 세운 책략이라고 해석할 수 있습니다. 일단 첫 번째 문제였던 외부와의 연락을 두절시켰죠, 두 번째 문제도 해결했다는 건 말할 필요도 없고요. 그리고 세 번째 문제 말인데, 범인은 가사하라 아쓰코 씨를 살해한 후 사체를 우물 속에 숨겼습니다. 그러고서 레크리에이션 룸에 가사하라 씨가 살해된 것으로 한다는 내용의 쪽지를 남겨 놓았어요. 우리는 그 쪽지를 읽고도 누구 하나 놀라거나 소동을 피우지 않았습니다. 드디어 연극이 시작된 거라고 생각했을 뿐이죠. 살인이 일어났음에도 아무도 뜻밖이라고 생각하지 않은 겁니다. 그건 책장에 꽂혀 있던 몇 권의 추리 소설이 우리에게 마음의 준비를 시켰기 때문입니다."

"그 책에도 범인의 의도가 숨어 있었다는 얘기구나."

나카니시 다카코가 한숨을 내쉬며 말했다.

"이렇게 볼 때 이 모든 일은 사실은 범인이 주도면밀하게 계획한 것입니다. 가사하라 아쓰코 씨가 살해당했을 때 우리는 함께 출입구를 조사했어요. 그때 출입구마다 '지면이 온통 눈에 덮여 있다. 발자국은 없다.'라고 쓰인 쪽지가 붙어 있었습니다. 그건 우리의 의식을 시체를 숨긴 우물에서 멀어지도록 하려는 장치였다고 해석할 수 있어요."

사람들의 반응을 살피려는 듯이 구가가 잠시 입을 다물었다. 다들 침묵하고 있는 것은 구가의 말에 동의하지 않아서가 아니라 아마도 그 반대일 것이다.

"이렇게 되면 혼다 씨가 예의 꽃병을 발견했던 일은 범인의 중대한 계산 착오로 봐야 합니다. 만일 그 일이 없었다면 우리는 지금도 여전히 웃으면서 추리극을 즐기고 있었을 테니까요."

"듣고 보니 정말 용의주도하군."

혼다 유이치가 입술을 깨물었다.

"물론 이 상황이 선생님이 설계한 추리 게임이 아니었을 때의 얘기지만."

"문제는 바로 그거야."

아마미야 교스케가 기다렸다는 듯이 나섰다.

"구가 씨 말에 일리가 있는 것도 사실이고, 살인범이 실제로 암약하고 있다고 느껴지는 것도 사실이야. 하지만 바로 그 점까지 도고 선생님이 이미 내다본 건지도 모르잖아."

"그럴지도 모르죠."

구가가 인정했다.

"하지만 한 가지 덧붙일 말이 있습니다."

"뭐죠?"

"아마미야 씨가 말했듯이 사태가 아무리 심각해져도 시체가 발견되지 않는 한 사건이 실제로 일어났다고 단정하기는 어렵습니다. 이 모든 일이 도고 선생님이 파 놓은 함정일 것이라고 받아들이기 때문입니다. 그러나 달리 생각해 보면 이 것이야말로 범인의 계획 중 가장 탁월한 점이라고 할 수도 있습니다. 이것이 추리 게임인지 아닌지, 그 점이 분명해지지 않으면 우리는 도고 선생님께 연락할 수도, 또 경찰에 신고할 수도 없습니다. 우편으로 배달된 지시서의 마지막 한 문장이 큰 효과를 발휘한 겁니다. 전화로 연락하거나 외부인과 접촉하면 즉시 오디션 합격을 취소한다는 한 문장 말입니다. 범인은 우리 배우들의 심리를 실로 교묘하게 이용하고 있습니다."

"그만!"

나카니시 다카코가 눈을 부릅떴다.

"그렇게 단정적으로 말하지 말아요."

그녀의 서슬 퍼런 태도에 구가는 약간 기가 눌리는 듯했다.

"어디까지나 실제로 살인이 벌어지고 있다는 가정하에 말한 것뿐인데, 제 배려가 부족했던 것 같군요. 죄송합니다, 사과하겠습니다."

그러나 그가 사과했다고 해서 그의 주장이 뒤집히는 것은 아니었다. 모두가 입을 굳게 다문 채 아무 말도 하지 않았다. 어떻게든 모순점을 찾으려고 안간힘을 쓰는 것이다.

"아쉽지만,"

한참이 지나서야 혼다 유이치가 한숨 섞인 말을 꺼냈다.

"구가 씨의 의견에서 반박할 구석을 못 찾겠어. 굳이 말하자면, 도고 선생님은 구가 씨가 방금 한 말까지 내다봤는지도 모르지."

"그럴 수도 있겠군요."

"하지만 그래서 우리가 아무 데도 연락하지 못할 것까지 범인이 예상하고……."

거기까지 말한 나카니시 다카코가 얼굴을 찡그리더니 두 주먹으로 관자놀이를 툭툭 두드렸다.

"아, 몰라. 생각이 계속 제자리를 맴돌아. 머리가 돌아 버릴 것 같아."

"생각하는 것 자체가 무의미해."

아마미야 교스케가 자포자기한 듯이 말했다.

"구가 씨가 한 얘기, 전부 타당성이 있다고 생각해. 실제로 살인범이 계획한 일이라고 봐도 부자연스러운 구석이 없어. 하지만 중요한 점이 한 가지 빠졌어."

"아니, 눈치챘습니까?"

구가가 물었다.

"범인이 우리를 전부 이 산장으로 모은 이유요."

"맞아요."

구가가 고개를 끄덕였다.

"아무리 생각해도 그걸 잘 모르겠단 말이죠."

"그야 뻔하지 않나요? 이런 일을 벌이려고 그랬겠죠."

당연한 걸 모른다는 표정으로 혼다가 말했다.

"이런 일이라니?"

아마미야 교스케가 물었다.

"그러니까,"

혼다가 잠시 뜸을 들이다가 "살인 말이야."라고 대답했다.

"그게 목적이라면 구태여 우리를 모두 부를 필요가 없잖아. 아쓰코랑 유리에만 불러내면 됐을 텐데."

"두 사람을 동시에 불러내기가 어렵다고 생각한 것 아닐까?"

"과연 그럴까? 한 극단에 소속된 동료니까 어떻게든 구실을 만들 수도 있지 않았겠어? 게다가 굳이 동시에 불러낼 필요도 없지. 아니, 오히려 각각 따로 불러내는 편이 죽이기 수월할 텐데."

"저도 같은 생각입니다."

구가 가즈유키가 말했다.

"하잘것없는 삼류 추리 소설에서나 작가의 편의에 따라 등장인물을 한곳에 모은 후 살인 사건을 벌이죠. 실제로 사람을 죽일 생각이면서 경찰에는 잡히고 싶지 않을 경우, 이렇게 폐쇄된 공간에 한정된 사람들을 모아 놓고 범행을 저지르는 건 범인으로서는 위험 부담이 너무 큽니다."

"흠, 그것도 그렇군요."

혼다가 입가를 손으로 문지르며 말했다.

"무엇보다, 꼭 이런 곳이 아니라도 되잖아. 인적이 드문 곳이라면 도쿄에도 얼마든지 있는데."

나카니시 다카코의 말에 구가 가즈유키가 고개를 끄덕였다.

"그 점도 의문 중 하나예요. 왜 우리 모두인가, 왜 이런 장소인가."

"아니죠. 모두를 불러 모으려면 이런 장소밖에 없지 않을까요? 도쿄에 통째로 빌릴 수 있는 집은 흔치 않으니까요."

혼다가 구가의 말에 이견을 내놓았다.

"그 말도 일리가 있군요."

"어쩌면 그 반대일 수도 있어."

나카니시 다카코가 비스듬히 아래쪽 허공을 내려다보며 말했다.

"범인으로서는 이 장소가 필요했을지도 몰라. 반드시 이곳에서 우리를 죽이고 싶어서 말이야."

"죽이고 싶은 사람만 이곳으로 부르면 당사자들이 수상하게 여겼을 테지."

혼다 유이치가 덧붙였다.

"그런 점에서는 오디션 합격자 전원을 부르면 설사 장소가 좀 괴이쩍더라도 크게 의문을 품지 않을 거야. 사실 우리도 그래서 왔잖아."

"그건 그렇지만, 살인하는 데 장소에 연연하는 사람이 있을까?"

아마미야 교스케가 이번에도 이의를 제기했다.

"이곳이 범인에게 추억이 어린 장소라면?"

나카니시 다카코가 감성적인 의견을 내놓았다.

"그만한 이유로 이렇게 큰일을 벌인단 말이야?"

얼토당토않다는 듯이 아마미야 교스케가 고개를 내저었다.

"단순한 추억이 아니라 살인과 관련한 중대한 의미가 있을 지도 모르지."

혼다 유이치의 말에 아마미야는 새삼 일동을 둘러봤다.

"다들 이곳에 온 건 처음이라고 했으니 이곳과 관련된 일도 없을 텐데?"

"그 점 말인데요, 정말 생각나는 일이 전혀 없으신가요? 여러분이 직접 관련되지는 않았더라도 극단과 관련한 일이라든가 말이죠. 한번 생각해 보세요."

구가 가즈유키의 요구에 세 사람은 심각한 표정을 지으며 생각에 잠겼다. 저마다 기억을 더듬고 있을 터였다.

"떠오르지 않아. 역시 그런 기억은 없어."

혼다 유이치가 맨 먼저 두 손을 들었다. 그 말이 신호라도 되는 양 나머지 두 사람도 고개를 저었다.

"우리한테만 그러지 말고 구가 씨도 생각 좀 해 봐요."

혼다 유이치가 말했다.

"물론 자신은 범인이니 그럴 필요가 없다고 한다면 얘기가 또 다르지만."

"나도 생각해 봤지만 그런 기억이 없습니다. 노리쿠라에 온 것도 이번이 처음인걸요."

"그렇다면 역시 범인으로서는 우리를 모두 이곳에 모을 필요가 있었다는 건가?"

나카니시 다카코가 고개를 갸웃했다. 나머지 사람들도 덩달아 생각에 잠겼다.

"이 의문이 풀리지 않는다는 건,"

아마미야 교스케가 찻잔을 양손으로 감싸듯이 들고 그 속으로 시선을 떨어뜨린 채 말했다.

"역시 살인이 아니라는 뜻 아닐까? 아쓰코와 유리에를 죽이려고 일부러 이런 상황을 만든다는 건 미친 짓거리라고 볼 수밖에 없어. 그럴 만한 인간이 우리 중에 있다는 것도 믿기지 않고."

"그렇게 생각하고 싶은 마음이야 굴뚝같지만,"

혼다 유이치의 말투에는 아마미야의 지나친 낙관을 야유하는 듯한 뉘앙스가 담겨 있었다.

"아무래도 뭔가 있는 듯한 생각이 드는 건 어쩔 수 없어."

"네 생각이 지나친 거야. 걱정 마, 전부 게임이니까. 도고 선생님이 꾸민 추리극이란 말이야."

"그렇게 방심하는 틈을 타서 범인이 공격하면 어쩌려고 그래?"

나카니시 다카코가 핼쑥한 얼굴로 말했다.

"믿어야지. 동료를 죽이다니, 그런 일이 일어날 리 없어."

아마미야 교스케가 힘주어 말했지만, 그의 간절한 희망일 뿐이라는 것을 아는 나머지 멤버들은 쉽게 동조하지 못하는 듯했다.

"설명이라면 못 할 것도 없지."

돌연 어디선가 목소리가 들렸다. 그들의 대화를 듣고 있었는지 다도코로 요시오가 라운지 소파에서 부스스 몸을 일으키더니 식당에 있는 네 사람 쪽으로 돌아앉았다. 손을 베개삼아 베고 엎드려 있었는지 이마에 손자국이 불그스름하게 남아 있었다.

"뭘 설명한다는 거야?"

다카코가 몸을 비틀어 돌아보며 물었다.

"너희들이 방금 얘기했잖아. 왜 범인이 우리를 이런 곳에 불러 모았느냐고 말이야."

"너는 설명할 수 있어?"

혼다가 물었다.

"물론이지. 간단해. 조금 전에 교스케도 말했잖아."

멤버들의 시선이 일제히 아마미야에게 집중되었다. 그러나 정작 아마미야 자신은 내가 무슨 말을 했더라, 하는 표정이었다.

모두가 침묵하자 다도코로는 냉소를 지었다.

"벌써 잊었어? 이렇게 말했잖아, 아쓰코와 유리에를 죽이려고 일부러 이런 상황을 만들었을 리 없다고."

아마미야 교스케가 놀란 듯이 몸을 살짝 뒤로 젖혔다. 동시에 구가 가즈유키는 고개를 끄덕했다.

다도코로는 의기양양한 표정으로 말을 계속했다.

"이유는 간단해. 범인은 아쓰코와 유리에만 죽이려고 이렇게 귀찮은 일을 꾸민 게 아니야. 우리를 전부 죽일 작정으로 이곳으로 부른 거라고. 그렇게 생각할 수밖에 없잖아."

나카니시 다카코가 헉, 소리를 내며 숨을 크게 들이쉬었다. 남자 셋은 이미 어느 정도 짐작했는지 그다지 놀란 얼굴이 아니었다.

잠시 침묵이 흘렀다. 구가 가즈유키가 뭔가 말하려는 순간 혼다 유이치가 먼저 입을 열었다.

"그래, 설사 우리를 전부 죽일 계획이었다고 치자. 하지만 과연 범인에게 이런 방식이 유리할까? 좀 더 좋은 방법이 없었을까?"

"유불리 여부로 판단할 수는 없어. 범인 입장에서는 궁여지책이었는지도 모르지."

다도코로가 말했다.

"그게 무슨 뜻이지?"

"예를 들어 시간의 한계 같은 게 있었을 수도 있잖아. 범인에게 시간이 많지 않다면 한 명씩 불러내서 죽이기는 힘들었을 거야. 그래서 일단 전원을 모아 놓고 한 명씩 죽이는 방법을 택한 거지."

"설마……."

나카니시 다카코가 잔뜩 겁에 질린 표정을 지었다. 그리고 그녀를 공포로 몰아넣은 다도코로 요시오의 얼굴도 결코 밝지만은 않았다.

"아니, 우리를 전부 죽일 생각은 아니었을 겁니다."

구가 가즈유키가 나섰다.

"왜죠?"

아마미야 교스케가 물었다. 그리고 다도코로는 누군가 반론을 제기할 거라는 생각을 못 했는지 발끈하는 표정을 지었다.

"단언하기는 힘들지만, 범인은 앞으로 한 명만 더 죽이지 않을까 싶습니다."

"한 명만 더요? 무슨 근거로요?"

아마미야가 물었다.

"이제 밤이 한 번밖에 안 남았으니까요. 오늘 밤 말입니다. 첫날 밤에는 가사하라 아쓰코 씨가, 어젯밤에는 모토무라 유리에 씨가 살해되었죠. 범인은 밤에 행동합니다. 아마도 사람들 눈에 뜨이지 않게 사체를 처리해야 하기 때문이겠죠. 우리는 여기서 3박을 하도록 되어 있어요. 그 말은 즉 범인의 목표가 세 명이라는 뜻 아니겠습니까?"

아, 하는 탄식이 사람들의 입에서 흘러나왔다. 눈앞에 있었는데 지금까지 보이지 않았던 것이 불쑥 시야에 들어왔다는 듯한 반응이었다.

"그럼 오늘 밤 누가 또 죽는다는 얘기네."

나카니시 다카코가 뒤로 거의 쓰러지다시피 하며 말했다.

"그럴 확률이 높다고 봅니다."

"예비로 남겨 둔 날일 수도 있죠."

혼다 유이치가 말했다.

"첫째 날, 둘째 날 모두 순조롭게 살인이 이루어지리라는 보장이 없으니까요."

"그럴듯한 얘기군요."

구가 가즈유키가 고개를 끄덕였다.

"하지만 그럴 경우, 범인은 이미 목적을 달성했으니 일정을 끝내라는 지시를 내릴지도 모릅니다."

"그러려고 했을 수도 있겠지만, 이제 그럴 가능성은 사라졌어요. 방금 구가 씨가 그 말을 내뱉었으니 범인이 그대로 따라 하지는 않을 겁니다."

"네, 뭐, 그럴지도 모르죠."

구가 가즈유키가 힐끔거리며 일동을 둘러봤다. 이 가운데 범인이 있을지 모른다는 것을 의식하는 눈초리였다.

"요컨대 구가 씨 말은, 앞으로 새로운 피해자가 나온다고 해도 그건 오늘 밤 한 명으로 끝이다, 즉 전원이 살해되는 일은 없을 거다, 이 말이죠?"

아마미야 교스케가 물었다.

"그렇습니다."

"그걸 기뻐해야 하는 거야? 앞으로 한 명만 살해된다는 걸?"

나카니시 다카코가 약간 떨리는 목소리로 말했다.

"앞으로 스물네 시간, 한 사람당 여섯 시간이군."

혼다가 무의미한 계산을 했다.

"좀 빠듯하군. 한꺼번에 독살하는 방법을 사용한다면 몰라도."

"불길한 소리 좀 하지 마. 뭘 먹기도 힘들어지겠어."

나카니시 다카코가 목 주위를 누르며 말했다.

"그런 방법을 사용할 생각이었다면 진작 그랬을 거야. 기회가 얼마든지 있었잖아. 그리고 가사하라 아쓰코나 모토무라 유리에도 그 방법으로 함께 죽였겠지."

"맞아. 다카코, 음식물까지 신경 쓸 필요는 없을 것 같아."

"어쨌든 그런 이유로 저는 범인이 우리를 모두 살해하는 일은 없을 거라고 봅니다. 혹시 반론이 있나요?"

구가가 다도코로 요시오에게 물었다. 다도코로는 말없이 고개를 저으며 구가의 눈길을 피했다. 어쩌면 다도코로 역시 구가가 전원 살해설을 부정한 것에 내심 안도하는지도 몰랐다.

"결국 아까 그 의문은 여전히 남는군."

아마미야가 일동을 둘러보며 말했다.

"범인이 노리는 사람이 세 명이라 해도 역시 도쿄에서 실행하는 편이 여러모로 유리하잖아. 우리를 이곳으로 불러 모은 점은 설명이 안 돼."

"그럼 조금이나마 희망을 가져도 좋을까?"

나카니시 다카코의 말에 이끌리듯이 모두가 구가를 바라본 것은 그가 가장 냉정하게 사태를 분석하고 있다고 평가하기 때문일 것이다.

"그건 각자가 판단할 일이겠죠. 우리 눈에는 불합리해 보이지만 범인으로서는 중대한 의미가 있을 수도 있으니까요. 그런데 불합리하다는 점에서 의문이 또 하나 있습니다."

"그게 뭐죠?"

아마미야가 물었다.

"3박 4일이 지난 후 범인은 뭘 어쩔 작정일까요. 아마도 우리는 이 산장을 나서는 순간 도고 선생님에게 전화를 하겠죠. 그러면 사실이 낱낱이 밝혀질 겁니다. 뭔가 사정이 있어서 선생님과 연락이 닿지 않는다 해도 우리가 도쿄에 도착했을 때 가사하라 씨와 모토무라 씨가 보이지 않는다면 한바탕 소동이 일어나겠죠. 누군가 경찰에 신고할 테고, 그러면 저 우물도 조사하게 될 겁니다. 만일 거기서 사체가 나오면 우리는 전원이 용의자로서 경찰의 수사 대상이 됩니다. 범인이 그 점을 생각하지 못했을까요? 경찰이 범인을 특정하지 못할 거라고 낙관적으로 생각했을 리는 없습니다. 그럼 도주할 계획일까요? 얼굴과 이름이 알려진 상태에서 대체 어디로 도주하겠습니까."

무대에 설 때의 버릇이 나오는지 후반으로 갈수록 구가의 말에 억양이 붙었다. 본인도 그런 사실을 깨달았는지 구가는 말을 마치고 나서 짐짓 헛기침을 한 번 했다.

"흠, 그것도 그렇군요. 왜 지금까지 그 생각을 못 했을까요."

아마미야가 고개를 갸웃거렸다.

"말하자면 사후 처리가 문제군요. 살인을 계획한 이상 반드시 그런 점까지 염두에 두지 않으면 안 되었을 텐데 말이죠."

"조금 전에 거부당한 의견을 또 끄집어내고 싶지는 않지만,"

다도코로 요시오가 짐짓 거들먹거리는 태도로 말했다.

"범인이 우리 모두를 살해할 계획이었던 것으로 가정하면 그런 일들은 간단히 설명되지 않을까 싶은데."

"이봐, 대장."

혼다가 지긋지긋하다는 듯이 입을 열었다.

"모두를 살해한다는 소리는 그만 좀 하지 그래. 너도 죽고 싶은 거야?"

"난 그저 객관적인 의견을 말했을 뿐이라고. 희망적인 추측 따위는 배제하고 말이야."

"객관적인 의견 좋아하시네. 똑같은 말을 앵무새처럼 반복하면서."

"아닙니다, 혼다 씨. 그 점에 관한 한 범인이 전원을 살해할 생각이었다고 가정하면 설명이 가능합니다."

그러고서 구가는 다도코로 요시오에게 얘기를 계속하라는 듯이 고개를 끄덕했다. 그런 그의 동작이 마음에 안 들었는지 다도코로는 순간 어이없다는 듯한 표정을 짓고 나서 설명을 시작했다.

"우리가 여기 와 있다는 사실을 아는 사람은 아무도 없어. 그러니까 만일 우리가 일시에 사라진다 해도 도쿄에 있는 사람들은 눈치를 못 채겠지. 설사 우리를 찾아 나선다 해도 어디서부터 어떻게 찾아야 할지 갈피를 못 잡을 거야."

"그러는 사이 범인은 도주한다는 말이군."

혼다 유이치가 말했다.

"범인으로서는 그럴 수밖에 없겠지. 오디션 멤버 중 자신만 살아남으면 의심을 받을 게 뻔하니까. 하지만 미리 준비를 해 둔다면 아무도 몰래 다른 곳에서 다른 인생을 살아가는 것도 가능할 거야. 얼마 전 신문에 수십 년 동안 다른 사람 행세를 하며 살아온 남자의 기사가 실린 적이 있는데, 그가 사망한 후 내연의 처가 사망 신고를 하러 갔더니 이름도 호적도 죄다 가짜더래."

"음지의 인생을 살았네."

나카니시 다카코가 유행가 가사 같은 말을 했다.

"그런다고 문제가 모두 해결되지는 않을 겁니다."

구가 가즈유키가 말했다.

"우리의 행방이 묘연해지면 당연히 매스컴에서 보도하겠죠. 얼굴 사진도 공개할 테고요. 그런데도 범인이 계속 몸을 숨긴 채 나카니시 씨 말마따나 음지의 인생을 살아갈 수 있을까요? 게다가 이 숙소의 주인도 있는데 말이죠."

아! 하고 아마미야 교스케가 짧게 탄성을 내뱉었다.

"그래, 오다 씨라고 했나? 그 사람이 우리 얼굴을 다 봤고,

이름이 적힌 숙박부도 갖고 있잖아. 텔레비전이나 신문에서 뉴스를 본다면 당장 경찰에 신고할 거야. 그렇게 되면 수사가 시작되고 사체도 발견되겠지. 그런데 한 명이 없다면 당연히 그자를 범인으로 간주하고 지명 수배에 들어갈 거야."

"그런 식으로 일이 전개되긴 하겠죠. 하지만 범인이 거기까지 생각을 못 했을까요?"

"그럴 리가요."

"이렇게 교묘히 계획을 세운 사람이라면 더욱이!"

나카니시 다카코와 혼다 유이치의 목소리에 활기가 되살아나기 시작했다. 이야기의 흐름이 사건이 실제로 벌어지지 않는다는 쪽으로 기울었기 때문일 것이다. 심지어 의견이 두 번이나 묵살당한 다도코로 요시오마저 별로 불만스러운 표정이 아니었다.

"이번 토론은 의미가 있었던 것 같아."

마음에 드는 결론이 나와서인지 아마미야 교스케도 찌푸렸던 인상을 폈다.

"이 사태를 게임이 아니라 현실이라고 가정하니 이렇게 많은 모순점이 드러나는군. 즉 가설에 무리가 있었다는 얘기지."

조금 전까지 무겁게 가라앉았던 분위기가 조금 밝아졌다. 살인 따위의 엄청난 사태가 자신들의 주위에서 일어날 리 없다는 표정으로 모두가 바뀌어 가고 있었다.

이때 나카니시 다카코가 중얼거렸다.

"있잖아, 설마 범인도 죽을 작정은 아니겠지?"

"네에?"

구가 가즈유키가 화들짝 놀라 소리를 질렀다. 다른 사람들도 그녀에게 주목했다. 다카코가 다시 입을 열었다.

"계획을 완수한 후에 자신도 자살할 계획이었다면? 그럼 뒷일 같은 건 생각할 필요가 없잖아."

대답을 기다리는 표정으로 나카니시 다카코가 구가를 바라보았다. 갑작스러워서 대답할 말이 생각나지 않는 듯, 구가는 그녀의 눈길을 피했다.

"그리고 만약 범인이 죽을 작정이었다면,"

그녀가 입술을 한 번 핥고 나서 말을 이었다.

"너저분한 도쿄보다는 이렇게 아름다운 장소를 골랐을 것 같아. 만일 이곳에 뭔가 추억이 있다면 더구나……."

나카니시 다카코의 말에 아무도 대답하지 않았다.

구가 가즈유키의 독백

나카니시 다카코의 한마디는 지금까지 이러니저러니 했던 대화를 일시에 물거품으로 만들어 버리는 위력이 있었다. 이 래서 여자의 직감을 무시할 수 없다. 그녀처럼 아무 생각이 없는 여자도 열 번에 한 번은 유효한 말을 한다. 그것도 상당히 유효한 말을.

점심 식사 후 몇 시간을 우리는 무겁게 가라앉은 분위기 속에서 보냈다. 이제야 다들 조금이나마 기운을 되찾나 했는데 다카코의 한마디가 찬물을 끼얹은 것이다. 범인이 죽을 작정인지도 모른다……, 충분히 있을 수 있는 일이다. 어처구니없는 점은 다카코가 자신이 내놓은 의견의 중요성을 깨닫지 못한다는 것이다. 그녀는 아마미야나 내가 득달같이 자신의 의견을 반박할 줄 알았던 모양이다. 그런데 범인 자살설에 반론의 여지가 없다는 것을 알자 그 누구보다 깊이 낙담하고 말았다.

그러나 솔직히 말해서 나는 충격이 별로 크지 않았다. 범인이 자살할지 모른다는 생각은 하지 못했고 내 논리에도 물론 허점이 있었지만, 의문점이 몇 가지 있다고 해서 살인이 아니라고 여길 만큼 낙천적이지 않다. 오히려 불가사의한 점이 있으면 더 불길하게 느끼는 성격이어서 아마미야 교스케 같은 사고방식은 현실 도피로 여겨질 뿐이다.

하기야 '동료를 죽이다니, 그런 일이 일어날 리 없어.'라고 말할 때의 그 호소하는 듯한 눈빛을 떠올리면 단순한 현실 도피가 아닐 수도 있다는 생각도 든다. 인간이란 어려운 상황에 놓이면 앞다투어 나쁜 말을 내뱉는 존재다. 실은 누군가 그 나쁜 말을 부정해 주기를 바라는 마음으로. 다도코로 요시오의 행동이 그 좋은 예다. 아마미야는 그런 사실을 익히 알고서 그것을 부정하는 역할을 자처한 것인지도 모른다.

그렇다고 아마미야 교스케가 결백하다는 얘기는 아니다. 그의 연기력이라면 그 정도는 아무것도 아니다.

점심 식사 후의 토론이 애매하게 끝난 탓에 우리 다섯 명은 각자 방으로 돌아가지도 못하고 라운지 소파에 앉지도 못한 채 이리저리 서성거리거나 엉거주춤하게 앉았다가 일어서기를 반복했다. 나카니시 다카코의 한마디가 그렇게 여파가 컸던 것이다. 섣불리 말을 내뱉어서는 안 된다고 모두가 스스로를 단속하는 듯한 분위기 속에서 숨 막히는 침묵이 이어졌다.

나는 바닥에 앉아서 추리 소설을 읽는 척하면서 지금까지 마음에 걸렸던 부분들을 머릿속에서 정리해 보았다.

먼저 가사하라 아쓰코의 경우인데, 예의 헤드폰 문제가 해결되지 않았다. 방음 장치가 되어 있는 방에서는 필요치 않을 헤드폰 잭이 사체 발견 당시 피아노 단자에 꽂혀 있었다. 나중에 다시 보러 갔을 때는 잭이 뽑혀 있었는데, 아무리 생각해도 그건 내 착각이 아니다.

다음으로 모토무라 유리에의 경우 사건 자체에는 미심쩍은 부분이 없다. 하지만 역시 마음에 걸리는 점이 있는데, 그날 밤 내가 자던 방의 스탠드가 켜지지 않은 것이다. 그 후에 조사해 봤지만 스탠드가 고장 나지는 않은 듯했다. 그렇다면 가능성은 한 가지밖에 없다. 그때 잠시 정전이 된 것이다.

문제는 바로 그 점이다. 우연한 정전인가, 아니면 인위적인 정전인가.

인위적인 정전이라면 누구 짓인가. 물론 범인 짓이다. 왜 그랬을까. 모토무라 유리에를 죽이는 데, 또는 죽이는 연극을 하는 데 필요했기 때문일 것이다. 왜 필요했을까. 죽일 작정이었으니 상대에게 얼굴을 보여도 상관없었을 텐데. 아니면 정전은 우연이었나. 아니, 그렇게 생각하기는 힘들다.

그 외에 또 마음에 걸리는 점은 없는지 나는 기억을 되짚어 보았다. 딱히 없는 것 같다. 아니, 그렇다기보다는 모든 일이 너무 불투명해서 뭐가 마음에 걸리는지 파악하기조차 힘들다고 해야 할 것이다.

그런저런 생각에 빠져 있는데, 옆에서 나처럼 책을 들추고 있던 다도코로 요시오가 말을 걸어왔다.

"구가 씨는 왜 이번 오디션에 참가했어요?"

갑작스러운 질문이라 대답하기까지 잠시 시간이 걸렸다.

"그야 물론 도고 선생님의 연극 무대에 서고 싶어서죠."

모토무라 유리에게 접근하고 싶었다는 말은 차마 할 수 없었다. 이 남자 앞에서는 더욱이.

흠, 그렇군, 이라고 하듯이 다도코로가 턱을 까딱거렸다. 뭔가 하고 싶은 말이 있는 눈치다.

"내가 오디션에 참가한 이유가 문제가 되나요?"

"아니요, 문제가 될 것까지야 없지만……,"

다도코로는 잠깐 말을 멈추고 반응을 살피려는 듯이 내 얼굴을 보았다.

"어쩐지 신경이 쓰여서요. 우리 중에 외부 사람이 딱 한 명 섞여 있다는 사실이 말이죠."

"요시오."

식당에서 캔 맥주를 마시고 있던 혼다 유이치가 낮은 목소리로 그를 불렀다.

"그런 식으로 말하는 건 아니지."

"나를 의심하는 건가요?"

일부러 밝은 목소리로 내가 물었다.

"의심하는 건 아니에요. 다만 우리 단원끼리는 서로를 잘 아는데 구가 씨에 관해서는 거의 모른단 말이죠. 그 점이 좀 마음에 걸렸을 뿐입니다."

"내 입장에서 보면 여러분을 잘 모르겠는데요."

"글쎄요, 과연 그럴지……."

"무슨 뜻이죠?"

"구가 씨가 아사쿠라 마사미에 관해서 궁금해 했잖아요."

"아사쿠라…… 아아, 그분이요. 그게 왜요?"

"구가 씨, 실은 그녀와 무슨 관계가 있는 거 아닙니까?"

다도코로 요시오의 말에 나는 놀라 뒤로 자빠질 뻔했다.

"내가 그분에 관해 궁금해 했던 건 연기가 훌륭했기 때문이에요. 오디션에서 탈락한 게 의아할 정도로 말입니다."

"그래요, 바로 그 점입니다."

다도코로가 내게 함부로 손가락질하며 말했다.

"구가 씨는 몇 번이나 그렇게 말했어요. 그녀가 탈락한 게 이상하다고요. 그 말, 실은 그녀의 심정을 대변한 것 아닌가요?"

나는 어처구니가 없어서 실소를 머금었다.

"나는 그분과 일면식도 없습니다."

"그 말이 과연 사실일까요?"

"요시오!"

언제 2층으로 올라갔는지 나카니시 다카코가 계단 위에서 소리쳤다.

"너, 대체 하고 싶은 말이 뭐야?"

"실제로 살인이 일어났다는 가정 아래 그 동기를 생각해 봤어. 우리를 이렇게 불러 모아 놓고 한 명씩 죽이는 데 어떤 이유가 있을 수 있을까. 의외로 간단히 그 답을 찾았어. 오디션이야. 우리가 오디션에 합격한 데 원한을 품은 자의 소행이야."

"너, 머리가 어떻게 된 거 아니야? 구가 씨가 왜 그 일에 원한을 품겠어?"

"아니, 괜찮아요. 다도코로 씨의 말, 이해할 수 있습니다."

나는 손을 내밀어 나카니시 다카코를 제지한 후 다도코로 요시오의 눈을 똑바로 바라보았다.

"하고 싶은 말이 이런 거죠? 저와 아사쿠라 마사미 씨 사이에 모종의 관계, 그것도 아주 깊은 관계가 있다, 마사미 씨는 오디션에서 탈락한 충격으로 자살을 시도했고 그 결과 반신불수라는 불행이 닥쳤다, 오디션 심사에 불만을 품은 내가 그녀 대신 복수하려고 모두를 죽이기로 계획했다. 아닙니까?"

"그걸 본인 입으로 말했다고 해서 구가 씨에 대한 의심이 풀리는 건 아닙니다."

"그렇겠죠. 하지만 그것이 동기라면 나는 앞으로 여러분을 다 죽여야겠군요."

"아니요."

다도코로가 고개를 저었다.

"구가 씨가 아까 말했듯이 그럴 시간은 없어요. 내 생각에 아쓰코와 유리에를 살해한 시점에 복수는 끝났습니다."

"왜죠?"

"아사쿠라 마사미가 누구보다 원한을 품은 상대는 그 두 사람이니까요. 연기로는 절대 이기지 못할 그 두 사람이 부정한 수단으로 이겼다, 그렇게 믿은 거죠."

"부정한 수단이라면?"

"아쓰코는 선생님의 애인이고, 유리에는 재계에 연줄이 있다는 거죠."

"아하."

나도 모르게 입에서 그런 소리가 나왔다. 그런 시각도 가능하겠다.

"왜요, 제가 정곡을 찔렀나요?"

"나는 아닙니다."

나는 온화한 말투로 부인하며 고개를 저었다.

"하지만 통찰력 있는 의견이라고 생각합니다. 저 외에 다른 사람에게 적용하는 것도 가능하지 않겠습니까?"

"아니요. 아까도 말했듯이 나는 단원들에 대해서 어느 정도 압니다. 복수를 자처할 만큼 아사쿠라 마사미와 친했던 사람이 우리 중에는 없어요. 그러니 가능성이 있는 사람은 구가 씨뿐입니다."

"아⋯⋯."

그런 논리였군. 신경질적으로 고함이나 질러 대는 남자인 줄 알았는데, 제법 논리 정연하게 공세를 펼친다. 나머지 세 사람이 별로 진지하게 듣지 않으니 망정이지, 이런 식으로 공격당하면 낭패하기 십상이다.

"왜요, 반박할 말이 없나요?"

다도코로 요시오의 눈이 음험하게 빛난다. 나는 어떻게 설명하면 이 남자의 망상을 가장 효율적으로 깨부술 수 있을지 궁리했다. 알리바이를 밝히면 그만이지만, 혼다 유이치와의 약속을 어길 수 없다.

"아, 맞다!"

돌연 나카니시 다카코가 소리를 질렀다. 나는 움찔 놀라 계단을 올려다봤다.

"왜 그러시죠?"

"기억났어요. 마사미의 스키 사고가 있기 얼마 전에 아쓰코랑 유리에가 마사미의 집에 찾아갔던 일 말이에요."

"마사미의 집이라면, 히다다카야마 말이야?"

혼다 유이치가 물었다.

"응. 오디션에 탈락한 걸 위로하러 갔을 거야. 그리고 그 직후에 마사미가 그 일을 당했어."

"아쓰코랑 유리에, 둘만 갔어?"

"글쎄······, 차를 가지고 간다고 했던 것 같긴 한데······."

"차를 가지고?"

혼다 유이치가 눈을 크게 떴다.

"그 두 사람은 면허도 없잖아."

"그럼 누군가 다른 사람이 같이 갔나?"

"혹시 구가 씨 아니에요?"

다도코로 요시오가 나를 또 노려보았다. 어떻게든 나를 범인으로 몰아가고 싶은 모양이다.

"아닙니다. 범인도 내가 아니고요."

"증명할 수 있습니까?"

"증명이라······."

알리바이를 밝힐까 말까 망설이는데 아마미야 교스케가 슬그머니 자리에서 일어섰다.

"저기, 다들 잠깐만."

일동의 시선이 그에게 집중되었다.

"아쓰코와 유리에를 태우고 마사미의 집에 간 사람은……, 나야."

5

라운지. 오후 5시.

"하지만 그 일과,"

아마미야 교스케가 말했다.

"지금 우리에게 닥친 상황이 무슨 관계가 있어? 관계가 있을 까닭이 없잖아."

"일단 그때 일을 얘기해 주세요."

다도코로 요시오의 의심으로 말수가 줄어든 구가 가즈유키가 말했다.

"다도코로 씨의 추리, 상당히 그럴듯하다고 봅니다. 만일 살인범이 실제로 존재한다면 우리를 불러 모은 의도가 오디션 결과와 관련이 있다고 보는 것도 타당합니다. 그리고 아사쿠라 마사미 씨라면 아쓰코 씨와 유리에 씨를 죽이고 싶을 만큼 증오심을 품었을 수도 있어요. 그분에 관해 전혀 모르는 저로서는 어디까지나 상상이지만요."

"마사미가 집념이 강한 구석이 있기는 해."

나카니시 다카코가 계단 위에서 말했다.

"그리고 또 하나, 전부터 신경이 쓰이는 부분이 있는데요,"

구가가 덧붙였다.

"히다다카야마라면 여기서 그리 멀지 않잖아요. 차로 한 시간 정도면 갈 수 있는 곳 아닙니까? 이거, 단순한 우연일까요?"

"어머나, 그렇게 가까워요?"

"네. 사무실 벽에 지도가 붙어 있으니까 한번 가서 보세요."

"멀지 않은 건 확실해."

혼다 유이치가 팔짱을 끼고 아마미야 교스케를 바라보았다.

"이렇게 되면 이 일이 아사쿠라 마사미와 무관하다고 단정할 수도 없겠군."

"내 참, 어이가 없어서."

아마미야가 내뱉듯이 말했다.

"다들 어떻게 된 거 아니야? 지나친 생각이야."

"나도 우연 같지는 않은데."

다도코로가 아마미야의 말을 반박하고 나섰다.

"그녀를 만나러 갔던 세 사람 중 둘이 살해되었어. 간과할 수 없는 일이야."

"교스케, 그때 일을 말해 봐."

"이렇게들 나오니 어쩔 수 없군. 얘기할게."

모두가 주목하는 가운데 아마미야 교스케가 천천히 한가운데로 나섰다.

"여러분도 말했듯이 마사미는 오디션 결과에 충격을 받았어. 자신이 떨어질 리 없다고 생각했으니까. 실망한 그녀는 히다다카야마에 있는 집으로 돌아갔어. 기분 전환을 위해서가 아니라 연극을 그만두겠다고 결심하고 간 거야. 아쓰코와 유리에가 그 사실을 알고 마사미를 설득하러 히다다카야마에 가기로 했어. 하지만 둘이서는 그녀의 마음을 돌려놓기 어려울 것 같다면서 나더러 같이 가 달라고 하더군. 물론 속내는 운전할 사람이 필요해서였겠지. 우리는 유리에 오빠의 사륜 구동 차를 빌렸어. 그 차라면 언덕길도 문제없으니까."

"그게 언제 일이죠?"

구가 가즈유키가 물었다.

"지난달 10일입니다."

"오디션 직후로군. 게다가,"

혼다 유이치가 어두운 목소리로 말을 이었다

"마사미가 자살을 시도한 날이야."

아마미야 교스케가 고개를 끄덕였다.

"하지만 그건 우연일 거야."

"뭐, 아무튼. 그래서, 마사미를 만났어?"

다시 혼다가 물었다.

"곧바로 만나지는 못했어. 마사미 어머니가 우리를 반갑게 맞아 주었지만, 정작 마사미는 자기 방에 틀어박혀서 나오려고 하지 않았지. 그녀와 어머니가 다투는 소리가 거실에 있는 우리에게까지 들렸어. 그래도 꿋꿋이 참고 기다렸지. 마침내 그녀가 나왔어. 뭐 하러 왔어, 그게 그녀의 첫마디였어."

"설득을 받아들이던? 그랬을 리 없지만."

혼다 유이치의 물음에 아마미야는 힘없이 고개를 저었다.

"오디션에 한 번 떨어졌다고 연극을 그만두다니 말이 안 된다, 애써 여기까지 왔으니 결실을 보도록 하자, 우리도 돕겠다……. 그런 식으로 있는 말 없는 말 다 해 가면서 설득해 봤지만 그녀는 마음을 바꾸지 않았어. 우리가 기를 쓰면 쓸수록 그녀의 태도는 더 단호해지는 것 같았지. 결국 우리는 포기하고 돌아가기로 했어. 마음이 바뀌면 언제든지 극단으로 돌아오라는 말을 남기고서 말이야."

"그 후에는?"

아마미야 교스케는 양손을 펼치며 고개를 저었다.

"그게 전부야. 그 후로는 그녀를 만난 적도 없고 통화한 적도 없어. 스키를 타다가 크게 부상당했다는 소식을 듣고 문병을 가려고 했지만, 그러기 전에 그녀의 어머니에게서 면회하러 오지 말라는 연락이 왔지. 듣자 하니 그녀가 상당히 흥분해 있어서 상태가 악화될까 봐 그러셨다더군."

"흠, 이제야 이해가 가는걸."

다도코로 요시오가 말했다.

"마사미가 자살하려고 했던 이유 말이야. 오디션에 탈락하고 안 그래도 마음이 우울한데, 합격한 라이벌들이 위로한답시고 찾아왔어. 그것도 부정한 방법으로 합격했다고 여겨지는 두 사람이 말이야. 얼핏 생각하기에도 그 상황이 그녀에게 얼마나 굴욕적이었을지 짐작이 가. 그래서 더욱 절망에 빠진 나머지 충동적으로 자살을 시도했다, 그렇게 된 거 아니겠어?"

"우리는 말과 태도에 충분히 주의를 기울였어. 동정하는 것처럼 보일까 봐 굉장히 조심했다고. 그 정도도 모르는 천치들이 아니란 말이야."

"아무리 조심해도,"

혼다가 말했다.

"마사미 쪽에서는 상처를 받았을 수 있지."

"별 뜻 없는 말로 사람에게 상처를 주기도 하니까."

나카니시 다카코도 동감한다는 듯이 말했다.

"아니, 그럼 우리가 그녀의 자살 시도에 원인을 제공했다는 거야?"

"차라리 찾아가지 않는 편이 좋았을지도 모르지."

그렇게 말한 사람은 다도코로 요시오다.

"더구나 오디션 직후라면 말이야. 유리에가 그렇게 무신경한 발상을 했을 리는 없고, 아마도 아쓰코가 졸랐을 거야."

"그럼 그대로 내버려 뒀어야 옳았다는 말이야?"

아마미야가 다도코로 요시오를 노려보았다.

"함께 지내던 동료가 연극을 포기하겠다는데 가만히 두고 보라고?"

"매사에 타이밍이라는 게 있다는 말을 하는 거야."

다도코로가 아마미야의 시선을 맞받으며 말했다.

"자, 자, 흥분하지들 마."

혼다가 나섰다.

"그때 마사미의 표정이 어땠는지 듣고 싶어."

"마사미의 표정?"

아마미야가 무슨 말인지 모르겠다는 듯이 눈살을 찌푸렸다.

"너희들이 돌아가려고 했을 때 그녀 모습이 어땠느냔 말이야. 충격을 받은 것처럼 보였다든지, 화가 나 있었다든지…….”

"기분이 좋아 보였다고 할 수는 없겠지. 하지만 우리를 만나서 더 우울해졌다거나 분노가 끓어오른 것 같지는 않았어.”

"너희들이 알아차리지 못한 거 아니야?”

다도코로 요시오의 말에 아마미야는 입술을 깨물었다.

"적어도 자살을 생각하는 표정은 아니었어. 그 정도 눈치는 나도 있다고 생각해.”

"그런데 너희들이 돌아간 직후에 그녀가 자살을 시도했어. 그건 엄연한 사실이잖아.”

"그러니까,”

아마미야가 어두운 얼굴을 혼다에게 들이댔다.

"그건 우연이라고 생각해. 어쩌면 그녀는 이미 자살을 결심했고, 그러던 참에 우리가 찾아가서 더욱더 흥분한 나머지 결심을 실행에 옮겼을지도 몰라. 그렇다고 해서 우리가 비난받아야 해?”

모두가 뭐라고 말해야 좋을지 모르겠다는 듯, 잠시 입을 다물었다.

"아사쿠라 마사미 씨의 어머니는 그날 일을 뭐라고 말씀하셨죠?”

구가 가즈유키가 아마미야와 다도코로를 바라보며 물었

다. 입을 연 사람은 아마미야였다.

"딱히 평소와 다른 점은 없었다고 하셨어요. 갑자기 스키를 꺼내 들고 나간 것도 동네 친구랑 약속이라도 있나 보다 싶어서 기분 전환이 될지도 모르겠다고 생각하셨대요. 그런데 몇 시간 후에 병원에서 연락이 왔다는 거예요. 마사미가 활강 금지 구역에서 스키를 타다가 벼랑에서 떨어졌다고요. 스키장 순찰원이 발견했다나 봐요."

"본인이 자살하려 했다고 얘기한 건 아니죠?"

"만나서 얘기를 나눈 적이 없어서 자세한 건 몰라요. 하지만 자살하려 했다고 털어놓았다는 말도 못 들었어요."

"자살이야."

다도코로 요시오가 단정적으로 말했다.

"상황으로 볼 때 확실해."

"그렇다면 역시 세 분이 찾아갔던 일이 방아쇠 역할을 했는지도 모르겠군요."

"그래서, 우리 잘못이라는 얘깁니까?"

"그런 말은 하지 않았습니다."

"너희들이 가지 않았다면 자살을 시도하지 않았을지도 모르지."

다도코로 요시오가 끈질기게 물고 늘어졌다.

"하지만 그들에게만 의혹의 눈길을 보내는 것도 문제가 있어."

혼다 유이치가 천장을 올려다보며 말했다.

"마사미 어머니한테 좀 묘한 말을 들었거든."

"마사미 어머니한테? 혼다 너, 그 집에 갔었어?"

나카니시 다카코가 물었다.

"마사미가 부상을 입은 지 얼마 안 지나서 어머니가 극단에 인사차 오셨어. 그때 나도 우연히 그 자리에 있어서 잠시 얘기를 나눴지. 그런데 마사미가 집을 나서기 전에 전화가 걸려 왔다더라고."

"전화가? 누구한테서?"

이번에는 다도코로가 물었다.

"그건 몰라. 마사미가 직접 전화를 받았나 봐. 짧게 통화한 후에 갑자기 생각이라도 난 듯이 스키를 타러 간다면서 나갔대. 그래서 전화를 건 사람이 스키를 같이 타러 다니던 동창생이라고 생각하셨다는 거야. 그런데 그 지역에 사는 동창생 대부분이 면회를 왔지만 마사미와 스키를 타기로 약속했었다는 친구는 없었대. 전화한 친구도 없고."

"그건 좀 생각해 볼 만한 일이군요."

"그렇죠? 자살과 무관해 보이지 않아요. 그래서 마사미 어머니도 마음에 걸리신대요."

"전화한 사람이 누굴까? 무슨 얘기가 오갔는지 궁금하네."

나카니시 다카코가 양손으로 뺨을 감싼 채 고개를 갸웃했다.

"사람을 자살로 내몬 전화라니, 대체 무슨 내용이었을까?"

"교스케, 뭐 아는 거 없어?"

다도코로 요시오가 곁눈질로 아마미야 교스케를 힐금 봤다. 아마미야 교스케는 당황한 듯 고개를 힘껏 저었다.

"전혀. 나는 모르는 일이야. 전화라니……, 마사미가 그 전화를 받을 때 아마 우리는 도쿄로 가는 차 안에 있었을 거야."

"전화야 어디서든 할 수 있잖아."

혼다 유이치의 말에 아마미야는 아랫입술을 깨물었지만, 반박은 하지 않았다.

"마사미가 자살을 시도한 직접적인 원인은 모르겠지만,"

다도코로 요시오가 말을 꺼냈다.

"지금 여기서 벌어지는 사건과 무관하지 않을 것 같아. 자살을 시도했다가 그녀는 반신불수라는 불행을 짊어지게 되었어. 그러니 자살의 원인을 제공한 자들을 죽이고 싶어 하는 건 충분히 있을 수 있는 일이지. 그녀 말고는 아쓰코와 유리에를 살해할 만한 동기가 있는 사람이 없어."

아니, 하고 다도코로가 구가 가즈유키의 얼굴을 한 번 바라보고 나서 덧붙였다.

"그녀와 그녀의 공범 말고는, 이라고 해야겠군."

"아직도 나를 의심하는 겁니까?"

구가 가즈유키가 두 손을 들어 올리며 졌다는 듯한 포즈를 취했다.

"억지야!"

아마미야 교스케가 고함을 질렀다.

"아쓰코와 유리에가 살해당한, 아니 살해당하는 역에 선택된 데는 특별한 이유가 없어. 어쩌다 보니 그렇게 된 것뿐이지. 전부 연극이고 게임이라고. 여기서 히다다카야마가 가까운 것도 우연에 지나지 않아. 생각해 봐, 전국에 펜션이 있는 마을이 얼마나 많을지."

그가 강변했지만, 그 신경질적인 말투로 인해 사람들을 설득하지도 못했을뿐더러 분위기가 오히려 더 싸늘해지기까지 했다.

구가 가즈유키를 노려보던 다도코로 요시오가 이번에는 나머지 세 사람에게 눈길을 돌렸다. 그리고 틈을 보이지 않으려는 듯이 시선은 앞쪽을 향한 채 뒷걸음질 쳐서 그가 늘 앉던 소파에 앉았다.

"분명히 말해 두겠는데, 이제 더는 기대하지 않겠어. 지금 우리가 놓인 상황을 현실이라고 생각할 거야. 이건 연극이나 게임이 아니야. 너희 중 누군가가 살인범이라고."

그의 말에 자극되었는지 나카니시 다카코도 뒤로 물러서면서 겁에 질린 눈으로 네 남자를 바라보았다.

"마사미의 원한을 풀어 주는 게 범인의 목표야."

다도코로 요시오가 아까 구가 가즈유키에게 했던 말을 되풀이했다.

"그러니까 범인은 그녀와 관계가 깊은 사람, 즉 연인이고, 남자일 테지. 내 추측으로는 구가 씨 당신이 가장 의심스러워. 그다음은 혼다, 그리고 아마미야. 하지만 아마도 아마미야는 아닐 거야. 아마미야는 유리에에게 호감을 품었던 것 같으니까. 그리고 또 하나, 이게 중요한데, 어쩌면 다음 희생양은 아마미야일지 몰라."

"어째서?"

나카니시 다카코가 눈을 부릅뜨며 물었다.

"그들이 아사쿠라 마사미를 만나러 갔던 일이 그녀의 자살 시도에 원인을 제공했다면 아쓰코와 유리에 다음은 당연히 아마미야지."

"나는 그런 말, 믿지 않아."

아마미야 교스케가 다도코로 요시오를 외면하며 말했다.

"믿고 싶지 않은 거겠지. 내일 아침에도 그렇게 허세를 부릴 수 있으면 참 좋겠는데……."

"그 추리가 타당한지 그렇지 않은지는 둘째 치고,"

구가 가즈유키가 둘 사이에 끼어들었다.

"나와 혼다 씨를 의심하는 건 무엇보다 어리석은 짓이에요. 왜냐하면……."

"아아, 잠깐만."

혼다 유이치가 구가 가즈유키의 말을 가로막고 나섰다.

"재미있는 추리야. 하지만 대장, 무슨 증거로 진상을 해명할 작정이지? 그저 때려 맞히는 거라면 누군들 못하겠어."

"해명은 못 해도 상관없어. 이 상황이 게임이 아니라 현실이라고 생각하는 나로서는 상황이 종료될 때까지 어떻게 버티느냐가 가장 중요한 문제야. 누가 범인인지 전혀 모르는 상태보다는 어느 정도 그 범위를 좁히는 편이 대처하기 쉽잖아."

"흥, 가만히 듣고 보니, 아마미야에게는 그런 식으로 말해 놓고서 어쩌면 다음 살해 대상은 자신일지 모른다고 잔뜩 겁을 먹은 모양이군."

정곡을 찔렸는지 다도코로 요시오가 분한 표정을 지으면서도 대꾸를 못 했다.

"그런 거였어요. 그저 자기 위안 삼아 해 본 소리라고요."

혼다가 구가 가즈유키에게 말했다.

"신경 쓸 필요 없겠어요. 우리는 우리대로 녀석을 범인이라고 생각하죠, 뭐."

"나는 아사쿠라 마사미와 아무 관련이 없어!"

"그건 네 주장일 뿐이고."

그러고서 혼다는 아마도 미적지근해졌을 캔 맥주를 단숨에 들이켰다.

구가 가즈유키의 독백

아무래도 찜찜한 일이 있다. 혹시 내 생각이 지나친 것일까. 분위기에 휘말려 신경이 과민해졌다는 건 부정할 수 없다.

다도코로 요시오가 아사쿠라 마사미를 들먹인 탓에 사태에 약간의 변화가 생겼다. 한 차례 격론을 벌인 후 다시 원래의 교착 상태로 돌아갔지만 각자가 생각하는 바는 아마 지금까지와는 달라졌을 것이다.

아마미야가 가사하라 아쓰코와 모토무라 유리에와 함께 아사쿠라 마사미의 집을 찾아갔다는 얘기는 무척 흥미로웠다. 다도코로 요시오가 말한 방식으로 살인의 동기가 생성되시 않았으리라는 법도 없다.

하지만 그렇게 되면 아마미야가 범인일 가능성은 사라진다. 그리고 혼다 유이치에게 알리바이가 있다는 사실은 내가 누구보다 잘 안다. 남은 사람은 다도코로 요시오와 나카니시 다카코뿐이다. 어느 쪽도 범인으로 생각하기 어렵지만 실은 그게 맹점일지도 모른다.

화장실에 갔다가 라운지로 돌아오던 도중에 사무실을 들여다보니 나카니시 다카코가 멍하니 창밖 풍경을 바라보고 있었다. 나는 사무실 안으로 들어갔다.

"뭘 그렇게 보고 있어요?"

"네? 아아, 딱히…… 그냥 창밖이 그리워서요."

"창이라면 라운지에도 있잖아요."

"거기는 싫어요, 숨이 막혀서."

그렇긴 하지, 라고 생각하며 나는 고개를 끄덕였다.

"빨리 내일이 오면 좋겠어요."

그녀가 말했다.

"그리고 모든 게 도고 선생님의 장난이었다고 밝혀졌으면……"

"그렇죠."

나는 창밖의 어둠을 바라보고 있는 다카코의 옆얼굴을 관찰했다. 갸름한 데다 가무잡잡하지만 턱 밑에 약간 살집이 있어서 그리 야무진 인상은 아니다. 눈도 모토무라 유리에와는 대조적으로 둥글고 아래로 처져 있다. 그런 얼굴에서 살인범의 이미지를 떠올리기는 어려웠다.

"다카코 씨는 누가 의심스러워요?"

내가 묻자 그녀는 이쪽으로 고개를 돌리더니 턱을 끌어당긴 채 눈을 살짝 치켜뜨고 나를 바라보았다.

"의심스럽지 않은 사람이 없어요. 하지만 모두를 믿어요. 제가 악몽을 꾸는 거라면 좋겠어요."

"그렇군요."

"게다가, 범인으로 여겼던 사람이 범인이 아니라고 밝혀지면 그 충격도 만만치 않을 테니까요."

"그야 그렇겠죠."

"지금은 그저 시간이 지나기만 기다릴 뿐이에요."

그리고 나카니시 다카코는 일어나서 사무실 밖으로 나가려다가 문께에서 나를 돌아봤다.

"구가 씨는 범인이 아니죠?"

"아닙니다."

내가 딱 잘라 말하자 그녀는 싱긋 웃더니 "다행이에요." 하고 밖으로 나갔다.

나도 그녀의 뒤를 이어 사무실을 나서는데 그때 문득 머릿속이 새하얘지는 느낌이 들었다.

다카코의 말이 되살아났던 것이다. 범인으로 여겼던 사람이 범인이 아니라고 밝혀지면…….

머릿속에서 걸리적거리던 것들이 일시에 사라지는 느낌이었다. 동시에 떠오르는 생각이 있었다.

라운지로 돌아가니 다들 여전히 불안한 모습으로 책을 읽거나 멍하니 누워 있었다. 나는 식당 한구석에 있는 테이블에 앉아 방금 떠오른 생각을 조금 더 진전시켜 보기로 했다.

잠시 후 인기척이 나서 고개를 들어 보니 아마미야와 다도코로, 나카니시 다카코, 세 사람이 조르륵 주방으로 들어서고 있었다. 벌써 저녁 시간이 되었나 하고 나는 조금 어리둥절해져서 시계를 봤다. 이곳에 온 후로 지금까지 우리는 대체 뭘 한 것일까. 놀라고, 어쩌할 바를 몰라 쩔쩔매고, 그리고 밥을 먹고……, 그것의 반복이었다.

"뭘 그렇게 생각하는 겁니까?"

라운지에서 혼다 유이치가 말을 걸어왔다.

"두서없는 생각들이죠, 뭐. 어떻게든 사건을 추리해 보려고 하는데, 뜻대로 안 되네요."

나는 라운지로 가서 혼다 옆에 앉았다. 추리가 뜻대로 풀리지 않는다는 말은 사실이었다. 모처럼 생각이 번득였지만, 거기서 한 걸음도 더 나아가지 못하고 제자리를 맴돌았다.

"초조해 할 필요가 뭐가 있어요. 어차피 내일이면 모든 게 밝혀질 텐데."

정말 그럴까. 내일이 되면 답이 모두 나올까.

"그런데 한 가지 물어보고 싶은 게 있어요."

"뭔데요?"

"여전히 그 일을 비밀로 해야 합니까?"

알리바이를 말한 것이다. 혼다 유이치도 금방 알아들은 듯했다.

"아, 그 얘기라면,"

그가 엄지손가락을 치켜들면서 자리에서 일어섰다.

"내 방에 가서 하죠."

"그래요."

그의 방에 가서 우리는 양쪽 침대에 마주 보고 앉았다.

"알리바이를 밝히고 싶어서 그러죠?"

그가 히죽거리며 물었다.

"다도코로가 터무니없는 말을 해서요?"

"그것도 그렇지만, 이제는 밝혀야 한다는 생각이 들었어요."

"알아요, 구가 씨가 무슨 말을 하는지. 하지만 한번 생각해 보세요. 우리 둘에게 알리바이가 있다는 걸 놈들에게 말하면 상당히 골치 아픈 상황이 벌어질지도 몰라요."

"몹시들 당황하겠죠. 저는 그래도 상관없다고 생각하는데요."

나는 그래야 진상이 빨리 밝혀질 거라고 생각했다.

"그것뿐이라면 모르겠는데,"

혼다 유이치의 눈빛이 진지해졌다.

"지금 여기 있는 사람은 모두 다섯 명이에요. 거기서 우리를 빼면 세 명이죠."

당연한 얘기다. 나는 고개를 끄덕였다.

"그런데 아까 구가 씨는 범인이 한 명을 더 죽일 가능성이 있다고 했죠?"

"네."

"그 세 번째 피해자 역시 그 세 명 중에서 나온다면 남은 사람은 둘. 그 시점에 두 사람은 누가 범인인지 알게 됩니다."

"당연히 그렇겠죠."

"그렇다면 말입니다, 범인도 그런 식으로 하지는 않을 겁니다. 빤히 정체가 탄로 날 짓을요."

"하지만 그걸로 끝내겠다면……, 그러니까 나카니시 씨가 말했듯이 자신도 죽을 생각이라면 딱히 상관하지 않을 텐데요."

"그건 여러 가정 중 하나일 뿐입니다. 범인은 살아서 도망칠 생각일지도 몰라요."

그리고 혼다 유이치는 목소리를 낮췄다.

"그럴 경우 범인으로서는 일단 범인이 밝혀지지 않은 상태에서 이곳을 빠져나가고 싶을 겁니다."

"그래서요?"

"만일 우리가 알리바이를 공표하면 범인은 무분별한 행동을 할 수도 있어요."

"예를 들면?"

"우리를 전부 죽인다든지……."

말해 놓고서 혼다 유이치는 입 언저리를 손으로 훔치는 시늉을 했다.

"그렇군요."

나는 잠시 생각한 후에 대답했다.

"그럴 수도 있겠어요."

"그렇죠?"

"네, 지금 알리바이를 밝히면 득보다 실이 많을 수 있겠군요. 알겠습니다. 조금 더 지켜보기로 하죠."

"그러는 게 좋아요. 요시오가 한 말은 무시하면 그만입니다. 제멋대로 상상해서 내뱉은 말이니까요. 아니면 놈이 범인이

거나."

거기까지 말하고 혼다 유이치가 침대에서 일어섰다.

"그럴 수도 있죠."

나도 일어나서 출구로 향했다.

"이 얘기는 밖에 나가서는 절대로 하면 안 됩니다. 벽에도 귀가 있어요."

혼다가 익살맞은 표정을 지으며 말했다.

6

식당. 저녁 7시.

"오늘 저녁은 완전 호화판이네!"

자리에 앉은 혼다 유이치가 테이블 위를 바라보며 말했다.

"비프스튜는 레토르트고, 마리네이드는 캔, 나머지는 거의 냉동이야."

접시를 늘어놓으며 나카니시 다카코가 냉담하게 말했다.

"비상식량 퍼레이드로군."

"비상시니까."

"그리고 이런 음식들은 독을 넣을 틈이 없잖아."

다도코로 요시오가 덧붙였다.

"그만해!"

나카니시 다카코가 주먹을 불끈 쥐며 다도코로 요시오를 쏘아봤다.

"제발 그따위 말 좀 하지 말란 말이야."

"하긴, 내가 당번일 때는 안심해도 되겠지만."

다도코로는 빈정거리는 투로 말하며 의자에 앉았다.

"신경 쓰지 마세요."

혼다가 구가 가즈유키에게 말했다.

"유리에가 없으니까 짜증이 나서 저러는 거예요."

그때 아마미야 교스케가 주방 쪽에서 나왔다.

"냉장고 안은 어느 정도 정리했어. 먹다 남은 건 우유 정도 야. 그리고 커피는 이제 없어."

"그래? 그럼 내일 아침 메뉴는 토스트와 우유로 정해졌네."

혼다 유이치가 농담하듯이 선언했다.

이윽고 저녁 식사가 시작되었다.

식탁에서는 한동안 침묵이 이어졌다. 이야깃거리가 없어 서라기보다는 누군가 말을 꺼내기를 기다린다고 할 수 있었 다. 하지만 하나같이 그 역할을 꺼리는 것처럼 보였다. 결국 그런 분위기를 누구보다 불편해 하는 나카니시 다카코가 먼저 말문을 열었다.

"있잖아, 마사미에게 남자 친구가 있었나?"

순간 일동이 흠칫 놀라는 기색을 보였다. 맨 먼저 대답한 사람은 비교적 빨리 냉정을 되찾은 다도코로 요시오였다.

"있었을 거라는 게 내 추리야. 그것도 이 중에 말이야."

그리고 그는 구가 가즈유키를 힐끔 바라봤다. 그런 그를 구가는 모른 체했다.

"나는 전혀 짐작이 안 가."

아마미야 교스케가 입을 열었다.

"마사미는 온통 연극 생각뿐이었잖아. 연애 따위는 안중에 없는 것 같았어."

"그랬을지도 모르지. 누구보다 열심히 연습했고, 연출에 관해서도 많이 연구했으니까."

"런던 유학 얘기도 있었다면서요?"

구가 가즈유키의 말에 몇몇이 숨을 삼키는 기색이 느껴졌다.

"그래, 그 일을 까맣게 잊고 있었네."

다도코로 요시오가 그렇게 말하고서 아마미야를 바라보았다.

"마사미가 부상을 입은 덕분에 네가 유학을 가게 되었지? 그녀가 그 사실을 알았다면 분노가 한층 커졌을지도 모르겠네."

"그건 마사미가 이미 연극을 그만두기로 결심한 뒤의 일이니까 누가 선발되든 관계없잖아."

"인간의 심리란 그렇게 간단한 게 아니야."

"무슨 말도 안 되는 소리야."

비프스튜를 떠먹으며 아마미야가 불쾌한 듯이 내뱉었다.

분위기가 어색해지자 구가 가즈유키는 잘 먹었습니다, 라고 말하고 먼저 자리를 떴다.

"나, 방금 떠올랐는데,"

일동의 눈치를 살피며 나카니시 다카코가 조심스럽게 입을 열었다.

"작년 크리스마스 날, 마사미가 탈의실에서 포장을 뜯는 걸 봤어. 누구한테 선물 받은 물건 같았어."

"선물이야 연인이 아니라도 줄 수 있잖아."

혼다가 장난스럽게 말했다.

"나는 연인에게 받았을 거라고 봐. 그다음 날 마사미가 굉장히 멋진 목걸이를 하고 나타났는데, 그게 그 선물이었을 거야."

"그걸 네가 어떻게 알아? 본인이 샀을 수도 있잖아."

"흠, 그런가……."

"그게 너희랑 무슨 상관이야."

아마미야 교스케가 불만스럽게 얘기했다.

"왜 자꾸 마사미 얘기를 꺼내지? 관계가 있는지 확실치도 않은데 말이야."

"확실하게 관계가 없다고 볼 수도 없지."

다도코로가 아마미야의 말을 받아쳤다. 혼다도 "그리고, 우리가 무슨 얘기를 하든 그건 우리 마음이야."라고 말하고 나서 라운지 쪽을 돌아보며 "……이봐요, 구가 씨. 뭐 하고 있어요?"라고 물었다. 구가 가즈유키는 바닥에 드러누워 몸을 굽혔다 폈다 하는 중이었다.

"보다시피, 체조합니다. 몸이 뻐근해서요."

"나도 운동 좀 해야 하는데."

나카니시 다카코가 옆구리 살을 잡으며 중얼거렸다.

"분위기가 영 어수선하네."

구가 쪽을 힐금거리며 혼다 유이치가 거슬린다는 듯이 말했다.

모두가 식사를 마친 후에도 구가 가즈유키는 체조를 계속했다. 어느 틈엔가 나카니시 다카코도 가세해 둘은 요가에 복근 운동까지 하고 있었다. 몸을 움직여서 정신의 고통을 완화하려는 것인지 다카코는 깍깍 소리를 질러 가며 평소처럼 수선을 피웠다. 그렇게 함으로써 아침부터 내내 침체됐던 분위기를 일소하려는 건지도 몰랐다.

"그만할 수 없어?"

여느 때처럼 소파에서 책을 읽던 다도코로 요시오가 참다 못해 항의했다.

"어쩜 그렇게들 무신경하지. 이런 판국에 체조가 웬 말이야."

"어머, 너는 무슨……."

나카니시 다카코가 항의하려 했지만 적절한 문구가 떠오르지 않는지, 발그레한 얼굴로 도움을 청하듯이 구가를 바라봤다.

"아닙니다, 제가 과했던 것 같아요. 이쯤 하죠."

그가 다도코로에게는 눈길도 주지 않은 채 나카니시 다카코에게 말했다.

"그래요? 나는 아직 성에 안 차는데……. 그럼 그만하죠, 뭐. 땀도 나고 하니까요. 가서 옷이나 갈아입어야겠다."

"그럼 저도 이만."

두 사람이 계단 위로 사라진 것을 확인한 다도코로 요시오가 식당 테이블에서 위스키를 마시고 있던 혼다 유이치에게 다가갔다. 아마미야 교스케는 욕실에 있는 듯했다.

"도무지 마음에 안 들어. 저 남자 말이야. 뭘 생각하는지 알 수가 있어야지."

"머리는 좋은 사람이야. 그건 분명해."

"그래도 수상하잖아."

"너 정말 저 사람이 아사쿠라 마사미와 관련이 있다고 생각하는 거야?"

"응."

"그래? 흠……, 위스키 한잔할래?"

"아니, 됐어."

다도코로가 뒤로 한 발짝 물러서며 대답했다.

"너도 용의자인걸."

"그렇군."

혼다 유이치가 고개를 끄덕이며 잔을 기울였다.

밤 11시가 조금 지나서 다도코로 요시오가 일동을 라운지로 불러 모았다. 각기 떨어져서 자면 위험하다는 것이었다.

"모두 여기서 함께 자야 한다고 생각해. 이불은 각자 방에서 가져오고."

"나도 대장 의견에 찬성. 교스케, 너도 불만 없지? 요시오의 가설에 따르면 오늘 밤은 네 차례잖아."

"그 말은 전혀 안 믿지만, 같이 자는 건 찬성이야. 나도 그렇게 해야 한다고 생각하던 참이야."

"구가 씨는요?"

다도코로가 구가 가즈유키에게 물었다.

"혹시 그러지 못할 사정이라도 있나요?"

"아니요, 없습니다."

구가가 선뜻 대답했다.

"나는 어쩌지……."

나카니시 다카코가 주저하는 듯이 말하자 남자들이 서로 얼굴을 마주 보았다.

"다카코는 괜찮아."

아마미야 교스케가 대답했다.

"너는 그냥 네 방에서 자."

"그래, 그러는 게 좋겠다. 자다가 옷이라도 흐트러지는 날에는 싱숭생숭해서 제대로 자지도 못할 거야."

"방문을 꼭 잠그고 자면 됩니다. 그러면 나카니시 씨 방에 침입하려는 자가 있다 해도 금세 알 수 있을 테니까요."

"알았어, 그렇게 할게."

그럼 이만, 하고 그녀는 자기 방으로 올라갔다.

남자들은 각자의 방에서 이불과 베개 등을 들고 와서 라운지에 적당히 자리를 잡았다. 하지만 구가 가즈유키만은 자리에 눕지 않고 방에서 스탠드를 들고 나와 식당 테이블에서 뭔가를 쓰기 시작했다.

"뭘 쓰는 거예요?"

식당에서 가장 가까운 곳에 자리를 차지한 아마미야 교스케가 몸을 일으키고 물었다.

"아, 미안합니다. 눈이 부신가요?"

"그건 괜찮은데……, 편지예요?"

"뭐, 비슷합니다."

그가 펼쳐져 있던 편지지를 덮으며 말했다.

"편지라, 생각해 보니까 이번 일은 도고 선생님의 편지에서 시작되었네요."

"아니, 그보다 훨씬 전부터야."

다도코로 요시오가 불쑥 대화에 끼어들었다.

"오디션 때부터지."

"그렇게 볼 수도 있겠네."

이 대화를 오래 끌고 갈 마음이 없었는지 아마미야 교스케는 이불을 뒤집어썼다.

"그럼 잘 자요."

"네, 잘 자요."

구가가 대답했다.

그리고 얼마 후, 2층 맨 끝 방 문이 열리더니 나카니시 다카코가 나왔다. 라운지와 식당을 내려다보며 화장실 쪽으로 걸어가던 그녀는 구가 가즈유키가 여전히 앉아 있는 모습을 보고 걸음을 멈췄다.

"공부해요?"

머리 위에서 난데없이 말소리가 들리자 구가는 온몸을 움찔했다.

"아아……, 아니요. 아무것도 아닙니다."

"그림을 그리나 봐요? 무슨 그림이에요?"

다카코가 시력이 매우 좋다는 걸 몰랐던 구가는 황급히 테이블 위를 가렸다.

"별것 아니에요. 나카니시 씨도 아직 안 잤어요?"

"늦은 시간에 주스를 너무 많이 마셨나 봐요."

혀를 날름 내밀고 나서 그녀는 화장실로 향했다.

"그림을 그려요?"

다카코의 모습이 사라지고 나서 혼다 유이치의 목소리가 들렸다.

"편지를 쓰는 게 아니고?"

"장난으로 끄적이는 겁니다."

구가는 펼쳐져 있던 페이지를 죽 찢더니 구깃구깃 뭉쳐서 주머니에 집어넣었다.

넷째 날

구가 가즈유키의 독백

제대로 잠을 이루지 못한 채 날이 밝았다. 그건 나머지 세 사람도 마찬가지였는지, 내가 자리에서 일어나는 것과 거의 동시에 다들 굼실굼실 이불 속에서 몸을 움직이기 시작했다.

"지금 몇 시지?"

혼다 유이치가 여전히 졸음이 잔뜩 달라붙은 얼굴을 내밀었다.

"6시…… 반이네요."

나는 가물거리는 눈을 비비고 손목시계를 본 후 대답했다.

"그래요? 슬슬 일어나야겠네."

혼다가 일어나 앉아서 하품을 하며 기지개를 켰다.

"남자들은 아무 일 없는 것 같군요."

"그래 보입니다."

아마미야 교스케도 다도코로 요시오도 잠들기 전과 마찬가지로 옆에 누워 있었다. 둘 다 이미 눈을 뜬 상태였다.

"다카코만 남았군."

혼다가 위쪽을 쳐다보며 말했다.

"좀 이른 감이 있지만, 노크를 해 보죠."

다카코는 99퍼센트 무사할 거라고 생각하며 나는 계단을 올라갔다. 어젯밤 내내 생각한 끝에 내린 결론이었다.

"나카니시 씨, 나카니시 씨. 일어났습니까?"

문 앞에 서서 노크를 했지만 반응이 없었다. 나는 조금 세게 문을 두드렸다.

"나카니시 씨!"

순간 남자 셋이 계단을 뛰어 올라왔다.

"당한 건가?"

아마미야 교스케가 말했다.

"문이 잠겨 있어요?"

다도코로 요시오가 뒤에서 물었다. 나는 문손잡이를 잡고 오른쪽으로 비틀었다. 문이 아무 저항 없이 열렸다.

숨이 탁 막힐 만큼 방은 화장품 냄새로 가득했다. 침대 위에 나카니시 다카코의 모습은 없고 젖혀진 이불만 있었다. 루이비통 가방은 열린 채 바닥에 나뒹굴었고, 그 안에 들어 있었을 것으로 보이는 옷이며 소품들이 바닥에 널려 있었다.

나카니시 다카코가 살해당했나?

설마, 하며 나는 주위를 둘러봤다. 범인이 남긴 메모가 어딘가 있을 거라고 생각했기 때문이다.

그때였다. 산장 전체가 떠나가라 고함치는 소리가 뒤에서 들려왔다.

"뭐 하는 짓이야!"

놀라서 소리가 난 쪽으로 고개를 돌리니 파자마 차림의 나카니시 다카코가 산발을 한 채 뛰어 들어오는 참이었다.

"어? 살아 있네."

다도코로 요시오가 중얼거렸다.

나카니시 다카코는 우리를 냅다 밀쳐내더니 문을 닫으면서 메롱, 혀를 내밀었다. 우리는 서로 얼굴을 마주 보며 피식 웃고 말았다.

아침 당번은 다시 나와 혼다 유이치 차례였다. 메뉴는 어젯밤에 예고한 대로 토스트와 우유, 인스턴트 수프다.

"이런저런 일이 있었지만, 결국 끝난 모양이군요."

혼다 유이치가 말했다.

"그런가 봅니다."

대답은 그렇게 하면서도 나는 생각했다. 여기서 나가기 전까지는 알 수 없지.

"내막은 끝내 밝혀지지 않는 건가……."

혼다가 한숨을 쉬며 중얼거렸다. 나는 대꾸하지 않았다.

전원이 마지막 식사 자리에 앉았다. 모두가 바라보는 가운데 혼다가 컵에 인스턴트 수프를 넣고 뜨거운 물을 부어 각자의 앞에 놓았다. 어쩐지 표정들이 어젯밤보다 밝아 보이는 건 잠시 후면 이 모든 상황에서 벗어날 수 있다고 생각하기 때문일 것이다.

"아까는 실례했어요."

옆에 앉은 나카니시 다카코에게 내가 사과했다.

"아이참……."

그녀가 몸을 비틀며 이쪽을 봤다.

"혹시 이상한 걸 본 건 아니죠?"

"네, 아무것도요."

"그렇다면 다행이지만."

그녀 역시 엊그제의 표정으로 돌아와 있었다. 안색도 좋은데다 화장까지 정성스레 해서 고혹적이라고까지 표현할 만한 매력이 되살아났다. 이 아가씨는 머지않아 무척 잘나가는 배우가 될 것 같다.

"몇 시에 여기서 나갈 거지?"

토스트를 베어 물며 다도코로 요시오가 일동을 향해 물었다.

"체크아웃은 10시라고 되어 있던데."

"그럼 10시에 나가기로 할까?"

아마미야의 말에 모두의 시선이 일제히 시계로 향했다. 지금 시각은 7시 반이다.

각자 생각에 잠긴 듯, 잠시 침묵이 이어졌다.

그 침묵을 깬 사람은 나카니시 다카코다.

"왠지 좀 나른하네……."

"나도 그래요."

"마치 춤이라도 한바탕 추고 난 느낌이에요. 구가 씨, 춤출 줄 알아요? 못 추죠?"

"잘 추지는 못하지만, 가자고 하시면 언제든지 가겠습니다."

"정말요? 가요! 가요!"

"다카코랑 가면 피곤하다고들 하던데."

다도코로 요시오가 우리 대화에 끼어들었다.

"팬티까지 드러내며 정신없이 춘다더라."

"정말입니까?"

나는 눈을 동그랗게 떴다.

"과장이에요. 어쩌다 조금 보였겠죠. 긴 치마를 입으면 움직이기 힘드니까요."

"그거 볼만하겠는걸."

혼다 유이치가 말했다.

"갈 때 나도 불러 줘. 카메라를 들고 갈 테니까. 내가 앞에 서면 다리를 번쩍 드는 거야."

"멍청이. 내가 치어걸이냐?"

나카니시 다카코를 놀리며 분위기가 다소 고조되었다. 다들 사건에 관해서는 건드리지 않으려는 기색이 역력했다.

잠시 후 아침 식사가 끝나고 뒷정리를 하는데 어쩐지 머리가 띵한 느낌이 들었다. 자꾸만 하품도 나온다.

"아니, 왜 이렇게 졸린 거야."

혼다 유이치도 옆에서 중얼거렸다.

라운지로 돌아와 보니 나카니시 다카코는 이미 잠들어 있었다. 다도코로 요시오와 아마미야 교스케도 눈이 흐리멍덩했다.

"너희들 왜 그래? 식곤증이야?"

말하면서 혼다 유이치도 그 자리에 누웠다.

잠이 쏟아지기는 나 역시 마찬가지였다. 나는 사태를 간파했다. 주위를 둘러보는데 스토브 옆에 떨어져 있는 성냥개비 두 개가 눈에 들어왔다. 재빨리 그 성냥개비들을 주운 후 사람들 사이를 휘청거리며 다니다가 포기하고 쓰러졌다.

1

라운지. 오전 8시 20분.

모두 자고 있는 것처럼 보인다.

그러나 실은 그렇지 않다. 이윽고 한 명이 슬금슬금 일어났다.

그자는 잠시 우리를 둘러보면서 눈을 뜨고 있는 사람이 없다는 걸 확인한 후 천천히 엉덩이를 들었다.

그리고 조금 떨어진 곳에 누워 있는 아마미야 교스케에게 다가갔다.

그자가 아마미야의 얼굴을 들여다보는 것은 정말로 잠이 들었는지 확인하려는 것일 터이다.

아마미야 교스케는 정말 잠이 든 듯했다.

그자는 아마미야 교스케의 목에 양손을 댔다.

그러나 곧바로 힘을 주지는 않았다. 뭔가를 기다리는 듯이 그 자세를 유지했다.

20초쯤 지났을까. 그자는 천천히, 체중을 실으며 손에 힘을 주었다.

순간 아마미야 교스케가 팔다리를 버둥거렸다. 그는 범인의 손에서 벗어나려고 몸을 비틀었지만 범인은 그가 저항하지 못하도록 그에게 올라탄 채 몸통을 조였다. 아마미야는 마치 허공에서 뭔가를 잡으려는 것처럼 손발을 허우적거리더니 급기야 경련을 일으켰다.

그리고 다음 순간, 움직임이 멈췄다.

범인도 한동안 그 자세에서 움직이지 않았다.

잠시 후 몸을 일으킨 범인은 아마미야 교스케의 두 다리를 잡더니 가사하라 아쓰코와 모토무라 때처럼 질질 끌기 시작했다. 그러나 이번 희생양은 여자들에 비해 상당히 무거운 듯했다. 그럼에도 범인은 라운지와 식당을 지나 주방으로 들어갔다.

약 10분 후, 범인이 라운지로 돌아왔다. 그의 손에는 종이 같은 것이 들려 있었다. 그는 그걸 아마미야 교스케가 누워 있던 자리에 놓았다. 그리고 스테레오로 다가가 스위치를 조작했다.

일련의 작업을 마친 그자는 조금 전 자신이 누워 있던 자리에 다시 누웠다.

2

라운지. 오전 10시.

갑자기 스테레오가 켜지더니 하드록 음악이 고막을 때렸다. 깊이 잠들어 있던 사람들이 굼실굼실 몸을 일으키기 시작했다. 그중에서도 구가 가즈유키가 맨 먼저 일어나 앉아 사방을 두리번거렸다.

"응, 뭐야, 이 소리는? 아이, 시끄러워."

나카니시 다카코가 귀를 막는다. 구가 가즈유키는 비척거리는 걸음걸이로 스테레오에 다가가 스위치를 껐다.

"타이머가 설정되어 있었나 봅니다."

"내 참, 대체 누구야, 그런 짓을 한 사람이?"

혼다 유이치가 주위를 둘러보며 말했다.

"그보다, 왜 다들 잠이 들었지?"

다도코로 요시오가 얼굴을 비비적거렸다.

"나도 모르게 잠이 들었어. 아직도 머리가 띵하네."

"나도야."

"그런데, 교스케는?"

혼다 유이치의 말에 모두가 동작을 멈췄다. 다음 순간 구가 가즈유키가 바닥에 떨어져 있던 종이를 주워 들었다.

"아뿔싸."

그가 중얼거렸다.

"당했군요."

"뭐요?"

혼다 유이치에 이어 다도코로 요시오도 일어나 달려왔다. 다카코만 여전히 멍한 표정으로 앉아 있다.

"사체의 상황. 아마미야 교스케가 목이 졸린 채 죽어 있다. 그렇게만 쓰여 있어요."

다도코로 요시오가 구가의 손에서 종이를 낚아챘다.

"아아, 역시 다음은 교스케였어. 내 생각대로야. 범인은 아사쿠라 마사미의 복수를 대신한 거야."

그리고 그는 한 걸음 물러서서 구가 가즈유키와 혼다 유이치를 번갈아 노려보았다.

"솔직히 말해 봐, 어느 쪽이야? 둘 중 하나가 범인이란 건 알고 있어. 당신들, 아침 당번이었잖아. 우유에 수면제를 넣어서 우리를 잠재운 다음 교스케를 죽인 거야!"

"아니, 무슨 소리야? 남은 우유를 아침에 먹자는 얘기는 어제저녁에 나왔잖아. 그러니까 누구든 수면제를 넣을 수 있었다고. 무엇보다, 나도 우유를 마셨어. 용의자는 우리 모두야."

혼다 유이치가 억울하다는 듯이 말했다.

"더는 못 참겠어. 나, 집에 갈래."

나카니시 다카코가 벌떡 일어서더니 계단을 뛰어 올라갔다. 그리고 자신의 방으로 들어가 문을 쾅 닫았다.

"하긴, 이제 나가도 되는 시간이군."

다도코로 요시오가 말했다.

"좋아, 여길 나가서 진실을 밝히자."

"그러는 게 좋겠어요."

혼다 유이치의 말에 구가 가즈유키도 고개를 끄덕였다.

세 사람은 2층으로 올라가서 각자의 방으로 흩어졌다.

약 30분 후 네 사람은 다시 라운지에 모였다. 나카니시 다카코는 서둘러 정리하느라고 가방에 미처 담지 못한 옷가지를 손에 들고 있었다.

"아쓰코랑 유리에 짐은 어떡하지?"

"그냥 놔두자."

혼다 유이치가 말했다.

"사건이 현실이든 연극이든 그러는 편이 낫겠어."

"만약 현실이라면 난 범인을 용서하지 않겠어."

다도코로 요시오가 또 혼다와 구가를 노려보았다.

"조만간 밝혀지겠지."

혼다가 대꾸했다.

"자, 그럼 갈까."

"오다 씨에게 연락하지 않아도 괜찮을까?"

"물론 해야겠지만, 전화는 밖에 나가서 사용하는 편이 안전

할 거야. 지금 여기서 전화했다가 실격당하고 싶지는 않아."

혼다 유이치가 앞장서서 걷고 다도코로 요시오와 나카니시 다카코가 그 뒤를 따랐다. 그런데 세 사람이 라운지를 나서려는 참에 구가 가즈유키가 "잠깐만요." 하고 일동을 불러 세웠다.

세 사람이 걸음을 멈추고 뒤를 돌아보았다. 그들을 향해 구가가 말했다.

"이제 다 끝난 거죠?"

"무슨 뜻이에요?"

다도코로 요시오가 물었다.

"범인에게 묻는 겁니다. 더는 할 일이 없는 거죠? 이걸로 막을 내리는 겁니까?"

"누구한테 묻는 거예요?"

나카니시 다카코가 구가의 시선에서 몸을 비켰다. 다도코로도 마찬가지로 움직였다. 그럼에도 구가의 시선은 움직이지 않았다. 그 시선은 혼다 유이치를 향해 있었다.

혼다가 입술을 일그러뜨리며 웃었다.

"농담이 지나치군요."

"농담이 아니란 건 혼다 씨 본인이 가장 잘 아실 텐데요. 다시 묻겠습니다. 당신이 할 일은 이걸로 끝난 거죠?"

"이봐요!"

혼다가 정색했다.

"자꾸 이러시면 나, 화냅니다."

"제 얘기를 듣고 난 다음에 화를 내시든가 하시죠."

구가 가즈유키가 나카니시 다카코와 다도코로 요시오를 바라보았다.

"모든 걸 설명하겠습니다. 미안하지만 레크리에이션 룸으로 가시겠습니까."

"레크리에이션 룸이요? 거긴 왜……?"

다도코로가 어리둥절해 하며 물었다.

"그곳이 설명하기에 편리해서입니다."

"흠, 뭐가 뭔지는 모르겠지만……."

나카니시 다카코가 먼저 짐을 그 자리에 내려놓고 계단으로 향했다. 그제야 다도코로 요시오도 몸을 움직였다. 그는 계단을 오르기 직전에 뒤를 돌아보았다.

"뭐 해, 유이치. 빨리 와."

"자, 가시죠."

구가 가즈유키가 떨떠름한 표정으로 서 있는 혼다 유이치에게 말했다.

"잠깐만요. 아무래도 뭔가 오해가 있는 것 같은데, 일단 우리 둘이서 얘기를 좀 나누죠."

"아니요."

구가가 고개를 저었다.

"그건 비겁한 일입니다."

그 말에 혼다는 마땅한 대답이 떠오르지 않는지 입술을 깨물고 묵묵히 걸음을 옮겼다.

모두가 2층으로 올라간 것을 확인한 구가 가즈유키는 라운지와 식당 사이에 있는 선반으로 다가가 그 자리에 쪼그려 앉았다.

"자, 이제 엔딩이군."

3

레크리에이션 룸.

나카니시 다카코는 피아노 의자에 앉았다. 다도코로 요시오는 당구대에 걸터앉고 혼다 유이치는 입구 근처 벽에 기대어 섰다. 나카니시 다카코와 다도코로 요시오는 혼다에게 묻고 싶은 것이 있는 듯했으나, 혼다의 침울한 표정이 그것을 거부했다.

조금 늦게 구가 가즈유키가 들어왔다.

"자, 어서 얘기해 봐요."

더는 기다리지 못하겠다는 듯이 다도코로 요시오가 재촉했다.

"뜸을 들일 생각은 없습니다. 우선 이걸 보세요."

구가 가즈유키가 왼손을 펼쳐 보였다.

"타다 남은 성냥개비잖아요."

다도코로가 말했다.

"그게 어쨌다는 거예요?"

"이게 증거입니다."

구가 가즈유키는 성냥개비 두 개를 당구대 위에 올려놓은 후 혼다 유이치 쪽으로 돌아섰다.

"아까 잠이 쏟아졌을 때 저는 그것이 범인의 계략이라는 걸 금세 눈치챘습니다. 모두를 잠재운 후 세 번째 범행을 실행하기로 한 거죠. 그래서 저는 잠에 빠져들기 직전에 어떤 장치를 마련했습니다. 뭐, 대단한 건 아니었습니다. 휘청거리며 걷는 척하면서 나카니시 씨와 다도코로 씨에게 다가갔습니다."

"우리한테?"

"그래서 뭘 어떻게 했는데요?"

"별것 아닙니다. 성냥개비를 몰래 두 사람의 몸 위에 올려놓았지요. 한 개는 나카니시 씨의 머리 위에, 또 한 개는 다도 코로 씨의 어깨 위에."

"왜요?"

다카코가 물었다.

"범인을 특정하기 위해서죠. 몸을 일으키면 성냥개비가 떨어질 테니까, 만약 둘 중 한 사람이 범인이라면 표시가 나겠죠. 물론 백 퍼센트 확실한 방법이라고 할 수는 없습니다. 몸을 뒤척이는 통에 성냥개비가 굴러떨어질 수도 있으니까요."

그런데, 하고 구가 가즈유키가 말을 이었다.

"아까 음악 소리에 눈을 뜨자마자 살펴보니 두 사람 모두 얌전히 잤는지 성냥개비가 제가 올려놓은 상태 그대로 있더 군요. 즉, 두 사람은 범인이 아니라는 뜻입니다."

그럼, 하고 나카니시 다카코가 혼다를 바라보았다. 다도코로도 덩달아 혼다에게 시선을 돌렸다.

"아직 나라고 단정할 수는 없어."

혼다가 다소 풀이 죽은 목소리로 말했다.

"당신일 수도 있잖아."

구가 가즈유키는 천천히 고개를 저었다.

"그런 무의미한 저항은 그만해요. 내가 진상을 알게 된 시점에 이 일은 모두 끝난 거나 마찬가지입니다."

"정말이야, 유이치? 네가 범인이야?"

다도코로 요시오가 관자놀이를 파르르 떨며 물었다. 혼다 유이치는 고개를 숙인 채 묵묵부답이었다.

"네, 혼다 유이치 씨가 범인입니다."

구가 가즈유키가 그를 대신해서 대답했다.

"그걸 깨달은 건 어젯밤이었어요. 성냥개비를 올려놓은 건 말하자면 그걸 확인하는 차원에 불과했고요. 하지만 다도코로 씨, 내 얘기를 조금 더 들어 봐요. 이 사건은 한마디로 설명하기 힘들 만큼 복잡합니다."

"어떻게 복잡한데요?"

그 질문에 구가가 주머니에서 검은색 조그만 상자를 꺼냈다.

"이게 뭔지 알아보시겠습니까?"

혼다가 아, 하고 입을 반쯤 벌렸다. 그 모습을 멀뚱멀뚱 바라보던 다도코로 요시오는 "마이크 같은데." 하고 중얼거렸다.

"도청기입니다."

"도청기요?"

나카니시 다카코가 튀듯이 다가와 바로 앞에서 그 물체를 바라보았다.

"이게 어디 있었어요?"

"라운지 선반 맨 아래 칸에 테이프로 고정되어 있더군요."

"이런 게 있었을 줄이야……."

다도코로 요시오의 뺨에 경련이 일었다.

"누군가 어디서 우리 얘기를 전부 듣고 있었다는 뜻이죠."

구가 가즈유키가 감정이 실리지 않은 목소리로 말했다.

~~~~~~

구가 가즈유키의 독백

"지금까지 숨겨 왔지만, 사실 나와 혼다 씨에게는 알리바이가 있었습니다."

"알리바이요? 어떤……."

"완벽한 알리바이죠."

나는 혼다 유이치와 함께 있었던 밤의 일을 얘기했다. 다도코로 요시오와 나카니시 다카코가 아연한 표정을 지었다.

"그런 일이 있었으면 좀 더 빨리 얘기했어야죠."

"저도 그러려고 했습니다. 그런데 웬일인지 혼다 씨는 한사코 그 알리바이를 공표하려 하지 않았어요. 그러는 편이 서로에게 유리하다는 주장에 처음에는 저도 동조했죠. 그런데 마땅히 공표해야 한다고 여겨지는 상황에서도 여전히 숨기려고 하는 겁니다. 뿐만 아니라 알리바이를 비밀로 하자고 집요할 정도로 제게 강조했어요. 다도코로 씨가 저를 의심해서 이제는 공표할 수밖에 없다고 생각했을 때마저 혼다 씨는 저를 방해했습니다. 그제야 수상하다는 생각이 들더군요. 그것이 혼다 씨에게 의혹을 품게 된 계기였습니다."

돌이켜 보면 그는 처음부터 철저히 알리바이를 숨겨 왔다. 내가 그의 방에서 자고 일어난 날 아침, 그가 느닷없이 자는 나를 깨워 내 방으로 돌아가라고 닦달한 것도 알리바이를 비밀에 부치기 위한 행동이었다.

나는 생각했다. 알리바이를 비밀에 부쳐서 혼다 유이치에게 생기는 이득이 무엇일까. 그러나 아무리 생각해 봐도 납득할 만한 해답은 찾아지지 않았다. 그렇다면 그가 알리바이를 밝혀서 불리해지는 일은 무엇일까. 나와 그가 범인이 아니라는 것을 모두가 알면 왜 안 되는 것일까.

거기에 힌트를 준 것은 나카니시 다카코가 무심코 한 말이었다. 그녀는 이렇게 말했다.

"범인으로 여겼던 사람이 범인이 아니라고 밝혀지면 그 충격도 만만치 않을 테니까요."

혹시 이건가, 하고 나는 생각했다.

혼다 유이치를 범인이라고 생각하는 사람이 있다고 가정하자. 혼다는 그 인물이 계속 자신을 범인으로 여기기를 원한다. 그래서 자신에게 알리바이가 있다는 사실을 내가 밝히면 곤란한 것이다.

그렇다면 그 인물은 누구인가. 혼다는 왜 그 인물이 계속 자신을 범인이라고 여기도록 할 필요가 있는가. 또한 왜 그 인물은 혼다를 범인으로 여기면서도 모두에게 말하지 않는가.

그러나 나는 이 생각에도 결함이 있다는 것을 깨달았다. 알리바이를 만들기로 했을 때, 우리 둘 중 한 사람이 범인 역일 경우를 대비해 나는 우리가 한 방에서 잤다는 사실을 제삼자인 누군가에게 말해 두자고 제안했었다. 그 시점에 혼다는 내가 아마미야나 다도코로, 나카니시, 유리에 중에서 누구를 증인으로 선택할지 알 수 없었다. 그런데도 나를 그대로 내버려둔 것은 누가 증인이든 상관없었다는 뜻이다. 그렇다면 그 네명 중에는 그를 범인으로 여기도록 해야 할 사람이 없었던 셈이다.

추리가 벽에 부딪혔다. 나는 처음부터 다시 생각해 보았다. 어디에 맹점이 있을까. 아니면 혼다 유이치가 알리바이를 숨기고 싶어 한 데는 이렇다 할 의미가 없는 것인가.

그래서 그때 나는 혼다 본인에게 물어보기로 결단을 내렸다. 그리고 이제는 알리바이를 밝혀도 되지 않느냐고 물었다.

그는 이렇게 말했다. 지금 우리에게 알리바이가 있다고 밝히번 범인을 자극해서 전원을 살해하는 무분별한 행동을 하게 할 수도 있다.

참 이상한 논리라고 나는 생각했다. 전원을 살해하는 것이 물리적으로 불가능하다는 얘기를 그 전에 나눴고, 그럼에도 걱정스럽다면 그런 사태를 방지할 방법도 얼마든지 있었다. 혼다가 그걸 모를 리 없었다.

역시 알리바이를 숨기고 싶은 거라고 나는 생각했다. 하지만 깊게 파고들지는 않았다. 내가 의심스러워한다는 걸 혼다에게 들키고 싶지 않았기 때문이다.

그는 대체 누구에게 알리바이를 숨기려 하는가.

그런데 뜻하지 않게 그 해답을 얻게 되었다. 힌트를 준 사람은 공교롭게도 혼다 본인이었다.

"벽에도 귀가 있어요."

둘이 그의 방을 나서면서 그가 한 말이다. 그는 별생각 없이 말했을 것이다. 그러나 그 한마디에는 우리 이외의 존재를 암시하는 뉘앙스가 담겨 있었다.

만일 이 산장에 또 하나의 눈 또는 귀가 있다면. 그리고 혼다 유이치가 의식하는 것이 실은 그 눈과 귀라면.

그렇게 생각하자 납득이 가는 일이 있었다. 내가 라운지에서 그에게 알리바이 얘기를 꺼내려고 했을 때 그는 대뜸 자기 방으로 가서 얘기하자고 제안했다. 주위에 아무도 없었는데도 말이다. 라운지에 그 눈과 귀가 존재하는 것 아닐까.

누군가 보고 있을지도 모른다는 생각은 사실 도고 신페이가 보낸 편지를 읽었을 때부터 막연하게 품고 있었다. 어디선가 도고가, 가령 몰래 카메라 같은 것으로 우리를 관찰하고 있지 않을까. 연극 연습을 하는 셈 치고 생활하라는 지시를 내린 이상 그럴 수도 있지 않을까 싶었다.

그렇다면 '또 하나의 눈'이란 도고의 눈일까.

일련의 사건은 역시 연출가가 꾸민 일이었나.

명확한 답을 얻지 못한 채 나는 카메라를 찾아보기로 했다. 물론 혼다나, 우리를 보고 있을지 모르는 '또 하나의 눈'이 알아채지 못하도록 주의하면서. 하지만 어디에도 그런 물건은 없었다.

그렇다면 도청기일까. 나는 체조를 하는 척하면서 탐색을 이어 갔다. 라운지와 식당에서 오가는 대화를 들을 수 있고 스테레오 소리에 방해받지 않을 만한 장소는 한정되어 있다.

이렇게 해서 나는 라운지 선반에 숨겨져 있던 도청기를 발견하기에 이르렀다.

"문제는,"

나는 도청기를 다시 내밀며 말했다.

"이걸 누가 듣고 있었냐는 것이죠."

"그야, 역시 도고 선생님 아닐까요?"

"과연 그럴까요? 혼다 씨가 선생님이 자신을 범인이라고 믿도록 할 필요가 있었을까요?"

"그건……, 잘 모르겠어요."

"선생님이 아니면 누구라는 겁니까?"

다도코로 요시오가 떨리는 목소리로 물었다.

나는 혼다 유이치에게 다가가 그의 얼굴 앞에 도청기를 들이댔다.

"이제 말씀하세요. 누가 듣고 있습니까?"

"……몰라요."

이렇게 위기에 몰려서도 혼다는 시치미를 뗐다.

"선생님 아니겠어요."

"그래요?"

나는 짐짓 크게 한숨을 쉬었다.

"그럼 어쩔 수 없군요. 선생님께 전화해서 물어봅시다. 그럼 확실해지겠죠. 제한 시간은 이미 지났으니까 전화해도 문제없겠죠?"

"내가 할게요."

나카니시 다카코가 문 쪽을 향해 돌아섰다.

"잠깐만."

혼다가 다급히 그녀를 불러 세웠다. 나카니시가 걸음을 멈추는 것과 동시에 혼다가 천천히 내게 고개를 돌렸다.

"말할게요."

"듣고 있는 사람이 누구죠?"

대답을 반쯤 예상하면서도 나는 다시 도청기를 들이댔다.

"마사미예요. 아사쿠라…… 마사미."

"역시……."

"마사미가?"

다도코로 요시오가 물었다.

"왜?"

그러자 혼다 유이치가 다도코로를 향해 실소를 머금었다.

"네가 어젯밤에 그토록 떠들어 댔잖아. 아사쿠라 마사미에게는 아쓰코와 유리에, 아마미야, 그렇게 세 사람을 죽일 동기가 있다고 말이야."

"아니, 그럼 네가 그녀를 대신해서 복수를……?"

"다만 그 동기는 네가 말했던 것과는 사뭇 달라. 물론, 그래, 그 셋은 죽어야 마땅하지."

"그래서 그 셋을 죽인 거야?"

"응."

"이런 빌어먹을 자식!"

다도코로가 혼다 유이치에게 달려들 듯한 기세로 외쳤다. 나는 다도코로를 뒤에서 끌어안아 그를 제지했다. 녀석은 가늘고 빈약한 몸을 비틀며 버둥거렸다.

"이거 놔! 왜 말려? 살인자를…… 살인자를…… 편드는 거야?"

"진정해요. 벌써 잊었습니까? 혼다 씨에게는 알리바이가 있다고 했잖아요."

"아……."

기를 쓰고 버둥거리던 다도코로가 고장 난 인형처럼 몸부림을 멈췄다.

"그랬지……. 그럼 범인은 대체 누구야?"

"범인은 혼다 씨입니다."

"뭐라고? 대체 뭐라는 거야!"

"제 얘기를 조금 더 들어 보세요. 아니, 혼다 씨의 얘기를 들어야겠군요. 실은 저도 혼다 씨 본인의 얘기를 듣고 싶습니다."

나는 다시 혼다 유이치를 향했다.

"할 얘기 없어요."

그가 고개를 옆으로 돌렸다.

"내가 범인이고 마사미의 복수를 한 거예요. 그럼 됐잖습니까."

"유이치!"

다도코로 요시오가 소리를 질렀다. 참 시끄러운 남자군. 게다가 나카니시 다카코는 옆에서 훌쩍거리기까지 했다.

"혼다 씨,"

내가 말했다.

"범인이라고 자기 입으로 말했으니 설명해 보세요. 모토무라 유리에 씨가 살해됐을 때의 알리바이는 어떻게 된 거죠? 그리고 알리바이를 숨기면서까지 마사미 씨가 자신을 범인이라고 여기도록 한 이유는 뭡니까?"

혼다 유이치는 대답하지 않았다. 그러나 고뇌하고 있다는 것은 그의 옆얼굴로 충분히 느껴졌다. 나는 그의 고통을 이해할 수 있었다.

"혼다 씨가 대답하지 않으니 내가 설명할 수밖에 없군요. 이 모든 의문을 해소해 줄 수 있는 대답은 하나뿐입니다. 그건 바로……."

"안 돼!"

혼다 유이치가 나를 노려봤다.

"듣고 싶지 않아. 말하지 마!"

"혼다 씨,"

나는 천천히 고개를 저었다.

"영원히 숨길 수는 없어요."

"알아요. 하지만 지금은……."

그가 입을 굳게 다물고 애원하는 듯한 눈빛으로 나를 바라보았다.

"왜,"

눈물로 얼굴이 얼룩진 나카니시 다카코가 물었다.

"왜 지금은 안 되는데?"

"지금은,"

나는 도청기를 가리켰다.

"듣고 있기 때문입니다. 혼다 씨는 아사쿠라 마사미 씨에게 진실을 얘기하고 싶지 않은 겁니다."

"진실이라니, 그게 뭔데요?"

"말해, 유이치."

"혼다 씨, 세 사람은 지금 어디 있습니까?"

그 한마디에 다카코도 다도코로도 입을 다물고 어리둥절한 표정으로 나를 바라보았다.

잠시 정적이 흘렀다.

이윽고 혼다 유이치가 고개를 숙이고 눈을 감더니 쥐어짜는 듯한 목소리로 말했다.

"미안해, 마사미. 처음부터 속일 작정은 아니었어."

4

계속해서 **레크리에이션 룸.**

"무슨 소리야, 세 사람이 어쨌다는 건데? 모두 살아 있다는 얘기야?"

나카니시 다카코가 시선을 정신없이 움직이면서 물었다.

"살아 있습니다. 그렇죠, 유이치 씨?"

구가의 물음에 혼다 유이치는 살짝 고개를 끄덕였다. 그리고 눈을 감은 채 주머니에서 종이쪽지를 꺼냈다. 나카니시 다카코가 그것을 받아서 펼쳤다.

"펜션 '페어 하우스', 전화번호 ××××. 여기에 있어?"

혼다가 다시 고개를 끄덕였다. 그 모습을 본 나카니시 다카코는 춤을 추는 듯한 동작으로 레크리에이션 룸을 뛰쳐나갔다.

"음, 그러니까……,"

사태를 파악하지 못한 듯한 다도코로 요시오가 공허한 눈빛으로 두 사람을 번갈아 보았다.

"이게 대체 어떻게……."

"사건은 삼중 구조였습니다."

구가 가즈유키가 말했다.

"모든 것이 연극이라는 상황 속에서 실제로 살인 사건이 일어난다, 이게 아마도 아사쿠라 마사미 씨가 세운 이중 구조의 복수 계획이었을 겁니다. 그런데 혼다 유이치 씨가 그 상황마저 연극으로 꾸민 거죠. 그래서 삼중 구조입니다."

"네? 그럼 결국 전부 연극이었다는 말입니까?"

"그렇습니다. 살해되는 역할을 맡은 세 사람의 협조를 얻어서 혼다 씨가 꾸민 연극이었습니다. 관객은 단 한 명, 말할 필요도 없이 아사쿠라 마사미 씨죠."

"어떻게 이런……."

할 말을 잃은 다도코로가 입을 다물지 못한 채 동작을 멈췄다.

그때 나카니시 다카코가 숨을 헐떡이며 레크리에이션 룸으로 들어왔다.

"세 사람과 연락이 닿았어. 역시 살아 있었어."

"아아."

다도코로 요시오가 신에게 감사라도 드리듯이 바닥에 무릎을 꿇고 두 손을 마주 잡았다.

"다행이다. 아아, 다행이야. 살아 있었어. 정말 다행이야."

"세 사람 모두 곧장 이리로 올 거예요. '페어 하우스'가 요

바로 옆에 있는 펜션이더라고요, 세상에! 유리에가 전화를 받는데, 구가 씨가 모든 걸 밝혀냈다고 말했더니 깜짝 놀라던걸요."

"수고하셨어요."

구가 가즈유키는 다카코에게 감사를 표한 후 다시 혼다 유이치 쪽으로 고개를 돌렸다.

"어차피 일이 이렇게 되었으니 다 모일 때까지 기다리죠. 그편이 이해하기도 쉬울 겁니다."

혼다가 될 대로 되라는 듯이 머리를 감싸면서 털썩 주저앉았다.

"그래서, 일이 어떻게 된 건데?"

전화를 하느라고 세 사람 사이에 오간 대화를 듣지 못한 다카코가 다도코로에게 물었다.

"삼중 구조래."

"뭐?"

다카코는 눈을 동그랗게 뜨더니 흠, 하고 고개를 끄덕였다.

그때 문을 두드리는 소리가 들렸다. 나카니시 다카코가 튀듯이 달려가서 문을 열었다. 죽은 줄 알았던 세 사람이 어색한 표정으로 서 있었다.

"유리에! 아아, 역시……."

마음속 연인과 재회한 다도코로 요시오는 기쁨의 눈물이라도 흘리지 않을까 싶을 만큼 만면에 행복감을 드러냈다.

"탐정극의 하이라이트 장면이 펼쳐지는 참입니다. 자, 안으로 들어오시죠."

구가 가즈유키가 세 사람에게 말했다.

죄인 같은 표정의 세 사람이 안으로 들어왔다. 아니, 실제로 그들은 죄인이다.

"자, 시작합시다."

탐정이 전원을 둘러봤다.

"이번 사건이 삼중 구조의 연극이 아닐까 하는 생각을 하게 된 건 몇 가지 힌트가 있었기 때문입니다. 일단 그중 하나가 이 방에 있습니다. 디지털 피아노의 헤드폰이죠."

모두의 시선이 그쪽으로 옮겨 갔다. 구가가 피아노로 다가가서 헤드폰을 집어 들었다.

"최초의 사건이 일어났을 때 한 가지 기이한 점이 있었습니다. 헤드폰 줄의 잭이 피아노 단자에 꽂혀 있었다는 것이죠. 참으로 이상하다고 생각했습니다. 그 방은 방음 장치가 되어 있을 텐데 왜 가사하라 아쓰코 씨는 헤드폰을 사용했을까. 그런데 그 후에 다시 가서 보니 헤드폰 잭이 뽑혀 있더군요. 아마도 부자연스러움을 깨달은 혼다 유이치 씨가 나중에 뽑았을 겁니다.”

“아쓰코, 너, 헤드폰을 썼어?”

나카니시 다카코가 물었다. 아쓰코는 체념한 듯한 표정으로 고개를 까딱했다.

“아니, 왜?”

“헤드폰을 쓰고 있으면 누가 몰래 들어와도 눈치채기 힘들잖아요. 그러니까 눈치채지 못한다 해도 이상할 게 없고요.”

구가가 말했다.

“네? 그게 어쨌다는 거죠?”

무슨 뜻인지 모르겠다는 듯이 다도코로 요시오가 되물었다.

“만약 헤드폰을 쓰고 있지 않았다면 등 뒤로 다가오는 범인의 발소리가 들리지 않았겠어요? 더욱이 연주를 멈췄을 때는 말입니다.”

구가 가즈유키가 다시 찬찬히 설명했다.

“그래서요?”

“그런데도 모른 척하고 쉽게 살해당했다가는 이 모든 게 연극이라는 사실이 금세 발각되지 않겠어요?”

“아, 그렇구나. 아니, 잠깐. 아무리 삼중 구조의 연극이라고 해도 정말로 범행 장면까지 연기한 건 아니겠죠?”

“아니요, 연기했습니다.”

구가 가즈유키가 딱 잘라 말했다.

"그 점에 관해서는 나중에 설명하겠습니다. 다만 이것만은 알아 두세요. 범행 장면은 전부 실제로 연기했습니다."

구가는 진상을 완벽하게 파악한 듯했다.

"전부 연기를……."

여전히 이해를 못하는 다도코로를 무시하고 구가는 혼다에게 질문했다.

"헤드폰 잭을 언제 뽑았습니까?"

"모두 함께 출입구를 조사하게 되었잖아요. 그때 제가 맨 나중에 이 방을 나갔는데, 그때 슬쩍 뽑았습니다. 방음 장치가 된 곳에서 헤드폰을 쓰는 게 부자연스럽다고 생각은 했지만 달리 좋은 방법이 떠오르지 않았어요."

"그랬겠죠."

구가는 고개를 끄덕이고 나서 설명을 계속했다.

"두 번째 힌트는 모토무라 유리에 씨가 살해당했을 때의 정전입니다. 물론 그 정전은 우연이 아니라 의도된 일이었습니다. 아마도 차단기를 일시적으로 내렸을 테죠. 그렇다면 왜 그래야 했을까. 여기서 중요해지는 것이 그날 밤 저와 유이치 씨가 알리바이를 만들기로 했다는 점입니다."

혼다 유이치가 후, 하고 숨을 길게 내쉬었다.

"결과적으로 알리바이를 만들자는 제안에 응한 것이 실수였군요."

"그렇습니다. 하지만 그 제안을 혼다 씨가 거절했다면 어떻게 되었을까요?"

"당연히 구가 씨가 저를 의심했겠죠."

"그리고 저는 밤새 혼다 씨를 지켜봤을 겁니다."

"그 단계에서 의심을 사서는 안 되기도 했고 거절할 구실도 없었어요. 솔직히 난감했습니다."

혼다가 머리를 벅벅 긁었다.

"그래서 혼다 씨는 유리에 씨 살해 장면에서만은 범인 역을 다른 사람에게 맡겼습니다. 아마미야 교스케 씨에게 말이죠."

구가에게 지적당한 아마미야는 고개를 돌려 그를 외면했다. 다도코로 요시오와 나카니시 다카코는 일단 설명을 끝까지 들어 보기로 했는지 놀란 표정을 지을 뿐 별말을 하지 않았다.

"그걸 부탁한 게 욕실을 나온 직후였습니까?"

"그래요."

혼다가 퉁명스럽게 대답했다.

"역시 그랬군요. 혼다 씨와 거의 엇갈리듯이 아마미야 씨가 들어오더군요."

"하지만 그때는 구가 씨를 욕실에 좀 더 붙잡아 놓으라는

부탁만 했어요. 어떻게든 그사이에 범행 장면을 해치우려고
했는데……."

"그랬군요. 어쩐지,"

구가가 아마미야를 보았다.

"자꾸만 말을 걸더라고요."

"그런데 그때는 범행 장면을 연기하지 못했어요. 유리에의
방 앞까지 갔는데 안에서 요시오의 목소리가 들리는 거예요."

아, 하는 소리가 다도코로의 입에서 흘러나왔다. 그는 입을
손으로 가리며 머쓱한 듯이 고개를 숙였다.

"하필 그때……."

구가가 이제야 비로소 알았다는 듯한 표정을 지었다.

"그래서 하는 수 없이 교스케의 방에 메모를 남겼어요. 나
대신 그 일을 부탁한다고요."

"그렇게 된 일이었군요."

구가 가즈유키는 만족스럽다는 듯이 고개를 끄덕인 후 다
시 아마미야에게 시선을 돌렸다.

"아마미야 씨로서는 곤란했겠죠. 혼다 씨 대신 범행 장면
을 연기하려면 커다란 문제를 해결해야 했으니까요. 그건 바
로 얼굴을 보여서는 안 된다는 거였죠."

"아니, 왜요?"

납득이 안 간다는 듯이 나카니시 다카코가 반문했다.

"도무지 모르겠어요. 왜 범행 장면을 연기해야 하며, 왜 얼굴을 보이면 안 되는 거죠? 누가 보고 있는 것도 아닌데 말이에요."

그 일에 관련된 사람들이 그녀의 말에 일제히 눈을 내리깔았다. 어색한 분위기가 방 안을 뒤덮었다.

"어쩔 수 없군요."

구가 가즈유키가 씁쓸하게 웃었다.

"제 나름으로 정한 순서가 있지만, 그렇게 하면 설명이 충분치 않겠어요. 물론 다도코로 씨와 나카니시 씨를 제외한 분들은 사정을 익히 아시겠지만요."

"뭐야, 우리만 따돌린 거야?"

나카니시가 뾰로통해서 말했다.

"지금부터 설명하겠습니다. 우선 아까 그 도청기 말인데요, 맨 처음 가졌던 의문은 그걸 대체 어디서 듣고 있느냐는 거였어요. 이 근처에 있는 다른 숙소에 묵고 있을까, 도청기의 유효 범위는 어느 정도일까……."

"상당히 광범위하지 않을까?"

다도코로 요시오가 중얼거렸지만, 아마도 깊이 생각하고 내뱉은 말은 아닐 것이다.

"그런데 추리를 전개하는 동안 또 다른 의문이 떠올랐어요. 그것은 우리를 도청하고 있는 인물은 과연 상황을 듣는 것만으로 만족할까, 혹시 보고 싶지는 않을까 하는 것이었습니다."

"카메라……?"

나카니시 다카코가 몸을 움츠리며 주위를 둘러봤다.

"하지만 카메라는 없었다고 아까……."

"카메라는 없습니다."

구가 가즈유키가 대답했다.

"하지만 곰곰이 생각해 보니 그 인물, 즉 아사쿠라 마사미 씨는 상황을 듣는 것만으로는 도저히 만족하지 못할 것 같더군요. 아니, 그녀의 목적을 고려해 보면 범행 현장을 목격하고 싶을 듯했습니다."

그는 역시 이 트릭을 눈치채고 있었다.

"그야 그렇겠지만 어떻게……."

다도코로 요시오도 불안한 눈빛으로 이리저리 두리번거렸다.

"무슨 수로 본다는 거죠?"

"그건 간단합니다. 하기야 저도 정확한 도면을 그려 보기 전에는 반신반의한 게 사실입니다."

"아아, 그러고 보니 어젯밤에 뭔가 그리고 있었죠?"

"도면을 그려 보고 확신을 얻었습니다. 내 추리가 틀리지 않았구나 하고요."

"거, 뜸 들이지 말고 어서 말해 봐요. 아사쿠라 마사미는 지금 어디 있습니까? 어떻게 우리를 보고 있죠?"

다도코로 요시오가 조바심을 내며 물었다.

"아주 가까이 있어요."

"뭐요?"

"자, 나오세요. 당신 말입니다!"

구가가 몸을 휙 돌려 나를 가리켰다.

구가 가즈유키의 독백

"당신 말입니다!"

낡은 스피커를 가리키며 내가 말했다. 아니, 그것은 스피커 모양을 하고 있지만 실제로는 스피커가 아니다. 그 뒤쪽 벽에는 구멍이 뚫려 있고 그녀는 그 안에서 우리를 들여다보고 있을 터였다.

"뭐라고요?"

나카니시 다카코의 눈이 휘둥그레졌다. 다도코로 요시오는 할 말을 잃고 멍해져 있었다.

"첫 번째 살해 현장이 이 레크리에이션 룸이었죠? 두 번째 현장은 옆방이었고요. 그럼 이 두 방 사이에는 무엇이 있을까요?"

"뭐긴 뭐겠어요, 벽이죠."

다도코로 요시오가 망연자실한 표정으로 대답했다.

"그럴 것 같지만, 아닙니다. 도면을 보면 한눈에 알 수 있는데, 저쪽에 있는 창고와 폭이 똑같은 좁고 긴 공간이 있을 겁니다. 아니, 원래 저 창고는 그 둘을 합친 것만큼의 넓이였을 거예요."

그리고 나는 나카니시 다카코에게 고개를 돌렸다.

"이 산장 건물 뒤쪽에 탁구대가 세워져 있다는 건 아시죠?"

나카니시가 네, 하며 고개를 끄덕였다.

"그게 왜 그런 곳에 있는지 줄곧 의문이었습니다. 원래는 이 창고에 들어 있었는데 누군가가 숨어들 공간을 확보하기 위해서 밖에 내다 놓은 겁니다."

"그게 누구죠?"

다도코로 요시오가 얼굴을 찡그리면서 벽에서 떨어졌다.

나는 혼다 유이치를 돌아보았다.

"그녀에게 나오라고 하시죠. 만약 혼자서 나오기 힘들다고 하면 제가 기꺼이 도와 드리겠습니다."

나는 창고 문을 향해 한 발을 뗐다.

"아니에요."

혼다가 재빨리 나를 앞질렀다.

"제가 데려오겠습니다."

"그럼 부탁합니다."

"유이치, 나도 도울게."

아마미야 교스케가 나섰지만 혼다는 손을 뻗어 그를 제지했다.

혼다는 살짝 수그러진 등을 우리에게로 향한 채 창고 문을 열었다. 그곳에는 다다미 반 장 정도 넓이의 텅 빈 공간이 있었다.

혼다가 그 안으로 들어가더니 왼쪽으로 돌아섰다. 그리고 양손으로 벽면의 나무판자를 밀어 올리는 듯한 동작을 취했다. 삐걱거리는 소리를 내며 나무판자가 떨어졌다.

"저런 장치가 되어 있었구나!"

나카니시 다카코가 감탄하듯이 말했다.

혼다는 나무판자를 밖에 내놓고 자신은 그 안으로 들어갔다. 우리는 창고로 다가갔다. 이윽고 안에서 작은 말소리가

308

들려왔다.

"네가 본 그대로야."

"그래."

"괜찮겠어?"

"응."

덜그럭거리는 소리가 들렸다. 그 소리가 점점 이쪽으로 다가오자 우리는 뒤로 물러섰다. 잠시 후 휠체어를 탄 젊은 여자가 창고에서 나왔다. 혼다가 휠체어를 밀고 있었다. 여자는 눈이 부신지 눈 위에 손 그늘을 한 채 연신 눈을 깜박거렸다.

"마사미!"

나카니시 다카코가 외쳤다. 하지만 그녀는 다음 말을 잇지 못하고 입만 뻐끔거렸다.

"어떻게 된⋯⋯ 일이야?"

다도코로 요시오도 겨우 쥐어짜듯이 말하고는 연신 우리를 돌아봤다.

"설명해 드리죠. 아사쿠라 마사미 씨는 그동안 줄곧 여기 있었어요. 아마 우리가 도착하기 전부터였을 겁니다. 그렇죠?"

아사쿠라 마사미가 고개를 까딱했다. 오디션 무대에서 봤을 때보다 놀랄 만치 야위어 턱이 뾰족해져 있었다. 헝클어진 머리도 지난 나흘간의 고생을 말해 주는 듯했다.

"도대체 왜……."

다도코로는 도무지 납득이 안 간다는 듯이 몇 번이나 고개를 내저었다.

"아까도 말했듯이, 살인극을 보려는 것이었습니다. 혼다 씨가 복수를 실행하고, 그 장면을 아사쿠라 씨가 본다는 거죠. 전에 토론한 적이 있죠? 범인이 왜 이런 장소를 선택했는지에 관해서요. 바로 이런 이유에서였습니다."

그리고 나는 혼다와 아사쿠라 마사미를 보았다.

"내부를 보여 주실 수 있을까요?"

"괜찮겠어?"

혼다가 그녀에게 물었다.

"응."

나는 창고 안으로 들어갔다. 나카니시 다카코와 다도코로 요시오도 내 뒤를 따랐다.

"우아……."

다카코는 말문이 막히는 듯했다.

중간 벽을 제거한 창고는 복도처럼 길쭉한 모양이었다. 그 안으로 끝까지 들어가니 삼면의 벽에 폭이 딱 얼굴 정도인 네모난 구멍이 나 있었다. 거기에 눈 위치를 맞추려면 쭈그려 앉아야 하지만, 휠체어에 앉으면 꼭 들어맞는 위치일 것이다.

"어머, 유리에의 방이 보여!"

오른쪽 벽에 난 구멍을 들여다보던 나카니시 다카코가 외쳤다.

"그렇구나! 매직미러 장치야."

"이쪽에서는 라운지가 보여요."

정면의 구멍을 들여다보고 내가 말했다. 복도 난간 너머로 라운지와 식당 일부가 보였다. 레크리에이션 룸과 유리에의 방 사이에도 거울이 붙어 있는데, 그것도 역시 매직미러일 것이다.

"그리고 식당은…… 라운지 쪽에 있는 테이블만 보이는군요. 하지만 우리가 저기 앉아 있었으니 문제가 없었을 겁니다."

테이블에서 각자 앉는 자리가 어쩐지 정해져 있다는 느낌이 들었는데, 그것도 혼다 유이치가 교묘하게 유도한 듯했다.

"이 구멍은 스피커 뒤쪽으로 나 있는 것 같은데."

레크리에이션 룸을 들여다보며 다도코로 요시오가 말했다.

어슴푸레한 공간 속에서 나는 주위를 둘러봤다. 바닥에 펜라이트가 떨어져 있기에 주워 들고 켜 보았다. 헤드폰과 튜너가 눈에 들어왔다.

"도청기용인가 봐요."

다도코로 요시오의 말에 나는 그런 것 같다고 대답했다.

주위를 조금 더 살펴보았다. 에너지바와 캔이 쌓여 있었다. 이런 걸로 용케도 나흘이나 견뎠다 싶었다. 그 바로 옆에는 차량용 휴대 소변기가 있었다. 그걸 보고 있자니 아사쿠라 마사미의 집념이 전해지는 듯한 느낌이었다.

밖으로 나와 보니 혼다 유이치가 아사쿠라 마사미의 옷깃 목덜미 부분에 손을 집어넣고 있었다. 뭘 하나 했는데 물에 적신 수건으로 등을 닦아 주는 것이었다. 우리가 창고 밖으로 나왔음에도 그는 손을 멈추지 않았고, 마지막에는 머리까지 빗질해 주었다. 그러는 내내 아사쿠라 마사미는 눈을 꼭 감고 그에게 몸을 맡겼다.

자신이 속았다는 사실을 알았으니 충격을 받아야 마땅한데, 그녀의 얼굴에는 그런 기색이 전혀 없었다. 혼다에게 화가 나 있는 것 같지도 않았다. 그럴 정도로 두 사람의 애정이 돈독한 것인지, 아니면 지친 나머지 신경이 둔해져서 아무것도 느끼지 못하는 것인지 나로서는 판단하기 어려웠다.

가사하라 아쓰코와 모토무라 유리에는 방 한구석에서 줄곧 울기만 했다. 아마미야 교스케는 그 옆에서 풀이 죽은 모습으로 고개를 숙이고 있다.

"구가 씨……라고 하셨죠?"

침묵을 깬 사람은 뜻밖에도 아사쿠라 마사미다.

"얘기를 계속해 주세요."

"네, 저, 그러니까⋯⋯."

갑작스러운 지명에 볼썽사납게도 평정심을 잃고 말았다. 탐정 역이라는 자가 이 무슨 모양 빠지는 꼴이란 말인가.

"왜 정전이 되었나 하는 얘기부터 하시면 돼요."

"아, 그랬죠. 고맙습니다."

나는 고개를 꾸벅거리다가, 이래서야 너무 위엄이 없지 않나 싶어 살짝 가슴을 펴고 헛기침을 한 번 했다.

"음, 그러니까, 모든 건 아사쿠라 마사미 씨가 보고 있다는 것을 전제한 연기였습니다. 아마미야 씨는 혼다 씨를 대신해서 모토무라 유리에 씨 살해 장면을 연기하게 되었는데, 그때 아마미야 씨가 생각해 낸 작전이 어둠 속에서 범행을 실행한다는 것이었어요. 아마미야 씨는 우선 차단기를 내린 다음 모토무라 씨의 방을 찾아갔습니다. 그러면 그녀가 스탠드를 켜도 불이 들어오지 않을 테니 아사쿠라 마사미 씨에게 자신의 얼굴이 보이지 않을 것이다, 그렇게 생각한 거죠. 물론 모토무라 씨가 수상하게 여길 수도 있었습니다. 목을 조를 만큼 접근하면 상대가 혼다 씨가 아니라는 것쯤은 알 수 있을 테니까요. 하지만 모토무라 씨는 제게 혼다 씨와의 알리바이 만들기에 관해 들었기 때문에 순간적으로 사태를 파악하고 자연스럽게 살해당하는 연기를 했을 거라고 생각합니다."

"그 생각이 맞았어요."

아사쿠라 마사미는 냉철하다고도 할 수 있는 눈빛으로 모토무라 유리에를 바라보았다.

"유리에의 연기는 무척 훌륭했어요."

그러나 정작 모토무라 유리에는 울기만 했다.

나는 혼다 유이치를 보았다.

"그렇게 해서 모토무라 씨 살해 장면은 해결할 수 있었지만, 역시 저와의 알리바이 만들기가 파국을 불러온 거죠?"

"그래요."

그가 고개를 끄덕였다.

"우리가 한 방에서 잔다는 사실을 제삼자에게 알리기로 했는데, 구가 씨가 유리에를 증인으로 선택했다고 했을 때는 정말 행운이 따랐다고 생각했습니다."

"제가 다른 사람을 증인으로 선택했다면 서둘러 모토무라 씨를 입막음해야 했을 테니까요. 만에 하나 이상한 소리라도 했다가 아사쿠라 마사미 씨가 들으면 낭패 아닙니까."

말하면서 나는 혼다에게 증인으로 유리에를 선택했다고 얘기했을 때를 떠올렸다. 그때 혼다는 소스라치게 놀란 표정으로 유리에의 방에 갔었느냐고 물었다. 세면실에서 마주쳤다고 대답하자 그는 적이 안도하는 모습을 보였다. 여자에게 엄격한 성격인가 했는데, 그런 게 아니었다. 내가 혼다와 알리바이를 만들기로 했다는 얘기를 그녀의 방에서 하면 그걸 들은 아사쿠라 마사미가 수상하게 여길 것이 뻔했기 때문이었다. 또한 혼다는 다음 날 아침 일찍 나를 자기 방에서 쫓아냈는데, 그러기 전에 그는 마사미의 동정을 살피러 가서 그녀가 아직 자고 있다는 사실을 확인했을 것이다.

"세 번째 사건은 딱히 문제가 없지만, 다만 한 가지 알 수 없는 게 있습니다. 수면제 말인데요, 대체 어디에 넣었던 겁니까?"

"수프죠."

혼다가 대답했다.

"모두가 보는 앞에서 수프를 만들었지만, 실은 컵에 미리 수면제를 넣어 뒀어요. 물론 나와 교스케의 컵에는 넣지 않았고요."

그랬군. 나는 고개를 끄덕거렸다.

"듣고 보니 단순한 작업이었군요. 온통 우유에만 신경을 곤두세웠는데 말이죠. 자, 이상이 우리가 아닌 아사쿠라 마사미 씨를 속이려고 꾸며진 연극의 내막이었습니다. 이 외에도 혼다 씨와 아마미야 씨 등이 공모했을 것으로 보이는 일이 몇 가지 있지만, 그건 나중에 천천히 검토하기로 하죠."

내가 말을 마치자 일동은 자연스럽게 아사쿠라 마사미를 주목했다. 그 시선을 느꼈는지, 휠체어에 앉아 있던 그녀가 가슴을 살짝 젖히며 이쪽을 봤다.

"이번에는 내가 얘기할 차례인 것 같군요."

"궁금한 게 한두 가지가 아니니까요."

"그렇겠죠. 하지만 무엇부터 얘기하면 좋을지……."

"그야 역시 동기부터겠죠."

"동기요……."

아사쿠라 마사미가 살며시 눈을 감았다가 흠칫할 만큼 날카로운 시선으로 이쪽을 쏘아보았다.

5

레크리에이션 룸.

모두가 나를 보고 있었다. 지금까지 화면 속 등장인물이었던 구가 가즈유키와 나카니시 다카코, 그리고 아마미야 교스케가.

이제 나의 시점은 신의 시점이 아니다. 나 또한 등장인물의 하나가 되었다.

"부탁드려요, 아사쿠라 마사미 씨."

구가 가즈유키가 말했다.

"동기를 말해 주세요. 대체 무슨 일이 있었던 겁니까?"

"알겠어요."

내가 대답했다.

"전부 얘기할게요."

방 안 공기가 팽팽해졌다.

모든 일의 발단은 그 오디션이었다.

도고 신페이가 일곱 명의 이름을 발표했을 때, 그중에 내 이름이 없는 것을 알고 나는 뭔가 착오가 있을 거라고 생각했다. 모든 과제를 완벽하게 소화했다는 자신감이 있었고, 개성이 독특한 나카니시 다카코나 유파가 다른 연기를 선보인 구가 가즈유키라면 모를까, 그 외의 응시자에게 뒤떨어진다는 생각은 해 보지 않았기 때문이다.

그런데 믿기 어려운 결과가 나왔다. 가사하라 아쓰코와 모토무라 유리에가 붙었는데 내가 떨어지다니. 나는 발표 후 도고 신페이를 만나러 갔다. 그리고 내게 무슨 문제가 있는지 따져 물었다.

그의 대답은 더없이 애매하고 무책임했다. 극단에는 나름의 방침이 있고, 자신은 그것을 따랐을 뿐이라고 했다. 그게 전부였다. 그 외에는 아무 말도 하지 않았다. 나는 뭔가 뒷배경이 있을 거라고 짐작했다.

그날로 나는 연극을 그만두기로 마음먹고 고향으로 내려 갔다. 일단 마음을 진정시키는 것이 급선무라고 생각했다. 하루빨리 나쁜 기억은 잊어버리자.

그런데 그런 내 심경을 뒤흔들어 놓는 일이 생겼다. 가사하라 아쓰코와 모토무라 유리에, 아마미야 교스케, 이 세 명이 찾아온 것이다. 그들은 내게 연극을 그만두지 말라고 했다. 내가 어떤 기분으로 자신들의 얘기를 듣고 있는지 그들은 전혀 모르는 눈치였다. 그중에서도 특히 내 상처를 헤집어 놓은 것은 아마미야 교스케의 말이었다.

"그때 만일 네가 맥베스 부인을 연기했다면 심사 위원들이 만점을 줬을 거야."

그러니 그렇게 훌륭한 연기력을 사장시키는 것은 아깝다는 그의 논리 이면에는 어울리지 않게 줄리엣을 연기한 게 문제였다는 속내가 담겨 있었다.

그의 말에 가사하라 아쓰코와 모토무라 유리에도 동의한다는 듯이 고개를 끄덕였다. 그녀들도 아마미야 교스케와 똑같은 마음을 숨기고 있음이 분명했다.

그다음 얘기는 거의 귀에 들어오지 않았다. 왜 그들에게 이렇듯 모욕적인 말을 들어야 하는가, 그런 생각만 화산 속 용암처럼 내 마음속에서 부글거렸다.

그런 내 마음을 눈치채지 못한 채 그들은 속이 빤히 들여다보이는 빈말로 설득을 계속했다. 나는 인내심이 한계에 다다랐고, 나도 모르게 소리치고 말았다.

"비열한 방법으로 합격한 너희들에게 동정 따위 받고 싶지 않아!"

난데없는 내 공격에 아연해진 그들은 대뜸 그 말이 무슨 뜻이냐고 따져 물었다. 나는 말했다. 도고 신페이에게 아쓰코는 육체를, 유리에는 돈을 상납해서 배역을 따낸 주제에, 라고. 당연히 그들은 불같이 화를 내며 자리에서 일어났다. 그중에서도 가장 분노를 나타낸 사람은 아쓰코로, 그녀는 내가 만일 연극계로 돌아오더라도 절대 협력하지 않겠다는 말까지 내뱉었다.

그런데 그들이 우리 집 앞 주차장에 세워 둔 차가 근처 식료품점 트럭에 막혀 빠져나갈 수가 없었다. 사정을 알게 된 엄마가 식료품점에 트럭 운전사를 부르러 간 사이에 그들은 우리 집 현관 안쪽에서 기다리게 되었다.

방에서 나는 그들의 대화를 엿듣고 있었다. 당연히 내 험담을 할 줄 알았는데, 그들의 대화에는 내 이름조차 등장하지 않았다. 아쓰코는 조만간 약혼하게 될 교스케와 유리에를 놀려 대며, 모처럼의 드라이브에 훼방꾼이 끼어들어 미안하다느니 하는 농담을 했다. 교스케는 이왕 여기까지 왔으니 좀 멀리 돌아서 가자고 제안해 두 여성을 기쁘게 했다.

그들의 대화를 듣고 있자니 나는 다시 부아가 치밀어 올랐다. 애당초부터 그들에게는 나를 끝까지 설득할 마음 따위는 없었던 것이다. 돌아가는 길이 그들에게는 즐거운 드라이브에 지나지 않았다. 자신들에 관한 화제로 이야기꽃을 피울 뿐, 연극을 그만둔 동료 따위는 안중에도 없었다. 그렇게 생각하자 슬픔이 밀려왔다. 다른 단원들 역시 머지않아 나를 잊고 말 것이다…….

나의 뇌리에 심술궂고 못된 생각이 떠올랐다. 돌아가는 그들을 길 한가운데서 오도 가도 못 하게 하자는 것이었다. 나는 아이스픽을 들고 뒷문으로 나가서 그들이 타고 온 차의 뒷바퀴에 찔러 넣었다. 스페어타이어에도 똑같이 했다. 지금 생각하면 유치하기 짝이 없는 발상이지만, 당시에는 그들의 드라이브를 망치고 싶었다.

내가 다시 뒷문으로 들어오는데 그들이 현관에서 나갔다. 아쓰코는 이쪽의 기척을 느낀 듯했지만 인사조차 하지 않았다.

식료품점 트럭이 비켜 주자 그들의 차가 출발했다. 나는 2층 창문에서 떠나는 차의 뒷모습을 바라보았다. 레이디얼 타이어라서 공기가 금방 빠지지는 않을 것이다. 얼마나 가서 알게 될까. 어쩌면 도움을 청하러 되돌아올지도 모른다.

그런저런 상상을 하는 동안 점점 기분이 언짢아졌다. 어리석은 짓을 했다는 생각이 가슴을 짓눌렀다. 자기혐오에 빠져 괴로워하다가 끝내는 그들이 무사히 도쿄로 돌아가기를 바라게 되었다.

바로 그때 전화가 걸려 왔다. 아쓰코였다. 그녀의 목소리를 들은 나는 화들짝 놀랐다. 그녀가 울고 있었다.

"큰일 났어. 어떡하면 좋아. 교스케랑 유리에가, 둘이 굴러서……."

"뭐라고? 무슨 말이야? 그 둘이 어쨌다고?"

"굴렀어……, 차가. 갑자기 핸들에 이상이 생겨서. 나는 구르기 직전에 뛰어내렸지만 그 둘은 미처 빠져나오지 못해서, 그래서 벼랑 아래로……. 살기는 힘들 거야, 엄청 높은 곳에서 떨어졌으니까. 둘 다 죽었을 거야!"

이명이 시작된 것은 아쓰코의 절규 때문만이 아니었다. 격렬한 두통이 나를 덮쳐 왔다. 전화를 끊은 나는 방으로 돌아왔다. 머리에 모포를 뒤집어쓰고 마음을 진정시키려고 했다. 그러나 머릿속에서는 살인이라는 두 글자가 빙빙 맴돌았다. 죽이고 말았다. 나는 아마미야 교스케와 모토무라 유리에를 죽이고 말았다.

그러고서 얼마나 시간이 지났을까. 정신을 차렸을 때 나는 스키 장비를 차에 싣고 있었다. 엄마가 뭔가 물었지만 뭐라고 대답했는지 기억나지 않는다.

나는 죽기로 결심했다. 사람을 죽인 이상 미래로 향한 문은 완전히 닫히고 말았다.

그 장소를 선택한 데는 이유가 있었다. 나는 어렸을 때부터 스키를 좋아해서 친구랑 곧잘 타러 가곤 했는데, 그때마다 거기 있는 '활강 금지'라는 표지판이 왠지 내 마음을 끌었다. 과연 저곳에는 어떤 위험이 도사리고 있을까. 위험할 수도 있지만, 어쩌면 지금까지 본 적 없는 광경과 맞닥뜨릴지도 모른다. 절대 갈 수 없는 곳인 만큼 상상의 나래는 부풀어만 갔다.

그래서 죽는 수밖에 없다고 생각했을 때 나는 주저 없이 그곳으로 향했다. 그곳에는 분명 나의 죽음과 걸맞은 장소가 있을 것이다……. 나는 그것이 마치 옛날부터 정해져 있는 내 운명인 양 곧장 그곳으로 향했다.

활강 금지 표지판은 비록 새것으로 바뀌긴 했어도 어렸을 때 본 것과 거의 똑같은 위치에 세워져 있었다. 그 앞으로 펼쳐진 광활한 눈의 벌판에는 단 한 줄의 활주 자국도 없었다. 나는 숨을 크게 들이쉰 다음 설원 한복판으로 미끄러져 나갔다.

무게 중심을 약간 뒤로 두어 스키 앞부분이 살짝 들리도록 하고 돌진했다. 나무들 사이를 헤치고 급경사면을 활강했다. 그리고 조그만 숲을 지나쳤을 때 마침내 내가 죽을 장소를 발견했다. 눈앞에 순백의 슬로프가 펼쳐져 있었다. 마치 비단 띠를 드리워 놓은 것 같았다. 그 띠 끝이 뚝 끊어지는 지점에 깊은 어둠의 골짜기가 숨어 있었다.

나는 눈을 꼭 감고 죽음의 활강을 시작했다. 몇 초 후, 하늘과 땅이 뒤집혔다고 생각한 순간 의식이 사라졌다.

정신이 돌아온 건 병원 침대 위에서다. 내 몸에 일어난 일을 이해하는 데는 시간이 좀 걸렸다. 죽으려고 했던 사실조차 잊고 있었다. 그러나 기억이 떠오르자 이번에는 죽지 못한 것이 몹시 한스러웠다. 엄마는 눈물을 흘리며 나의 생환을 기뻐했지만, 나는 그런 엄마의 얼굴을 대하기조차 성가셨다. 왜 그런 곳에서 스키를 탔느냐고 엄마가 물었지만 나는 대답하지 않았다. 죽을 작정이었다는 말은 할 수 없었다.

그보다 내게는 더 신경 쓰이는 것이 있었다. 아마미야 교스케와 모토무라 유리에의 일이었다. 시신은 어떻게 되었을까.

엄마에게 넌지시 그들에 관한 얘기를 꺼내자 뜻밖의 대답이
돌아왔다.

"아마미야도 연락했더라. 다들 걱정한다고."

"아마미야? 그 친구가 연락했어?"

"응. 아쓰코와 유리에게도 전해 달라고 얘기해 두었으니
까 조만간 면회하러 올지도 몰라."

아마미야 교스케도 모토무라 유리에도 살아 있다…….

그제야 나는 내가 속았다는 걸 깨달았다. 아마도 그들은 타
이어에 펑크가 나서 도중에 발이 묶였을 것이다. 그리고 내가
한 짓이 분명하다는 생각에 복수할 요량으로 전화해서 그런
거짓말을 한 것이다. 그 리얼한 연기에 나는 완전히 속아 넘
어갔다.

한편 나는 의사에게 내 몸 상태에 관해 듣게 되었다. 외상
은 대단치 않지만, 하반신의 움직임을 관장하는 중추 신경이
망가졌다고 했다. 아니나 다를까, 허리 아래로는 근육을 조금
도 움직일 수 없었다. 마치 하반신이 없는 듯한 느낌이었다.
나는 며칠을 계속해서 울었다. 자신의 행동에서 비롯된 일이
라고는 해도, 그 경위를 생각하니 마음속에서 증오심이 끓어
올랐다. 물론 그 세 사람에 대한 증오다. 나는 엄마에게 그들
의 면회를 철저히 막아 달라고 했다.

퇴원은 의외로 빨랐지만, 휠체어 없이는 아무것도 할 수 없는 상태였다. 혼다 유이치가 찾아온 것은 마침 퇴원하는 날이었다. 한동안은 아무도 만나지 않을 작정이었고, 특히 극단 사람들의 얼굴은 마주하고 싶지 않았지만, 그러면 만나 볼까 하는 생각이 들었다. 혼다 유이치는 누구보다 내 연기를 높이 평가해 준 사람이고, 늘 친절하게 대해 준 기억이 있었기 때문이다. 내게 호감을 품은 듯한 느낌도 막연히 있었다. 크리스마스에는 목걸이를 선물해 주기도 했다. 그러나 그를 연애 상대나 결혼 상대로 생각해 본 적은 없다. 그저 좋은 친구일 뿐이었다.

혼다 유이치는 꽃다발과 클래식 CD, 만화책, SF 액션 영화 비디오를 가져왔다. 하나같이 내가 좋아하는 것들로, 이런 것이 세상에 있다는 사실조차 잊고 있었기에 눈물이 핑 돌만큼 기뻤다.

그는 내 다리에 관한 일이나 스키, 연극과 오디션 같은 화제는 건드리지 않으면서 이런저런 얘기를 풀어 놓았다. 아마 마음의 준비를 단단히 하고 왔을 것이다.

그 덕분에 조금은 기분이 나아졌지만, 그것도 오래가지는 않았다. 오히려 그가 돌아가자 그 반작용으로 외로움과 괴로움이 해일처럼 밀려와 마음을 덮쳤다. 나는 면도칼로 손목을 그었다 두 번째 자살 시도였다.

흐르는 피를 나는 멍하니 바라보았다. 엄마가 부르는 소리가 난 것 같았지만 대답할 기력이 없었다. 어서 죽음이 찾아오기를 바랐다.

그때 뜻밖에도 혼다 유이치의 목소리가 다시 들렸다. 환청인가 보다 했는데 아니었다. 그가 달려와 옆에 놓여 있던 수건으로 내 팔을 아플 만큼 꽉 묶었다. 무슨 바보 같은 짓이야! 그 말을 그는 몇 번이나 되풀이했다. 정신을 차려 보니 엄마도 옆에서 발을 동동 구르고 있었다.

나는 갓 퇴원한 병원에 다시 가서 응급 처치를 받았다. 한심하게도 칼날이 동맥에는 미치지도 않았으며 피부에 상처를 내는 데 불과했다. 의사는 그대로 내버려 두어도 피가 멈췄을 거라고 했다. 그 말을 듣고 나는 자살조차 제대로 못하는 사람이라고 생각했다.

혼다 유이치와 단둘이 있게 되자 그는 도쿄로 돌아가려고 역까지 갔다가 아무래도 내 표정이 마음에 걸려서 다시 돌아왔다고 말했다.

나는 그에게 모든 것을 털어놓기로 했다. 세 사람이 집으로 찾아왔던 일, 그리고 자살하려고 했던 이유를. 그는 나의 고통과 슬픔, 분노를 이해해 주었다. 휠체어에 앉은 내 무릎에 얼굴을 묻고 느껴 울기까지 했다. 세 사람을 절대 용서하지 않겠어, 자신들이 무슨 잘못을 했는지 뼈저리게 느끼도록 해줄 거야, 마사미 앞에 무릎을 꿇리고, 마사미가 납득할 때까지 용서를 빌도록 하겠어, 라고 말했다.

그러나 나는 그런 혼다 유이치에게 고개를 저었다. 그들이 사과한다고 해서 내 미래를 돌이킬 수는 없으므로. 설령 그들이 한때 죄책감에 시달린다 해도 시간이 흐르면 나를 잊을 것이다. 그들에게는 빛나는 미래가 있으니까. 나는 혼다 유이치에게 말했다. 너도 지금은 이렇게 애달파하지만, 언젠가는 장애가 있는 여자 따위 거들떠보지도 않을 것이고, 어쩌다 떠오르면 '그런 일도 있었지' 하며 한숨이나 내쉬고 말 거라고. 내 말에 그는 얼굴을 붉히며 힘주어 말했다.

"나를 못 믿는 거야? 나는 언제까지고 마사미 곁에 있을 거야. 마사미가 원하는 일이라면 무엇이든 할게. 내가 어떻게 했으면 좋겠어?"

혼다 유이치는 열띤 목소리로 부르짖듯이 말했지만, 나는 그의 열정을 순순히 받아들일 수 없었다. 입으로야 무슨 말인들 못 하겠는가.

"그럼,"

나는 말했다.

"세 사람을 죽여 줘."

그가 동요하는 것을 한눈에 알 수 있었다.

"그것 봐, 못 하겠지? 그러니까 허튼소리 하지 마."

잠시 침묵하던 그가 고개를 들고 내 눈을 바라보며 말했다.

"그래, 알았어. 죽일게, 세 사람."

~~~~~~

구가 가즈유키의 독백

"그때 내 대답이 다소 늦었던 건 사실이야."

아사쿠라 마사미의 긴 고백이 끝나자 혼다 유이치가 말했다.

"하지만 그건 대답이 망설여져서가 아니라 다시 한 번 내 마음을 확인해야겠기에 그랬던 거야. 사실은 마사미에게 그간의 사정을 들은 순간 나도 세 사람을 죽이고 싶었어. 마사미에게 자업자득이라고 말할 사람도 있겠지만, 그건 아니라고 봐. 마사미가 왜 타이어에 펑크를 냈는지, 세 사람은 그 점을 먼저 되돌아봤어야 하지 않을까? 그리고, 아무리 앙갚음하려는 의도였다 해도 그 거짓말은 너무했어. 도가 지나쳤다고. 도저히 용서할 수 없었어."

"내 잘못이야."

가사하라 아쓰코가 아까보다 한층 격렬하게 흐느끼며 말했다.

"내가 내뱉은 말 때문이야. 타이어에 펑크가 나서 꼼짝 못하게 되었을 때 곧바로 마사미의 짓이라는 생각이 들었어. 그래서 앙갚음하고 싶은 마음에 그만……. 사고가 일어나서 두 사람이 죽었다고 하면 반성할 거라고 생각했어. 모두 내 잘못이야."

흐느끼는 그녀의 어깨를 감싸 안은 채 모토무라 유리에도 눈물을 흘렸다.

"아쓰코 탓만은 아니야. 나도 반대하지 않았으니까."

"나도 마찬가지야."

경쟁이라도 하듯이 참회하려는 세 사람을 "자, 자." 하고 손을 들어 진정시키고 나서 나는 혼다에게 물었다.

"그래서 살인 계획을 세웠다는 말인가요?"

"계획은 제가 세웠어요."

아사쿠라 마사미가 대답하며 실내를 둘러봤다.

"이 산장은 돌아가신 아버지의 동생, 그러니까 작은아버지 소유예요. 복수하기로 결심하자 문득 이곳이 떠올랐죠. 왠지 아세요?"

"저런 공간이 있어서겠죠."

나는 창고 쪽을 손가락으로 가리켰다.

"맞아요. 나는 유이치가 나도 모르는 곳에서 그들을 죽이는 건 싫었어요. 구가 씨가 말했듯이 복수의 과정을 내 두 눈으로 똑똑히 보고 싶었죠. 그러지 않고서는 분이 풀릴 것 같지 않았어요."

"저 구멍들은 처음부터 있었습니까?"

"구멍은 원래 하나뿐이었어요. 작은아버지가 질이 안 좋은 사람이라서 옆방을 들여다보려고 뚫어 놓았죠. 아마 젊은 여자 손님이 묵을 때마다 창고 안에서 몰래 훔쳐봤을 거예요."

"작은아버지가 오다 씨입니까?"

첫날 만난 중년 남자를 떠올리며 물었다. 아사쿠라 마사미는 고개를 끄덕였다. 성실하고 소박한 남자인 줄 알았는데 뜻밖에도 음흉한 사람이었던 것이다.

"그럼 라운지와 이 방 쪽으로 뚫려 있는 구멍은요?"

"그건 제가 작은아버지께 부탁해서 뚫었어요. 도청기와 나무판자로 된 벽을 설치한 것도 마찬가지고요."

"그럼 작은아버지도 살인 계획을 알고 있었단 말이야?"

나카니시 다카코가 눈을 동그랗게 떴다. 아사쿠라 마사미는 고개를 저었다.

"작은아버지는 아무것도 몰라. 내가 여기서 다 같이 연극 연습을 할 거라고 말해 두었어. 그것도 실제로 생활하는 식으로 한다고 했지. 그게 연출가 도고 선생님의 지시라고. 그리고 선생님의 지시로 나는 단원들을 몰래 관찰해야 해서 그 비밀의 장소에 숨어 있을 거라고 했어. 작은아버지는 왠지 신나서 장치를 만드는 눈치였어."

"쉽게 속아 넘어가는 성격이시구나."

나카니시 다카코가 툭 내뱉었다.

"이 건물은 조만간 철거될 예정이야. 작은아버지가 그런 사람이다 보니 운영이 잘 안됐어. 건물도 이렇게 낡은 데다 방마다 화장실도 샤워 시설도 없으니 요즘 젊은 사람들이 좋아하지 않았겠지. 그래서 벽에 구멍을 뚫자고 했을 때 별 거부감 없이 받아들였던 듯해."

"경영 상태가 그러니 나흘이나 통째로 빌리는 것도 어렵지 않았겠네요."

내 말에 아사쿠라 마사미는 고개를 끄덕였다.

"맞아요. 작은아버지는 이번 황금연휴에 손님 몇 쌍을 받는 것을 끝으로 문을 닫을 계획이었나 봐요. 그때까지는 개점휴업 상태로 놔두려고 했고요. 나흘간 통째로 빌려서 연극 연습을 하고 싶다고 했을 때는 다소 성가셔하는 기색이더니, 식료품과 연료만 준비해 주면 되고 펜션을 지킬 필요도 없다고 했더니 반색하면서 오케이 했어요. 그런 데다 내가 비밀 장소에 숨어 있는 것도 재미있어하는 것 같았고요."

나는 첫날 오다 신이치가 했던 말을 떠올렸다. 그는 중개인을 통해 도고 신페이의 예약을 받았다고 했다. 그 중개인이 바로 아사쿠라 마사미였던 것이다. 그때 이미 그는 마사미가 숨어 있을 것을 알았다고 하니 그 역시 대단한 배우라고 할 만했다.

"그렇게 해서 준비를 마쳤고, 남은 일은 너희를 기다리는 것뿐이었어."

"도고 선생님 이름으로 편지를 쓴 사람도 물론 마사미 씨겠죠?"

"네. 도고 선생님이 오디션 후 상당히 심한 슬럼프에 빠져서 당분간 대본이 나오지 않을 거라는 정보를 유이치가 입수했어요. 선생님 성격상 그런 사실을 우리에게 말할 리 없으니 편지가 가짜라는 것도 들통날 염려가 없다고 확신했죠. 다만 소인이 히다다카야마여서는 안 되니까 도쿄에서 보내 달라고 유이치에게 부탁했어요."

이거야 원. 역시 도고 선생님의 상태가 그랬군. 내 짐작이 맞았어. 이번 오디션을 계기로 배우로서 성공하겠다던 내 야망은 아무래도 물거품이 될 모양이다.

"복수의 대상인 세 사람뿐 아니라 오디션 합격자 전원을 부른 이유는요?"

"그야 물론 의심을 사지 않으려고 그랬죠. 일을 완벽히 처리하고 싶었으니까요."

"그렇군요. 말씀하신 대로……,"

나는 한숨을 내쉬었다.

"정말 훌륭한 계획이었습니다. 목표한 세 사람이 잇달아 살해되고, 게다가 관련자들이 경찰에 신고할 수도 도주할 수도 없게 하는 상황은 아마 이런 방법을 사용하지 않고는 만들기 어려웠을 거예요."

내 말에 그녀는 비로소 어렴풋한 미소를 머금었다.

"구가 씨는 전에도 그런 식으로 칭찬한 적이 있어요. 만일 이것이 실제 사건이라면 그야말로 훌륭한 살인 계획이라고요."

"칭찬했다기보다는 두려움을 느꼈던 겁니다. 범인의 재능에 말이죠. 그건 그렇고……,"

나는 고개를 들었다.

"혼다 씨는 마사미 씨의 계획을 듣고도 그걸 충실히 이행하지 않았어요. 왜 그랬는지 설명해 주시겠습니까?"

"그걸 설명하기 전에 분명히 해 둬야 할 일이 있어요."

혼다 유이치가 말했다.

"마사미가 여전히 숨기고 있는 사실이 있습니다."

그의 말에 아사쿠라 마사미가 놀란 듯 그를 돌아다봤다.

"난 숨기는 거 없어."

"아니, 난 알고 있어. 그러니까 마사미가 왜 타이어에 그런 장난을 쳤는지 이해할 수 있었고."

그가 나를 향해 있던 시선을 천천히 옆으로 옮겼다.

"마사미는…… 교스케를 좋아하고 있어."

"컥."

목이 메는 듯한 소리를 낸 사람은 나카니시 다카코였다. 그러나 나 역시 그녀 못지않게 놀랐다.

"유이치, 그건……."

"괜찮아, 숨길 필요 없어. 내가 반한 여자에 관해서는 모르는 게 없으니까."

혼다 유이치가 자조적으로 웃으면서 나를 봤다.

"구가 씨는 그녀의 줄리엣 연기를 칭찬했죠?"

"네."

"하지만 그 멍청한 심사 위원들은 그걸 알아보지 못했어요. 유리에의 아름다움에 현혹되어서 말이죠. 물론 그게 유리에의 잘못은 아닙니다. 자, 문제는 왜 마사미가 굳이 줄리엣을 선택했느냐 하는 건데요,"

그 이유를 알 리 없는 나는 고개를 갸우뚱했다.

"그건 바로 교스케가 로미오였기 때문입니다."

나도 모르게 아! 하는 소리를 내고 말았다. 듣고 보니 그랬다.

"마사미는 아무 말 안 했지만,"

그가 양손을 그녀의 어깨에 살포시 얹었다.

"그런 게 꿈이 아니었을까? 좋아하는 남자랑 '로미오와 줄리엣'을 연기하는 거 말이야. 이렇게 말하기는 뭐하지만, 마사미의 캐릭터로 볼 때 줄리엣 배역이 마사미에게 돌아오기는 힘들었을 거야. 뭐, 그 점이 또 내 취향이기는 하지만."

아사쿠라 마사미는 눈을 내리깔고 가만히 그의 말에 귀 기울이고 있었다. 그런 모습으로 보아 혼다의 말이 거짓이 아님을 알 수 있었다.

"그런 만큼,"

혼다가 다시 인상을 썼다.

"너희가 마사미에게 한 짓은 절대 용서할 수 없어. 특히 교스케 너 말인데, 로미오 역에게, 그것도 자신이 좋아하는 남자에게 '너는 줄리엣 역에 어울리지 않아'라는 말을 듣는다면 충격이 얼마나 크겠어. 거기에 교스케와 약혼했다는 소문이 떠도는 유리에나 아쓰코까지 동조한다면 말이야."

"하지만,"

나카니시 다카코가 입을 열었다.

"마사미가 교스케를 좋아한다는 사실을 몰랐으니 어쩔 수 없잖아."

"아니, 그들은 알았을 거야. 그래서 마사미를 설득하러 갈 때 교스케를 데리고 간 거지. 마사미가 녀석의 말은 들을 거라고 생각했을 테니까."

"그런 거야?"

나카니시가 묻자, 가사하라 아쓰코가 희미하게 고개를 끄덕였다.

"그런 의도가 있었던 건…… 사실이야."

"그것도 모자라서 그들은 마사미에게 상처를 입혔다는 사실 따위는 아랑곳하지 않았어. 오히려 교스케와 유리에는 데이트하는 기분으로 드라이브를 즐길 생각이나 하고, 아쓰코는 그런 둘을 놀려 대며 재밌어할 만큼 무신경했어. 그 정도면 피가 거꾸로 솟는 것도 무리가 아니지 않을까."

"됐어, 유이치. 그렇게 말하니까 내가 더 비참해지잖아."

"아, 미안……."

마사미의 말에 혼다 유이치가 얼른 사과했다. 그리고 다시 사람들을 봤다.

"아무튼 나는 마사미의 얘기를 듣고 화가 솟구쳤어. 세 사람을 죽이겠다고 마음먹었지. 하지만 시간이 좀 흐르자 역시 그럴 수는 없다는 생각이 들었어. 나는 평범한 인간에 지나지 않으니까."

평범하다기보다 정상적이라고 해야 할 것이다.

"그리고 또 하나. 마사미 얘기를 들었을 때 나는 직감했어. 그녀가 복수를 끝내면 스스로 목숨을 끊을 작정이구나 하고. 구가 씨도 말했지만, 범행 후 어떻게 해야 할지 대책이 없었거든. 마사미는 자신이 어떻게든 수습할 거라고 했지만 아무리 고민해도 그런 방법은 없었어."

"어떻게 할 작정이었나요?"

내가 아사쿠라 마사미에게 물었다.

"그가 말한 대로예요."

포기했다는 듯이 그녀가 대답했다.

"자살할 생각이었어요. 내가 사건의 범인이라는 유서를 남기고요. 유이치를 범인으로 만들고 싶지는 않았거든요."

"하지만,"

나는 그녀의 다리에 눈길을 주었다.

"직접 범행에 나설 수 없을 텐데……."

"그렇죠. 하지만 그걸 입증할 수도 없잖아요."

"흠……."

대답할 말이 없었던 나는 입을 다물었다. 그리고 얘기를 계속하라는 듯이 혼다를 바라보았다.

"그래서 이 계획을 실행에 옮길 수는 없다고 생각했습니다. 물론 단호하게 거절하는 방법도 있었지만, 그럴 경우 마사미는 세 사람을 증오하는 감정 때문에 평생 고통을 짊어진 채 살아가게 되겠죠. 그래서 궁리 끝에 얻은 결론이 이 모든 상황을 연극으로 꾸미자는 것이었습니다. 저는 세 사람에게 자초지종을 털어놓았어요. 그들도 제 계획을 받아들였죠. 하지만 고맙다는 마음은 없어요. 그들은 당연히 해야 할 일을 했을 뿐이니까."

"연극을 보고 마사미 씨가 만족할 거라고 생각했습니까?"

"아니요, 그렇지 않아요. 마사미가 틀림없이 도중에 중단시킬 거라고 믿었습니다. 아무리 증오한다 해도 동료 셋이 연달아 살해당하는 모습을 그대로 지켜볼 리 없다고 생각했죠. 자신이 얼마나 끔찍한 짓을 저지르고 있는지 반드시 깨달을 거라고요. 그렇게 되면 이 모든 일이 연극이었다는 걸 알게 되어도 안도하면 안도했지 화를 내지는 않을 거라고 판단했습니다. 그래서 마사미에게 긴급한 일이 생기면 벽을 힘껏 두드리라고 말해 두었죠."

"그러나 실제로는 끝까지 그런 일이 일어나지 않았어요."

"네, 예상 밖이었습니다."

혼다가 고개를 숙였다.

"적어도 교스케를 살해하는 장면에서는 벽을 두드릴 줄 알았는데……."

그만큼 증오심이 강했다는 뜻인가.

"한 가지 질문이 있습니다. 모토무라 씨를 살해할 때 사용한 흉기를 혼다 씨가 발견했는데, 그건 어떻게 된 일이죠? 그러지 않았다면 계획이 훨씬 순조롭게 흘러갔을 텐데 말입니다."

"그건 마사미가 처음부터 계획한 일이었습니다. 마사미 말로는 자신들이 왜 살해당하는지 모른다면 복수의 의미가 없다는 거예요. 그래서 세 번째 살해당하는 인물에게 이 살인 사건이 현실일지도 모른다는 공포심을 심어 주고 그 동기를 생각해 보게 하려고 그런 장치를 심어 둔 겁니다. 그 세 번째 인물이 교스케라는 말을 듣고 납득했습니다. 녀석에게는 마사미 자신이 범인이라는 사실을 알려 주고 싶었던 게 아닐까 싶습니다."

"그럼 동기에 대해서 토론할 때 아사쿠라 마사미 씨의 이름이 나온 것도 계산된 일이었군요."

"네. 만일 아무도 언급하지 않으면 제가 말할 생각이었어요. 그리고 교스케는 마사미가 범인일 거라는 추리를 필사적으로 부정하는 연기를 할 계획이었고요. 때마침 요시오가 나서는 바람에 분위기가 한층 고조되었죠. 다만, 아쓰코가 살해된 후 구가 씨가 마사미 얘기를 꺼냈을 때는 정말 당황스러웠습니다. 그때는 마사미를 언급할 타이밍이 아니었으니까요."

나는 그때 일을 떠올려 보았다. 그러고 보니 혼다 유이치뿐 아니라 아마미야 교스케까지 마사미에 관한 화제를 피하려는 기색이 역력했다.

"꽃병에 묻은 피는 어떻게 된 거죠?"

"이거요."

혼다가 왼팔 소맷자락을 걷어 올렸다. 팔꿈치 바로 밑에 반창고가 붙어 있었다.

"면도날로 살짝 그었습니다. 누구 피인지는 알 수 없을 테니까요."

"제 짐작대로군요."

"구가 씨는 정말 감이 좋아요. 다카코 너도 마찬가지야. 시신 처리에 관한 얘기가 나왔을 때 네가 우물을 생각해 냈잖아. 도움이 많이 됐어."

칭찬을 들은 다카코가 흐뭇한 표정을 지었다.

"어찌 됐건 나로서는 마사미를 생각해서 한 일이지 속이려고 그랬던 게 아니야. 이 일로 마사미가 나를 미워한다 해도 어쩔 수 없어. 달리 방법이 없었으니까."

거의 자포자기한 듯한 말투였지만, 그것이 혼다 유이치 나름의 애정 표현이기도 할 것이다. 나는 아사쿠라 마사미를 주시했다. 그녀는 아까부터 전혀 표정을 바꾸지 않았다.

모두가 지켜보는 가운데 그녀가 입을 열었다.

"나, 알고 있었어, 연극이라는 거."

헉, 하고 누군가 숨을 들이마시는 소리가 났다. 나 역시 놀라서 눈을 깜박였다.

"알고 있었다고, 언제부터?"

혼다 유이치가 물었다.

"처음부터 뭔가 이상했어. 모든 일이 너무 딱딱 맞아떨어지잖아. 유리에와 아쓰코가 같은 침실을 사용하는가 하면 첫날 밤 아쓰코가 혼자 피아노를 치고 말이야. 헤드폰을 사용한 것도 좀 의아했어. 하지만 이 모든 게 내게 보여 주기 위한 연극이구나 하고 확신한 건 둘째 날 밤이었어."

아사쿠라 마사미는 멍한 표정으로 서 있는 다도코로 요시오를 올려다봤다.

"요시오 너, 유리에 방에 갔었지? 가서 프러포즈했잖아."

졸지에 가슴에 숨기고 있던 비밀이 공개되자 다도코로는 넋이 나간 사람처럼 입을 쩍 벌린 채 동작을 멈췄다.

"그때 유리에가 말했지? 교스케와 자신은 아무 사이도 아니라고. 그때 깨달았어. 유리에는 내가 보고 있다는 걸 아는구나 하고."

"아아."

유리에가 애처롭게 일그러진 얼굴을 양손에 묻었다.

"그럼 거짓이라는 걸 알면서도 끝까지 보고 있었단 말이야?"

혼다 유이치가 물었다.

"그래."

"왜?"

"글쎄."

그녀가 고개를 갸웃했다.

"나도 잘 모르겠어. 물론 연극이라는 걸 알았을 때는 화가 났지. 하지만 중단시키고 싶지는 않았어. 이 연극을 한번 구경하자는 생각이 들더라. 대체 어떤 식으로 연기하는지 끝까지 지켜보고 싶었어."

그리고 그녀는 비탄에 잠긴 세 사람에게 말했다.

"너희들, 연기가 꽤 그럴듯하던걸."

"마사미!"

아마미야 교스케가 더는 못 견디겠다는 듯이 휠체어로 달려가 아사쿠라 마사미의 발밑에 엎드렸다.

"미안해. 용서해 달라는 말은 하지 않을게. 하지만 어떻게 든 갚게 해 줘. 내가 할 수 있는 일이라면 무엇이든지 할 테니 까. 뭐든 말만 해."

가사하라 아쓰코와 모토무라 유리에도 그녀 앞에 쓰러져 흐느꼈다.

"세 사람 다 연극을 그만두겠대."

혼다가 말했다.

"그리고 너를 위해 뭔가 하고 싶대."

"그래?"

아사쿠라 마사미가 세 사람을 내려다보며 반문했다. 하지 만 이내 그녀는 고개를 저었다.

"아쉽지만, 너희들이 내게 해 줄 수 있는 일은 없어."

세 사람이 동시에 얼굴을 들었다.

"왜냐하면,"

아사쿠라 마사미가 말을 계속했다.

"우선은 내가 스스로 할 수 있는 일을 찾아야 하기 때문이 야. 이제 겨우 살인범이 될 뻔한 위기에서 벗어난 처지니까."

"마사미……."

혼다 유이치의 눈에서 눈물이 주르륵 흘러내렸다. 아사쿠 라 마사미는 자신의 어깨에 놓인 그의 손을 살며시 쥐었다.

"너희들, 연극을 그만두어서는 안 돼."

그녀가 세 사람에게 말했다.

"연극을 한다는 건 참 멋진 일이야. 새삼 그런 생각이 드네."

지금까지 감정을 꾹꾹 누르고 있던 아사쿠라 마사미가 끝내 눈물을 흘렸다.

내 옆에 서 있던 다도코로 요시오도 훌쩍거렸다. 나카니시 다카코는 아예 엉엉 울고 있다.

이런 모질지 못한 인간들 같으니라고. 이런 신파극으로 그 눈 높은 관객들을 만족시킬 수 있겠어? 게다가 탐정 역인 내 존재가 완전히 빛을 잃었는데 말이야.

내가 이 추리극의 마무리를…… 완벽하게 하려고 얼마나 애를…….

이게 대체 무슨 일이람. 눈시울이 시큰거리잖아! 이런 일로 울다니, 바보같이……. 이 정도 일로 울면 신파라고, 신파. 울지 마. 울지 말라고. 울지 말란 말이야.

어느 틈에 다가왔는지 나카니시 다카코가 내 옆에 서서 "여기요." 하며 흠뻑 젖은 손수건을 내밀었다.